Le jardin de Louise

Antonin Malroux

Le jardin de Louise

ROMAN

Albin Michel

1

– Avec le journal, vous avez une lettre de Nice, madame Beaulière.

– Ça doit venir de ma petite-fille Noélie, elle, au moins, ne m'oublie pas…

– Bonne journée, madame Beaulière, et à demain.

Cette journée semblable aux autres allait cependant donner le déclic, pourrait-on dire, l'amorce de quelques jours heureux.

Déjà, la vieille dame s'empressait de rentrer dans sa maison et de regagner sa cuisine pour y pêcher dans le tiroir le couteau avec lequel elle ouvrit la lettre, un couteau à longue et fine lame. Elle n'utilisait que celui-là pour ouvrir le maigre courrier qu'elle recevait. Une vieille habitude.

– La petite ne devrait pas tarder à arriver, murmura-t-elle.

Rajustant ses lunettes à monture argent, elle déplia le feuillet en se calant dans son unique fauteuil, près de la fenêtre. Anan, le chien, attendait à ses pieds comme un compagnon avide de nouvelles. Un sourire illumina le visage de la vieille dame.

– C'est bien ça, elle arrivera dans trois ou quatre jours, juste le temps de lui préparer sa chambrette, dit-elle à haute voix.

Puis, se tournant vers le chien :

– La petite arrive, Anan ! Tu vas pouvoir faire de longues sorties.

Elle lui caressait la tête et, les yeux fixés sur elle, l'animal semblait joyeux. Ce n'était pas un chien de race mais un gentil bâtard gris et noir comme il y a tant dans les campagnes et dont certains deviennent d'excellents chiens de berger.

Elle relut une fois encore la lettre puis, doucement, la disposa sur le devant du bahut, bien en vue, à côté de la photo de Noélie à l'âge de quinze ans et celle du mariage de son fils Jean. Le père de Noélie.

Louise Beaulière se rassit et, le corps au calme, goûta le plaisir de cette bonne nouvelle. Le regard tourné vers ses souvenirs, elle ne voyait rien autour d'elle. Ses mains, posées sur ses genoux, en avaient oublié toute besogne et elles sursautèrent quand la pendule martela soudain le silence.

– Déjà onze heures ! le facteur est passé bien tard aujourd'hui. Allez, Anan, va prendre l'air, je grimpe à l'étage et je n'ai pas besoin de toi dans mes jambes.

La chambre de l'étage ne présentait aucun désordre, si ce n'était l'éparpillement des fleurs de tilleul cueillies depuis plusieurs jours et qui séchaient là, lentement, à même les pages de journaux déployées sur le plancher.

Un doux parfum embaumait la pièce et les fleurs, d'un vert très doux tirant parfois vers la transparence, évoquaient déjà les bonnes tisanes de l'hiver. Ne dit-on pas que l'infusion de tilleul calme et favorise le sommeil, combat l'angoisse ainsi que les palpitations et contribue à diminuer la pression artérielle due à des troubles nerveux ?

Louise examina les pétales en hochant la tête :

– Ça pourra attendre un ou deux jours de plus, ma foi...

Puis, ne voulant rien entreprendre sur-le-champ, elle se dirigea vers la porte qui donnait sur le grenier, la deuxième partie de l'étage, pour décider de l'endroit où elle pourrait placer plus tard ses fleurs de tilleul. Ce débarras n'était éclairé que par une lucarne de toit, et l'obscurité la gêna. Elle n'entrait pas souvent en ce lieu, deux ou trois fois par an, tout au plus.

Ne s'entassaient là que des vieilleries, dont on ne se sert plus mais qu'on ne jette jamais. Son pied heurta quelque chose de compact et elle jura de bon cœur :

– Boudiou de boudiou... ! Je demanderai à Noélie de mettre un peu d'ordre, c'est un vrai bazar ici ! Et cette sacrée malle, un jour elle va m'arranger une jambe !

Tant bien que mal elle parvint à repousser la lourde masse sous la clarté de la lucarne, puis se débarrassa prestement d'un fil d'araignée pris dans ses cheveux.

Ses yeux s'habituaient à l'obscurité, et, peu à peu, devinaient les objets environnants.

– Voilà bien longtemps que je ne l'ai pas ouverte cette malle, murmura-t-elle en soulevant le couvercle qui grinça longuement.

Des vêtements... il n'y avait là que des vêtements ensevelis sous une toile jaunie. Ses mains les reconnurent l'un après l'autre, au toucher. Cette robe, je me demande pourquoi je la conserve encore, et cette blouse brodée que ma mère m'a laissée, et ça, la dernière chemise de mon homme, l'autre il l'a emmenée... Comme le temps a passé... Tiens, la chemise de mon petit Jean, il avait une dizaine d'années, je l'avais taillée dans celle de son père. Ça le grattait un peu, la toile était grossière mais il était beau là-dedans, mon petit !... Le seul vêtement qui me reste de lui.

La chemise entre ses mains, elle souriait en répétant : Il était beau mon petit Jean. Puis, ignorant la poussière qui volait, elle replaça le vêtement entre les autres.

Sa main se glissa au fond, sous les étoffes tassées par le poids des années. Soudain la vieille dame s'immobilisa, le sourire aux lèvres. Sa main venait de rencontrer l'objet qu'elle espérait. Satisfaite, rassurée aussi de le savoir toujours là, elle s'adressa à sa petite-fille comme si elle se tenait près d'elle :

– Faudra bien qu'un jour, avant qu'il soit trop tard, je te raconte cette histoire bien difficile, ma chère petite. Tu vas te moquer de moi, pour sûr, ou peut-être pire encore !

Elle rabaissa le couvercle de bois, non sans avoir placé dessous un rouleau de papier protégé d'un carton souple. Puis, lentement, elle quitta le grenier. Sans trop savoir pourquoi, cette visite aux souvenirs l'avait dérangée, elle se sentait tourmentée.

Elle retrouva l'éblouissante clarté du jour qui la gêna sur l'instant. L'esprit toujours préoccupé, elle se dirigea vers son jardinet, choisit une salade à son goût et rejoignit sa cuisine. Pommes de terre rissolées dans la vieille poêle et une salade, ce serait son repas de midi.

Louise Beaulière vivait dans cette modeste maison

de village accolée sur le côté est à une autre, qui l'était également à une autre, formant ainsi un bout de rue du village. Son petit bonheur ? Un jardinet qui occupait son temps, disait-elle. Elle le bêchait à l'automne, faisait la chasse aux mauvaises herbes, plantait et semait légumes et fleurs, toujours au bon moment. Une âme sans histoire, une veuve toujours habillée de noir, le visage creusé de rides profondes, trop marqué pour son âge.

Dans ce bourg de Val Vergne, elle connaissait tous les habitants et tous connaissaient sa frêle silhouette, qu'ils croisaient chez les commerçants. Elle ne bavardait guère, sauf avec ses voisins les plus proches, un couple de vieux beaucoup plus âgés qu'elle, prompte qu'elle était à trouver le bon prétexte pour écourter les rencontres. Sa maison lui suffisait. Anan la suivait partout, inlassable, jusque dans le poulailler au fond du jardin où il semait la panique parmi les cinq ou six poules jusque-là bien tranquilles. S'il reniflait la cage des lapins, il ne les effrayait pas. Ils connaissaient cette truffe qui venait aux nouvelles, curieuse mais amie. Cette minuscule basse-cour suffisait à Louise, tout en occupant ses journées de solitude.

Plus loin, à l'ouest, à quelques centaines de mètres et dissimulée par un bosquet, se devinait la propriété des Lauressergues. Une famille bourgeoise chez qui, jeune fille, elle avait été servante et où elle avait connu son mari, Bénigne Beaulière, lui-même domestique dans cette ferme du hameau Grande. Tel était son nom.

Louise, de temps à autre, jetait un regard vers ces vastes bâtiments, et en elle les souvenirs affluaient, avec leur cortège d'émotions qui la torturaient à nouveau.

« Les Laurespergues sont bien fiers de leur domaine… pourtant le pavillon ne s'ouvre jamais par la grande porte. »

Ce bâtiment, nommé depuis toujours le Castel, était un héritage bourgeois aux murs clairs, et faisait partie de Grande. Eu égard à sa taille et à la nature alentour, l'édifice ne manquait pas de surprendre. « Il est vrai qu'ils en prennent soin, songea-t-elle, comme on conserve un bijou de famille. »

Le temps reculait alors et les souvenirs se bousculaient dans sa pauvre tête. Elle avait à nouveau 18 ans, et ses parents, les Hautefraysse, vivaient au Manchoual, avec un maigre cheptel, deux vaches donnant chacune un veau à l'année, deux ou trois cochons, la volaille et le potager, comme tous les paysans de leur époque. C'était en 1930. Les récoltes permettaient juste de vivre décemment. Louise avait dû se placer comme servante chez les Lauressergues en attendant de trouver un mari pour espérer un jour prendre la suite de ses parents et conserver le mince bien, comme ses ancêtres l'avaient fait avant elle. Aucun autre choix à l'horizon de sa vie. Du travail, il n'en manquait pas à Grande chez ces gros propriétaires, les Lauressergues, assez bien considérés dans toute la contrée.

Louise assurait sa besogne honorablement, courageusement, et Jules, le patron, lui disait parfois sa satisfaction de la voir si dévouée. Son épouse, Erestine, qui toisait volontiers ses employés, ne manifestait d'affection que pour ses enfants Félicien et Marie, et encore, Félicien ayant sa préférence, ô combien ! « Ne t'approche pas de Félicien », répétait-elle à Louise.

Félicien, né d'un premier mariage, portait le nom de

Colomba mais personne ne se souciait alors des identités. Par la suite sa mère avait épousé Lauressergues et Marie était née, en deuxième enfant. Erestine était propriétaire du Castel et des trente-cinq hectares jouxtant les terres des Lauressergues, formant ainsi par le mariage une seule propriété aux yeux de tous.

Félicien avait deux ans de plus que Louise et deux de moins que Marie. Bénigne Beaulière – orphelin placé là depuis quelques années et s'y trouvant bien – assurait lui aussi de son mieux son travail de domestique, en compagnie d'un autre garçon, Frédéric, chargé des soins au bétail et qui, il faut le dire, n'avait pas inventé la poudre.

Un jour, dans la tiédeur de la grange, Louise perdit son innocence. Les deux jeunes gens filèrent un temps le parfait amour jusqu'à ce que Erestine, avec son nez de fouine, devinât l'affaire. Et ces gentils bourgeois qui allaient à la messe tous les dimanches ne supportèrent pas la nouvelle : leur servante était enceinte et célibataire ! Ils lui présentèrent l'ultimatum en ces termes : épouser Bénigne Beaulière le plus rapidement possible et sans discussion !

Bénigne prit donc pour femme la jolie Louise.

Les mauvaises langues propagèrent des cancans lorsque, cédant à la pression de sa mère et obéissant à la tradition selon M. Colomba, Félicien s'engagea dans la marine pour trois années, malgré les réticences de Jules Lauressergues.

Après quoi, et sur un motif quelconque, les jeunes mariés furent invités à quitter le domaine. On ne discutait pas les décisions des maîtres.

Bénigne partit travailler comme manœuvre à la

construction d'un barrage dans la région et Louise rejoignit ses parents qui la reprirent à la ferme. Son homme ne rentrait que les dimanches. En quelques mois, tout avait changé et le jeune couple n'y trouvait guère son bonheur. Le petit Jean naquit « prématurément » en 1931. Les grands-parents Hautefraysse firent de leur mieux pour aider leur seule fille.

Trois années plus tard, un grave accident de chantier survint à la construction du barrage. On dénombra plusieurs blessés et deux morts dont Bénigne Beaulière. Louise voyait ainsi s'évanouir sa vie de jeune épouse.

L'entreprise, responsable de l'accident, proposa un modeste capital et par l'entremise des assurances, une pension pour élever le petit Jean jusqu'à sa majorité.

Louise, désormais seule pour élever son fils, chercha de nouveau un emploi. Un entrepreneur forestier, M. Bourdette, qui connaissait l'histoire de Louise Beaulière, avait besoin d'une femme pour s'occuper de ses quatre enfants. Il accepta Louise ainsi que son petit qui s'élèverait avec les siens, disait-il, avec l'accord de son épouse.

Et c'est ainsi que de six heures du matin à dix heures du soir Louise s'épuisait à la tâche. Elle tenait bon pour son petit. Des garçons essayaient bien sûr de l'approcher – belle et séduisante elle ne les laissait pas indifférents – mais malheureusement ils n'étaient pas les seuls !

M. Bourdette, qui la côtoyait chaque jour, se mit à la couver, puis à la dévorer des yeux, sans se préoccuper de sa femme et ses enfants. Mme Bourdette ne lui donnait plus au lit ce qu'autrefois elle lui accordait de bonne grâce. Elle avait d'ailleurs pris de l'embonpoint et se négligeait, uniquement préoccupée de ses enfants. Mais elle avait remarqué les attitudes de son mari. Le doute s'installa si fort en elle qu'un matin, l'observant plus que d'habitude, elle le vit se diriger vers l'appentis où Louise préparait une grosse lessive. Elle entendit alors son homme qui, comme un fou, forçait Louise à lui céder. La jeune femme se débattait, criait, mais en vain. Mme Bourdette courut chez elle, se saisit du fusil et revint, rapide comme l'éclair. Elle poussa la porte violemment et dirigea son arme vers l'homme qu'elle ne reconnaissait plus.

– Salaud ! hurla-t-elle. Comment oses-tu t'en prendre à Louise ?

Bourdette se retourna d'un bond et vit le bout du canon à quelques centimètres de lui.

– Ne tire pas, ne tire pas je t'en prie, elle m'a provoqué et moi…

– Je t'ai entendu, salaud ! Je t'ai vu la jeter au sol ! Tu vas me payer ça, oh, tu vas me le payer cher ! Tu as voulu profiter de ta position, tu sais qu'elle a eu du malheur, tu pensais que personne ne te verrait, hein ? Ici ! Chez moi !

Paralysée, Louise ne pouvait articuler un mot. Elle rabaissait ses cotillons et, tremblante de peur, se rencogna dans la paille qu'avait éparpillée Lauressergues. Lui, remontant son pantalon, balbutiait des mots inaudibles. Il n'était pas beau à voir, l'homme. Soudain, Angèle Bourdette tourna le fusil, le saisit par le canon et, folle de rage, l'abattit sur la tête de son mari.

Louise hurla, certaine que son tour allait venir, mais il n'en fut rien. Angèle l'aida à se relever, et, sans se préoccuper du sort de son mari, la consola tendrement.

– Ne craignez rien, Louise, tout ceci restera entre nous. Les hommes se comportent parfois comme des bêtes !

Louise, encore chancelante, tentait de se ressaisir :

– Oh ! mon Dieu ! Je ne pourrai plus rester chez vous après ce qui vient d'arriver, on a frôlé un malheur !

– Le fusil n'était pas chargé, ma fille, il ne l'est jamais à la maison, pensez bien…

– Merci d'avoir été là, merci. Sans vous…

– Nous parlerons de tout ça plus tard, venez prendre quelque chose pour vous calmer. Celui-là s'en remettra, il a la tête dure… et quand il sera rétabli nous mettrons les choses au point. Pour une fois que je le prends sur le fait, nous avons des comptes à régler.

Robert Bourdette n'en était pas à son coup d'essai, tous le savaient, mais il s'en était toujours bien sorti. Jusqu'à ce jour.

– Je ne pourrai plus rester chez vous, non, je ne pourrai plus, répétait Louise.

– Que voulez-vous faire ma fille ? Chercher encore ailleurs, et avec le petit Jean qui se plaît bien chez nous avec mes enfants ?

– Je ne sais plus, je suis marquée par le mauvais sort.

– Je suis arrivée à temps, il n'y a pas eu de mal pour vous. Vous comprenez ?

Louise se tut, trop bouleversée pour décider quoi que ce soit.

Les jours suivants, l'incident donna tant d'autorité à

Angèle qu'elle en profita pour prendre des initiatives étonnantes, qui allaient sauver Louise.

Angèle, autrefois, avait été une bonne ouvrière en couture. Elle avait exercé le métier de culottière-giletière. Son mariage et la venue de ses enfants l'avaient empêchée de continuer mais, parfois, elle le regrettait.

Que se passa-t-il dans sa tête ? Toujours est-il qu'elle discuta avec Louise et l'envoya vers les enfants comme s'il ne s'était rien passé. Elle avait sa petite idée.

Quand son mari apparut sur le seuil, tenant à deux mains sa tête rougie de sang, elle le cloua du regard.

– Tu as de la chance que je ne t'aie pas tué, mais la prochaine fois, il n'y aura pas de sursis. Je te le jure.

Il se dirigea en vacillant vers la souillarde et versa de l'eau dans une cuvette. Elle n'esquissa pas un geste pour le soigner.

– Je vais garder Louise. Nous nous entendons bien et je vais l'aider. Elle en a besoin.

Il se tourna vers elle, la regarda un instant, puis baissa les yeux.

– Comme tu voudras.

– Elle n'a aucun métier, pour elle les temps seront durs. Surtout si elle rencontre des gens comme toi. Je lui ai proposé de lui apprendre la couture.

– Pourquoi tu fais ça ?

– Parce que j'ai honte de toi. De ce que tu lui as fait subir. Si elle part de chez nous, blessée comme elle est, où ira-t-elle ? Que dira-t-on d'elle, et toi, qu'oseras-tu dire d'elle ? Quand elle saura travailler, je la laisserai partir, mais pas avant. Voilà ce que j'ai décidé, que ça te convienne ou pas !

C'était le deuxième coup qu'il prenait sur la tête en une journée.

Il n'avait rien à dire, et il ne dit rien.

À partir de ce jour, tous les après-midi, les deux femmes s'étant aménagé une partie de la pièce principale, elles parlaient couture. Angèle y retrouvait un plaisir ancien. Elles démontèrent entièrement un vieux pantalon, et ainsi commença l'apprentissage de Louise, qui déjà entrevoyait une indépendance pour l'avenir… elle aurait un métier qui la ferait vivre ! Qu'aurait-elle pu espérer de plus excitant ? Au fil des jours, elle consacra toute son énergie à se montrer digne de la confiance que lui accordait Angèle, tout en assurant les matins à son service.

Robert Bourdette, lui, ne l'ennuya plus jamais.

Elle apprit à coudre à plat sur la table, ce qui n'était pas si simple pour elle, puis à surfiler toutes les pièces en leur découpe, à faufiler, à bâtir. La machine Singer prit place près de la fenêtre, ce qui intriguait beaucoup son petit Jean. Louise apprit aussi à garnir la navette, à régler la longueur des points, la tension des fils, etc.

Elle en était là de sa vie, lorsque Félicien Colomba, de retour au pays, la rencontra par une belle matinée. Le plaisir rayonna aussitôt sur le visage du jeune homme. Il lui demanda, un peu trop vite :

– On pourrait se revoir ?

– Non, je ne crois pas !

– Tu ne m'appelles plus Félicien ?

– Certainement pas…

– Tu joues la mijaurée, maintenant !

– Je ne travaille plus chez vous…

Ce n'étaient pas ces mots-là qu'elle aurait voulu entendre de la bouche de cet homme.

Elle prit le petit Jean dans ses bras et s'éloigna vivement.

– Pour toi mon Jean... je ne vivrai que pour toi... promit-elle comme pour s'en faire le serment à elle-même.

Nullement découragé, Félicien revint à la charge et tenta de l'approcher à maintes reprises, mais Louise refusait d'entrer dans ce qui n'était qu'un jeu pour lui, un divertissement de plus, elle le voyait dans son regard.

Le petit Beaulière grandissait, et les parents de Louise se consumaient de chagrin de ne pouvoir le prendre dans leurs bras aussi souvent qu'ils l'auraient souhaité, mais ils étaient fiers de leur fille : « Elle apprend un métier, te rends-tu compte ma pauvre femme ? Elle va pouvoir se débrouiller seule, c'est inespéré. Elle n'aura plus besoin de travailler chez les autres... »

Les culottières-giletières travaillant chez elles, ils s'imaginaient qu'elles n'avaient plus de patron à qui rendre des comptes.

Ils savaient aussi que les garçons du voisinage tournaient autour de Louise, et que Félicien était de ceux-là. Il dépensait beaucoup d'argent et, auréolé de son prestige de marin, collectionnait les conquêtes, sans doute pour compenser le refus de Louise.

À Grande, Marie avait épousé Germain Dautremont, un jeune agriculteur ambitieux qui convenait tout à fait aux Lauressergues. Très vite, un nouveau matériel équipa le domaine, un tracteur puissant pétaradait dans les champs, traînant un extirpateur, une charrue, tirant des herses ou de larges et longues remorques.

Deux nouveaux domestiques avaient remplacé Louise et Bénigne. Le jeune Dautremont, un homme grand et fort, au visage rond et au regard volontaire, déployait son sens du commandement sous la bienveillante attention de Jules Lauressergues, qui l'appréciait.

Ils avaient déraciné les anciennes vignes en partie détruites par le phylloxéra, près du Castel, pour ne conserver qu'un quart de la superficie, couverte cette fois de plants américains.

Les autres récoltes emplissaient granges et hangars, le cheptel bovin produisait d'excellents revenus, les porcs de fameux jambons et charcuteries diverses. Au Castel, le décor n'était que fleurs, bordures de buis, allées de gravier soigneusement ratissées.

Félicien passait son temps à sortir, boire et s'amuser, tandis qu'on menait grand train au domaine.

On recevait souvent chez les Lauressergues, et le Castel demeurait l'écrin des festivités de la région. Aux alentours, personne ne possédait une telle demeure, et certains se demandaient comment une telle gentilhommière avait poussé ici. Le maire Louis Rames, le curé Compestel et bien d'autres personnages, fussent-ils des chasseurs en grande tenue, s'empressaient de féliciter Erestine Lauressergues, la maîtresse incontestée des lieux, de son bon goût. Il eût été impensable pour elle de recevoir à la ferme – qui pourtant en imposait – aussi, quand le Castel s'illuminait, à la tombée de la nuit, les curieux du voisinage s'aventuraient-ils près de la demeure et de ses flonflons, une telle admiration dans les yeux qu'on les laissait approcher, magnanimes.

Félicien avait acheté la nouvelle Juva 4 qui pouvait atteindre, selon les informations de son fabricant, Renault, les 100 kilomètres à l'heure. Elle trônait devant le Castel, ce qui produisait son effet sur les curieuses qui, bien vite, lui tombaient dans les bras.

Pour Louise, le temps était venu de se lancer. Elle avait quitté la famille Bourdette et rejoint la maison de ses parents. Elle exerçait désormais à domicile, au Manchoual. Culottière confirmée, recommandée par Angèle au maître-tailleur Daustre, de la commune où cette dernière avait exercé, elle recueillait enfin le fruit de ses efforts. Son employeur se félicitait de ses qualités de sérieux, et ses clients ne se plaignaient jamais de son travail.

– Comme je suis heureuse, lui dit sa mère, tu es indépendante maintenant. Tu es sortie d'affaire en quelque sorte. Mais… il te faudrait un mari, un homme est indispensable, et ça ne ferait pas de tort au petit Jean, il grandit…

Louise répondit par un rire, un mot gentil, elle tenait à rassurer sa mère. Mais comment aurait-elle pu lui confier ses pensées les plus secrètes ?

Son père s'inquiétait pour sa ferme, elle le savait, il se tourmentait en songeant qu'un jour il ne pourrait plus la travailler. Il en attrapait des idées bizarres.

Quand à son petit Jean, il s'amusait certes comme tous les enfants de 8 ans, avec ce qu'il trouvait, des bouts de tissu, les bobines vides dont il faisait des toupies ou des roues pour ses jouets, et surtout la machine à coudre à pédale. Louise avait beau le surveiller, il parvenait quand même à enrayer le système tant il pédalait fort... et la canette se bloquait... Mais il ne resterait pas toujours cet enfant joyeux, insouciant. Il faudrait bien un jour qu'elle lui parle, qu'elle lui explique...

Et pour oublier elle se replongeait dans son ouvrage, jusqu'à la nuit avancée. Au petit matin, elle se levait et aidait sa mère à la préparation des repas en contrepartie de son hébergement.

De l'Allemagne de Hitler soufflait un fort vent de menaces. L'Autriche avait déjà été annexée en 1938, un an auparavant, au nom de l'« Anschluss ».

De jour en jour, les bruits de bottes résonnaient plus fort en Europe.

En mars 1939 Hitler occupait la Tchécoslovaquie, en septembre il envahissait la Pologne.

Le 2 septembre 1939, la France déclare la guerre à l'Allemagne, et la mobilisation générale est décrétée, affichée dans toutes les mairies du pays.

Au village, les mobilisables se renseignent, se regroupent. Une douzaine d'hommes quittent leur famille et rejoignent le point de ralliement. Félicien fait partie de ceux-là. Avant son départ, il vient saluer Louise et ses parents, en compagnie de Frédéric, mobilisé lui aussi.

– Nous ne tarderons pas à revenir au pays..., assurent-ils avec le sourire.

Louise les regarde s'éloigner, sans prononcer le moindre mot. Ils n'ont pas l'air tristes, cette guerre ne durerait pas longtemps, c'est sûr ! D'ailleurs, disent les anciens, il n'y a aucune raison qu'elle dure.

Elle pense à Bénigne qui aurait dû partir lui aussi si sa vie l'avait permis.

Dans chaque foyer, désormais on évoque devant l'âtre des souvenirs douloureux... La précédente guerre n'est pas loin et ses blessures encore fraîches. Le petit Jean écoute son grand-père conter de surprenantes histoires.

Très vite, le manque de bras dans les campagnes se fait sentir. La plupart des récoltes dorment à l'abri dans les granges et les hangars, mais pour combien de temps... ? On s'inquiète beaucoup dans les fermes. Chez les Lauressergues il manque trois hommes. Et ce ne sont pas les plus à plaindre.

Au Manchoual, Louise, assise près de sa mère, surfile une étoffe noire d'un geste précis.

– Pour nous autres, explique son père, ça ne changera pas grand-chose, sauf si on m'appelle aussi.

– Il ne manquerait plus que ça ! s'exclame sa mère, Dieu nous en préserve !

Début 1940, on apprend que Félicien Colomba a été fait prisonnier et envoyé dans un stalag en Allemagne.

Le 18 juin, le général de Gaulle lance son appel de Londres.

Le 22 juin 40, un armistice est signé.

Au village, on apprendra que Frédéric, lui aussi prisonnier, s'est évadé et tente de rejoindre l'Angleterre.

Quant à Germain Dautremont, il sera rapatrié sanitaire en 1943, le bras gauche en moins et le visage lacéré de méchantes cicatrices.

Assise sur son vieux banc de bois, Louise revient doucement au présent, la main dans le pelage tiède de Anan. L'animal ferme les yeux, aux anges.

À 66 ans, Louise sait qu'elle en paraît dix de plus. Ses joues creuses et son petit nez pincé sont l'héritage de sa mère. Derrière ses lunettes, son regard reste lointain, accroché encore aux images anciennes.

Voilà une bonne douzaine d'années que ses parents sont morts, son père tout d'abord, et sa mère, deux années plus tard. La ferme, dont elle est propriétaire, a été louée et le fermage, si faible soit-il, lui apporte quelque aide et de quoi payer son loyer.

Elle ne travaille plus mais rend service de temps en temps, et l'inusable Singer fonctionne toujours.

Les Bourdette sont morts eux aussi, Louise ne les a jamais oubliés, surtout Angèle, son maître d'apprentissage.

2

Noélie arriva le 10 juillet dans la commune de Val Vergne, par la rue principale. La voiture s'immobilisa devant la maison, et la belle jeune fille brune aux yeux clairs en descendit. Noélie ou la fraîcheur même, rayonnante comme un soleil d'été.

Elle se précipita au-devant de sa grand-mère qu'elle enlaça tendrement. Louise refoula ses larmes.

– Ma pauvre petite ! N'es-tu pas fatiguée après ce long voyage et sous cette chaleur ?

– Mais non, tout va bien, grand-mère. Est-ce que j'ai l'air fatiguée ? dit-elle dans un éclat de rire.

– Il est vrai que tu es jeune ! Entre donc te rafraîchir quand même. Je suis tellement heureuse de te voir ici... enfin ! Tu vas pouvoir m'en raconter des choses...

– Oh oui, nous aurons tout le temps, grand-mère, si tu consens à me supporter quelques jours !

– Ne dis pas de bêtises, tu peux rester tout le temps que tu souhaites, jusqu'à Noël ou pour toujours... !

Et elle rit à son tour, songeant au même instant qu'elle n'avait pas ri depuis longtemps. Sa joie débordait, elle dut encore retenir ses larmes. Sa seule petite fille… sa seule famille qui daignait venir la voir. Rien ne pouvait lui apporter plus de bonheur.

Bras dessus, bras dessous elles entrèrent dans la pièce principale qui servait aussi de cuisine, de pièce à vivre.

– Aimes-tu toujours le sirop de pêche ?

– Oui, avec de l'eau du puits bien fraîche. Ce n'est pas à Nice que l'on trouve pareille eau.

– As-tu des nouvelles des parents au moins ? Vont-ils bien ? Et ton père, comment va cette tête de mule ?

– Ne t'inquiète pas, ils vont bien, mon père ne mérite pas que tu te soucies pour lui, tu le sais bien.

– Oh ! je sais, mais c'est tout de même mon fils… bah, s'il va bien, c'est l'essentiel. Et toi, raconte-moi… Tu as toujours ton petit amoureux, celui que tu m'avais amené ?

– Pour tout te dire, nous avons rompu. J'ai découvert des cachotteries qui m'ont contrariée.

Louise haussa doucement les épaules, bienveillante :

– À ton âge, un de perdu, dix de retrouvés. Les garçons ne manquent pas, tu n'auras qu'à sortir par ici, belle comme tu es… Et elle la couva d'un regard admiratif.

– On verra, mais je t'assure que ce n'est pas mon souci ! Je vais monter mes affaires dans la chambre.

– Elle est préparée, mais tu l'arrangeras à ta convenance. L'odeur du tilleul ne te gênera pas au moins ?

– J'adore ce parfum ! je me prépare des infusions… même si mes amis se moquent de moi.

– Alors tout va bien. Tu as vu, le chien t'a reconnue…

– Il m'a fait fête, c'est une bonne bête. Les chiens sont fidèles, grand-mère.

Louise hocha la tête d'un air entendu, et regarda la jeune fille grimper l'escalier avec sa valise.

Noélie poussa la porte, posa son bagage et, aussitôt, s'appropria la chambre. Le parfum qui l'habitait la charma, le grand lit garni d'un énorme et inutile édredon la fit sourire. Le dessus-de-lit au crochet, en fil de lin, émergeait d'un autre temps jalousement retenu. La petite armoire dont les portes manifestaient leurs douleurs à chaque ouverture constituait le seul mobilier de la pièce, à l'exception d'une chaise et d'une tablette de coin. Quant à la tapisserie, elle se décollait toujours, par endroits, et ses immenses fleurs jaunissaient doucement. Au mur, ce tableau que Noélie avait toujours connu : la reproduction d'un Renoir dans un cadre ouvragé : *Jeunes filles au piano.*

Une image de vie heureuse dont on pouvait se demander ce qu'elle faisait ici, abandonnée de tous.

Elle ouvrit la fenêtre toute grande, pour laisser entrer cette douce tiédeur. Ce n'était pas l'air de Nice, ni la brise méditerranéenne qu'elle connaissait si bien, mais la tiédeur envoûtante d'une campagne pleine de senteurs de terre chaude, de prairie, de feuillages et de fleurs, subtil mélange qui n'appartient qu'à l'Auvergne.

« Comment peut-on exclure de sa vie un paysage pareil ? », pensa-t-elle en imaginant son père sur les terres corses. Certes, l'île ne manquait pas de charme, mais ici, quelque chose d'indéfinissable lui parvenait, une fascination, l'attirance des racines du pays de sa grand-mère. Depuis des années, elle avait quitté l'île pour suivre ses études sur le continent, et souhaitait demeurer à Nice. Pour les vacances, il lui faudrait se partager entre la Corse et l'Auvergne, à moins, bien sûr, que la vie n'en décide autrement.

Anan ne la quittait pas d'une semelle. Noélie, d'une main joueuse, ébouriffa le rude pelage de sa tête.

– Ah, toi au moins tu n'oublies pas ceux que tu aimes !

Pendant ce temps, Louise, tout à sa joie, imaginait le repas du soir. Son garde-manger ne manquait de rien et son potager bien entretenu n'était qu'à deux pas. D'autre part, prévoyante et connaissant les goûts de sa petite-fille, elle avait rendu une sérieuse visite au charcutier de Val Vergne.

Un bruit de galop dans l'escalier et Noélie apparut, Anan sur les talons.

– Comme je me sens bien chez toi grand-mère ! Tu crois que je peux aller lever les œufs au poulailler ? j'ai toujours aimé ça.

– Tu ne prends guère le temps de respirer, fillette, mais tu es chez toi, fais donc comme tu le veux…

Déjà Noélie poussait la porte grillagée du poulailler, trouvait les quelques œufs du jour, et en profitait pour dire bonjour à la basse-cour sans oublier les lapins qui la guignaient d'un œil rouge.

– Alors, les petits, toujours en train de grignoter, hein ? Pas de repos pour les mandibules.

Puis, devinant une grosse touffe de poils dans un recoin de la cage : « Mais tu as des petits ! Alors je vais te gâter encore plus ! »

Et Louise, la voyant revenir, radieuse, trois œufs dans son panier à salade, sentit l'émotion lui étreindre le cœur.

– Tu ferais une jolie fermière, sais-tu ? lança-t-elle, la

tendresse à fleur de sourire. Et ce ravissement contenu donnait à son visage le mystère propre aux grand-mères de bonté, refuges de tous les secrets d'enfance.

Depuis l'âge de 17 ans, Noélie venait passer ses vacances en Auvergne, une fois tous les deux ans. Mais le regret d'avoir tant tardé la titillait parfois. Sa grand-mère accusait l'âge, la solitude, et la jeune fille pouvait suivre sur ses traits la carte du Temps.

J'espère que je pourrai visiter ton ancienne ferme, sans déranger les gens, grand-mère. Tu ne crois pas ?

– Faut pas jouer les curieux, à la campagne on n'aime pas trop ceux qui « viennent voir » comme on dit... Mais toi ils te connaissent, ce sera peut-être différent.

– Et chez les Lauressergues, c'est toujours pareil, rien de nouveau ?

Louise fit semblant de ne pas entendre. À cet instant, une Jeep passa devant la maison et un jeune homme leur lança un bonjour de la main.

– Tu vois, le Paul t'a reconnue, je me rappelle qu'il t'avait remarquée il y a deux ans, mais toi tu étais avec ton ami de Nice...

– Il n'est toujours pas marié, celui-là ?

– Pour trouver femme qui supportera la famille, ce ne sera pas du facile, et le père ne s'est pas arrangé...

Noélie connaissait l'infirmité de son père et l'intransigeance de sa grand-mère Erestine, la doyenne des Lauressergues. Elle connaissait aussi le regard de Paul lorsqu'il l'avait croisée au village, un regard puissant et insistant au point de la gêner.

– De la fenêtre de la chambre, j'ai jeté un coup d'œil sur leur propriété, elle en impose toujours avec son Castel.

– La plus importante de la commune, et ce n'est pas d'aujourd'hui. Quand tu vois celle qui fut la nôtre, à côté… Et pourtant ça n'a pas empêché mes parents d'y être heureux ensemble.

Ses yeux se mouillèrent et elle se détourna. Noélie changea de sujet :

– Je vais tirer l'eau du puits, grand-mère. Elle sera toute fraîche.

– Tu n'arrêtes donc jamais ?

– Je veux profiter de tout, tu sais !, la maison m'a trop manqué et le temps passe si vite…

– À qui le dis-tu, ma pauvre enfant. J'ai vieilli sans m'en apercevoir, j'ai travaillé sans cesse mais c'est bien, ça m'a permis d'écarter les soucis. J'avais mon métier et c'est avec lui que je me suis le moins ennuyée, vois-tu, même si…

– Tu travailles encore de temps à autre sur ta machine à coudre ?

– Ça m'arrive, mais mes yeux me compliquent la vie, et puis je me sens bien fatiguée. Les gens ne se rendent pas compte, j'ai passé ma vie à confectionner des pantalons et des gilets tailleur, alors aujourd'hui, je veux m'occuper de mon jardin et de mes poules.

– Comme tu as raison, grand-mère !

– Si seulement ton père pouvait venir me voir, ne serait-ce qu'une fois, une seule… mais tu es là, mon enfant, c'est tellement réconfortant pour moi. Vois-tu, cette vieille machine à coudre, j'aimerais qu'elle te revienne, que tu puisses la conserver. Sais-tu t'en servir ?

– Non, mais nous essayerons, un jour tu m'apprendras.

Louise acquiesça d'un signe de tête. Y croyait-elle vraiment ? Elle ajouta :

– J'aurais aimé t'apprendre à manier les fers, ceux qu'on laissait sur le fourneau. Pas de thermostat sur ceux-là, il y fallait de l'expérience pour ne pas brûler le tissu ! Ce sont les fers que m'a laissés Angèle Bourdette, celle qui m'a tout appris, une femme admirable flanquée d'un mari qui ne la méritait pas ! Les Bourdette sont morts tous les deux, et leurs enfants me donnent parfois le bonjour. (Un léger voile passa dans son regard, puis :) Sais-tu au moins recoudre un bouton, faire un ourlet à une jupe, un bas de pantalon ?

– Bah... Je me débrouille comme je peux, grand-mère, ce n'est pas aussi bien fait que par tes mains.

– Oh ! mes pauvres mains, elles ne sont plus ce qu'elles étaient. Je pourrais encore coudre un peu mais ce sont mes yeux... J'ai tout le mal du monde à enfiler une aiguillée. Allons, laissons tout ça, fillette, et approche-toi de la table, tu dois avoir faim. À 25 ans on a toujours faim, surtout après un si long voyage.

Elles s'installèrent, chacune appréciant la joyeuse présence de l'autre, et la maison s'emplit d'une vie neuve.

– N'oublie pas de ranger ta voiture vers le jardin, dit Louise, toujours en souci d'un détail.

– Merci, grand-mère, je n'oublierai pas, mais elle a l'habitude de dormir dans la rue.

Le délicieux jambon cru du pays accompagné de beurre frais ravit les papilles de Noélie... Louise avait préparé une bouteille de vin ; un verre à chaque repas lui suffisait et, en ce beau jour, elle invita sa petite-fille à faire de même. Et celle-ci tendit son verre :

– Avec plaisir, grand-mère, ça ne nous est pas interdit !

Et puis vinrent les confidences, les mots que l'on échange en toute intimité, dans les moments de chaude confiance. Ce qu'entendit Noélie ce soir-là, à propos de la vie solitaire de sa grand-mère, la passionna et l'intrigua tout à la fois. Au point de lui proposer l'installation du téléphone.

– Moi ? mais je n'y ai jamais pensé, s'étonna Louise. Tout le monde ne l'a pas au village, et puis je n'ai personne à qui téléphoner, ce n'est pas utile.

– Et moi, je ne compte pas, grand-mère ? Je pourrais t'appeler souvent, nous papoterions toutes les deux, et je serais plus tranquille, tu es si seule ici...

– Il y a les voisins. On ne discute pas tous les jours, c'est vrai, mais chacun jette un œil vers les uns et les autres et, jusqu'à aujourd'hui, ça fonctionne bien.

– Ça me ferait plaisir, grand-mère, insista Noélie.

– Dis donc, tu ne serais pas un peu entêtée, ma petite ? Je me demande de qui tu tiens ça... Allez, je veux bien accepter, je ne veux pas te contrarier.

– Merveilleux... Et puis, qui sait, peut-être que papa t'appellera. Crois-moi, je ferai tout ce qui est en mon pouvoir pour y arriver. C'est tellement anormal cette situation...

Louise sourit, elle venait de comprendre la stratégie de sa petite-fille. Après tout, pensa-t-elle, si ça pouvait réussir, au moins une fois...

Et toutes deux reprirent le sentier des souvenirs. Louise raconta comment elle avait loué cette maison où elle logeait aujourd'hui. Autrefois, de braves vieux l'habitaient. À la mort de l'homme, son épouse avait eu bien du mal à survivre. Louise lui avait rendu service et, de jour en jour, une amitié forte avait lié les deux femmes. Pas une journée ne passait sans que Louise, qui n'avait plus de famille depuis que ses parents étaient disparus, vienne la voir. Lorsque la vieille dame mourut, les héritiers lui louèrent la maison et son jardinet. Louise quitta donc la pièce qu'elle s'était réservée chez ses fermiers et, depuis, vivait là, sur les revenus de sa ferme et la petite retraite qui la gardait à l'abri du besoin, entourée de ses quelques voisins, en attendant qu'un jour, elle aussi rejoigne ses parents dans le carré venteux du cimetière.

Soudain, Noélie s'exclama :

– Au fait ! J'ai apporté les photos des parents, les plus récentes.

Louise s'immobilisa. Les yeux fixés sur l'enveloppe que sa petite-fille tardait à ouvrir, impatiente de retrouver le visage de son fils, elle dut se maîtriser pour ne pas montrer sa fébrilité.

– Tiens, regarde, grand-mère, c'est papa. Il travaille sa vigne, avec son chapeau, entre les rangées. Là, c'est ma mère, tu ne l'as jamais rencontrée mais tu la connais par d'autres photos.

Louise ne disait rien. Seuls ses yeux s'exprimaient, brillants, glissant d'un détail à l'autre.

– Il ne change pas, toujours le même, dit-elle enfin. Et ta mère non plus, ils vont bien, ça me fait plaisir.

– Toutes ces photos sont pour toi, je te les laisse, grand-mère, mais pas pour le chagrin, tu me le promets ?

Louise leva les yeux. Il lui suffisait de contempler sa petite-fille pour que toutes les tristes pensées s'éloignent aussitôt, chassées par un vent magique.

Louise Beaulière retrouva sa sérénité et son sourire.

– Je te le promets, mon enfant. Pas de chagrin, juste le bonheur de t'avoir avec moi pour quelques jours. Profitons-en.

Elles s'embrassèrent.

Le tilleul du soir eut une saveur toute particulière.

Quand vint l'heure du coucher, elles se séparèrent avec regret, songeant déjà l'une et l'autre aux joies du lendemain.

Dans son grand lit, après avoir eu une pensée pour Anaïs, son amie de Val Vergne rencontrée aux vacances précédentes et qui était impatiente de la revoir, Noélie fut visitée comme une enfant par le marchand de sable, si vite qu'elle n'eut guère le temps de comprendre.

Louise, au contraire, ne trouvait pas le chemin du sommeil. Dans sa tête se mêlaient tant de souvenirs qu'elle ne pouvait pas chasser… et puis, pour la première fois, lui vint le désir de se confier à cette enfant, si droite, sa petite-fille. L'histoire du téléphone revenait aussi à la charge. Jean l'appellerait peut-être, boudiou, allez savoir. Et soudain, la crainte que le temps lui soit compté lui serra le cœur.

Le soleil ruisselait sur les vitres lorsque Noélie ouvrit les yeux. Déjà ! Elle s'étira, puis sauta sur ses pieds et rejoignit Louise qui l'attendait.

– C'est moi qui préparerai le petit déjeuner, le déjeuner et le dîner à partir d'aujourd'hui ! claironna-t-elle en se frottant les yeux encore empescaillés de sommeil.

– En attendant, je t'ai préparé le café, comme tu aimes…

Anan, tout à sa fête, se cognait contre ses jambes, et Noélie demanda :

– Tu as donné aux poules, grand-mère ?

– À la première heure, ma petite.

– Dommage… !

– J'ai dit à ton amie Anaïs que tu étais arrivée, elle est ravie, pour sûr qu'elle ne va pas tarder à se manifester.

– Elle ne m'a pas oubliée, ça me fait plaisir.

– Pour le 14 Juillet vous pourrez aller à la fête du village, puisque tu es libre cette année, c'est bien ce que tu m'as dit ?

– J'irai si Anaïs m'accompagne…

– Ils ont installé le parquet-salon, comme tous les ans. Il y a quelques années, j'allais voir le feu d'artifice avec une voisine, mais à présent, je me contente d'écouter le tir des bombes, comme ils disent, et de la fenêtre de ta chambre, j'arrive à voir quelques gerbes d'étincelles… C'est bien de l'argent gaspillé tout ça, enfin…

– Cette année je t'y emmènerai, grand-mère.

– Les jeunes avec les jeunes… Tu ne vas pas t'embarrasser de moi. Et puis je suis si heureuse que tu sois là. C'est ça mon cadeau.

– Bon… Je me dépêche, je vais à la poste pour le téléphone, c'est assez long pour l'obtenir.

– Prends le temps de respirer, fillette, on dirait que tu n'as que deux jours à passer ici. Le téléphone peut attendre, tu sais.

Mais Noélie se dit qu'elle avait déjà trop attendu, et avec un beau sourire elle glissa à l'oreille de Louise :

– Je passerai chez le boucher et je te ramènerai ce qu'il faut, une surprise peut-être.

– Ah oui ?

Noélie se dirigeait d'un bon pas vers le centre du village, là où se regroupaient les quelques commerces et le bureau des PTT.

Elle déposa la demande pour la ligne et n'eut aucun mal à l'obtenir rapidement ; une huitaine de jours suffirait pour l'obtention de l'appareil et du numéro. Puis elle entreprit de faire ses emplettes, comme prévu.

Sur le chemin du retour, elle entendit soudain une voix joyeuse qui l'appelait :

– Noélie ! Noélie !

Elle eut tôt fait de reconnaître Anaïs, qui courait vers elle.

– Noélie ! J'ai failli te rater !

Et elles s'embrassèrent en riant. Pressées toutes deux elles promirent de se retrouver l'après-midi même. Anaïs passerait prendre Noélie pour une balade dont elles avaient le secret.

Côtes de veau en cocotte, avec petits oignons et carottes finement coupées… le fumet était irrésistible.

– Tu me gâtes, Noélie, je n'ai pas l'habitude…

Louise n'achetait presque jamais de viande, trop chère pour elle.

– Qui t'a donc appris à cuisiner de la sorte ? Ta mère ou ton père ? Hum ! Ça m'ouvre l'appétit.

– Laisse-toi faire, grand-mère, ça te changera. Avec le bon pain de ton boulanger et un verre de vin frais, ce sera un petit festin, et tu sais que je suis gourmande, dit-elle avec un visage si expressif qu'on ne pouvait en douter.

Mais bientôt, Louise eut cette attitude empruntée de ceux que l'on prive de leurs habitudes, de leur savoir-faire et, en même temps, elle s'amusait de la manière dont Noélie se débrouillait.

– J'ai rencontré Anaïs, nous irons faire notre balade vers le vieux moulin et la rivière. Nous avons tant de choses à nous dire ! mais je ne te laisserai pas seule longtemps, rassure-toi.

Louise souriait, indulgente à cette jeunesse débordante d'énergie qui lui rappelait tellement la sienne. « À chacun sa vie, pensa-t-elle, à chacun ses joies, ses bonheurs et tout le reste, tout ce mauvais reste qu'on ne peut pas prévoir et dont on se passerait bien. Vis donc ma chère petite, vis et sois heureuse, je n'ai pas grand-chose à t'offrir, alors va, file, ne perds pas une seconde… »

Anaïs Combraré, la fille de l'épicier du village, ne tarda pas. Elle travaillait dans la boutique de ses parents – une vieille boutique où se côtoyaient à peu près tous les produits, y compris les fruits et les légumes – et se préparait à, un jour, en prendre la succession. La clientèle affluant plutôt le matin, les après-midi s'éternisaient parfois et il ne lui fut pas difficile de se libérer.

Elles se retrouvèrent avec une joie d'enfant et, bras

dessus, bras dessous prirent d'un pas léger le chemin de la rivière, à quelque huit cents mètres de la maison de Louise.

Chemin faisant, elles se prenaient la main comme deux gamines pour mieux se contempler l'une l'autre.

– Tu es encore plus belle que l'année dernière, dit Anaïs.

– Ne dis pas de bêtises, Anaïs, j'ai un an de plus et je vais coiffer Sainte-Catherine, et ça, vois-tu, ça ne me rajeunit pas. Mais toi, qu'as-tu fait de tes beaux cheveux, de tes belles nattes qui te donnaient l'air d'une petite fille ?

– C'est mon Jacquou qui a souhaité que je change, alors... (Elle baissa la tête.) On va sans doute se marier l'année prochaine, si ses parents et les miens acceptent. Pour le moment, on n'a rien annoncé. Et toi, où en es-tu avec ton copain ?

– Tout est fini et je m'en fous royalement. Je me sens libre, libre comme le vent, dit-elle en tournoyant sur elle-même, et sa robe légère tournoyait aussi.

– On va pouvoir aller au bal du 14 Juillet, t'es d'accord ? C'est toujours plein de gars et de plus il y a les vacanciers... mais Jacques me surveille.

Et de rire toutes les deux, sans soucis. Le chemin résonnait de leur enthousiasme, de leurs éclats de rire. Dans les prés quelques faucheurs attardés terminaient leur fenaison. Les champs de blé achevaient leur maturation, ondulant sous les chaudes caresses du vent avec de petits chuintements d'épis. Les chemins, limités tantôt par des barbelés, tantôt par des murs de pierre sèche écroulés par endroits, s'embroussaillaient d'herbes folles et de ronces en fleurs, estampillées çà et là des taches vivantes et sautillantes des papillons. Des pâtures longeaient la rivière bordée d'arbres frissonnant sous les vents haut venus. De ces prairies fauchées où paissaient des troupeaux de Salers gardés par des bergers bien jeunes ou très âgés, s'échappaient parfois des commentaires – pas toujours plaisants – destinés aux promeneurs étrangers.

Dans la rivière, des jeunes gens occupaient les gués pour s'en aller plonger plus loin dans des méandres profonds. Les cris, les rires de l'été se répercutaient sur l'eau en bouffées joyeuses.

Anaïs et Noélie remontèrent leur robe et se précipitèrent dans le flot glacé en s'éclaboussant... Après quoi, lassées de ces jeux, elles allèrent s'étendre à l'ombre des ormes et papotèrent, heureuses de partager la simplicité du moment.

Deux jeunes garçons qui passaient par là tentèrent une approche. L'un d'eux connaissait Anaïs.

– Présente-nous ton amie, demanda-t-il, elle est si jolie.

L'autre osa les inviter pour le bal prochain, les yeux rivés sur les jambes nues des filles.

Les robes remontées à mi-cuisses chaviraient l'imagination...

– Nous verrons, peut-être que oui, peut-être que non...

Noélie croisa alors le regard d'un jeune homme posté en retrait et qui se contentait de les contempler, sans un mot.

– Connais-tu ce garçon, Anaïs ? Il n'est pas comme les autres...

– Tu devrais le connaître, observe-le bien. Il est vrai qu'il a une drôle de tenue...

Noélie se dressa tout à coup.

– J'aimerais aller près du vieux moulin, dit-elle. Au grand pont. Cet endroit m'a toujours intriguée.

– Il est dangereux, plusieurs hommes se sont noyés depuis que l'entreprise ne fonctionne plus. Les pêcheurs viennent sur les berges, mais le bief qui conduit l'eau au moulin n'est plus entretenu, la chute est impressionnante.

– J'aime avoir peur, dit Noélie.

– Bah... Tu es infirmière, tu sais plus de choses que moi. Tu pourrais faire du bouche-à-bouche à un noyé ?

– Je pourrais s'il le fallait... J'ai pris des cours de secourisme et...

– Moi, la coupa Anaïs en riant, je préfère un autre bouche-à-bouche !

La bonne humeur chassait la crainte. Parvenues sur le parapet du pont, elles jouèrent à mimer la chute, jusqu'au moment où un couple de promeneurs leur recommanda de ne pas donner ainsi de mauvaises idées aux jeunes prêts à tout pour se faire remarquer.

Dégrisées, soudain sérieuses, elles reprirent le chemin du village, non sans promettre de revenir au vieux moulin dès que possible.

– Je ne veux pas laisser ma grand-mère trop longtemps.

– Tu as une grand-mère formidable, Noélie. Chacun l'apprécie au village pour sa discrétion, sa générosité, et bien d'autres choses encore.

Noélie hochait doucement la tête. Elle aurait tant voulu entendre ces mots de la bouche de son père, lui qui demeurait tellement silencieux à ce sujet, mais rien ne sortait jamais de sa bouche que des banalités ! Son père et son orgueil insupportable ! Il avait balayé le passé de quelques mots trop violents et, au fil des années, Noélie avait lâchement accepté cette situation. Elle s'en repentait aujourd'hui.

– Elle m'a soignée lorsque j'ai eu mon entorse, poursuivait Anaïs, elle est extraordinaire.

– Que dis-tu ? Elle t'a soignée ?

– Oui, avec son pouvoir secret, son eau de nuit, tout le monde le sait, ici.

– Tout le monde sait quoi ? Qu'est-ce que c'est que cette eau de nuit dont je n'ai jamais entendu parler ?

– Tu es infirmière, tu ne peux pas comprendre. Les médecins non plus ne comprennent pas... Ta grand-mère enlève le feu... et bien d'autres choses encore.

Noélie se planta au milieu du chemin, et les mains sur les hanches fixa Anaïs dans les yeux.

– Et personne ne m'a rien dit ? Et toi non plus ? Tu as déjà vu cette eau de nuit ?

– Tu n'as pas grandi ici, sinon tu serais au courant. On sait que cette eau aide à la guérison, mais personne ne connaît d'où elle provient... Sauf ta grand-mère, bien sûr.

Les yeux de Noélie restaient dans le vague.

– J'éclaircirai ce mystère un jour ou l'autre, mais rassure-toi, je ne dirai pas que c'est toi qui m'as informée. L'eau de nuit... L'eau de nuit, je n'ai jamais rien entendu de pareil, et pourtant voilà cinq étés que je passe ici. (Elle éclata de rire.) Grand-mère est une guérisseuse ! un charlatan, une rebouteuse ! et pourquoi pas une hypnotiseuse, une magnétiseuse ? J'avais entendu parler de l'eau de neige, mais de l'eau de nuit… jamais !

– Elle a soulagé et guéri beaucoup de gens, je t'assure, mais elle reste discrète. Au printemps, elle a été hospitalisée pour un problème de cœur et peu de gens l'ont su, on a même dit qu'elle avait défendu qu'on prévienne son fils.

Noélie se figea.

Au plus profond d'elle-même monta la culpabilité ; elle se rendait compte tout à coup combien elle connaissait mal son aïeule, Louise Beaulière, et son cœur se serra. Mais Anaïs, la joyeuse Anaïs, eut tôt fait de chasser les ombres.

– Dis, tu as vu comment le garçon te regardait, Noélie ? Il a un charme fou, hein ? Il te plaît ?

– Je ne sais pas, mais je dois reconnaître qu'il est mignon…

Elles rirent, un peu mélancoliques.

– Dommage que j'aie le mien, ajouta Anaïs.

– Moi, je suis libre, plus libre que jamais, dit-elle, le visage levé vers le ciel.

Elle avait vécu avec un garçon durant deux années, et avait rompu à quelque temps du mariage. La cicatrice était encore fraîche.

Elles parvinrent à l'orée du village.

– Tu reviendras à la rivière demain ? jeta Anaïs. Mais avec nos maillots cette fois ! On était ridicules avec nos robes.

Sur cette promesse elles se quittèrent, et Noélie continua vers la maison de Louise, d'un pas lent.

Lorsqu'elle entra, elle regarda sa grand-mère d'une manière différente, gênée tout à coup par ce sentiment de mise à l'écart à propos de sa vie, ses secrets. Noélie, sa petite-fille, ne la connaissait pas. Cette révélation sur l'eau de nuit, sur sa maladie du printemps, la perturbait. Et puis, cet isolement dans lequel Louise s'enfermait ne lui paraissait pas normal. Noélie surmonta son malaise et joua une fois de plus l'ignorante, cependant qu'un nuage de doute s'installait peu à peu en elle.

– Ça m'a fait beaucoup de bien de retrouver la rivière, le paysage, le vieux moulin. Avec Anaïs nous avons bien bavardé. C'est bien agréable les vacances, et que la campagne est belle !

– Tu aurais toujours vécu au pays, tu ne la verrais pas de la même manière, mais de loin... les détails sont invisibles.

– Sans doute... Tu as raison, grand-mère. Je vais essayer de mieux les voir, et pour ça j'aurai besoin de toi.

Louise se tourna vers elle, un peu interdite devant cette attitude soudaine. Mais elle inclina plusieurs fois la tête, en signe d'acquiescement.

– Nous prendrons le temps, dit-elle simplement.

– Grand-mère, je te promets de venir désormais tous les étés, et peut-être plus encore. Je ne comprendrai jamais mon père...

– Celui-là...

Et Noélie se laissa gagner par des sensations et des images, mi-regrets, mi-souvenirs... Les étés chauds et tranquilles près de Louise, dans sa modeste maison, dans ce bout de ruelle aboutissant à l'imposant Castel au-delà des arbres. Ces étés sous un soleil qui plombe les jardins et les prés, ces étés bruyants d'insectes, pleins de la sueur des paysans penchés sur les longues et pénibles fenaisons précédant les moissons. La rivière ? Les gens d'ici n'ont pas pour elle ce regard de plaisir, ils n'en ont guère le temps. Ces étés, c'est aussi la vie qui s'empare fortement des hommes, jeunes et vieux, et des bêtes. Elle ne s'était jamais rendu compte à ce point du nombre d'étés perdus, ces étés dont elle s'était privée et qui l'auraient tant rapprochée de sa grand-mère.

– Ne va pas trop vers le moulin, disait Louise, surtout vers le bief, c'est dangereux. As-tu vu les bêtes des Lauressergues ?

– De loin, j'ai vu beaucoup de vaches, un beau troupeau…

– Vers les grands prés, oui, ce sont leurs bêtes. Autrefois ils montaient en estive, vers Allanche, dans le haut Cézallier cantalien, mais aujourd'hui, ça ne se pratique plus guère. Ils fabriquent encore un peu de fromage, et ils élèvent des veaux.

– Et tes fermiers font de même ?

– Dans une certaine mesure oui, mais rien de comparable. Tiens, ils m'ont apporté du beurre frais pendant ton absence, ils savent que tu es là !

– Tout se sait si vite ici, par quelle magie ?

– Nous sommes des gens de la terre… même si j'ai été culottière. Nous voyons tout et disons peu, c'est dans nos traditions. Nous savons nous taire quand c'est nécessaire. Oh ! Il y a bien des débordements, c'est sûr, ce serait trop parfait sinon…

Noélie se tut, puis, en baissant le nez :

– Grand-mère, as-tu des secrets ?

– Comme tout le monde, répondit Louise avec un petit sourire. Comme tout le monde…

L'heure du dîner approchait. Noélie, pensive, alla lever les œufs, elle rendit visite aux lapins, leur donna un panier d'herbe et s'en retourna vers la maison.

Toutes deux dînèrent presque en silence, Louise scrutant le visage préoccupé de la jeune fille.

Noélie se promit de rendre visite au médecin du village. Elle saurait bien ce qu'avait eu sa grand-mère.

3

Le médecin du village était un grand gaillard à cheveux blancs. Son regard incisif observait Noélie.

– Un malaise cardiaque dans son potager, dit-il. Par chance, une voisine l'a aperçue et m'a prévenu, j'ai pu l'hospitaliser en urgence. Mais après quelques jours elle est revenue chez elle, elle a refusé de rester plus longtemps en soins. Je ne vous cache pas que ça peut se reproduire. Elle suit un traitement et elle vient consulter de temps en temps, mais… Vous êtes infirmière, m'avez-vous dit ? Alors nous nous comprenons, n'est-ce pas ?

– Certainement, docteur, ma grand-mère a son caractère, elle ne se plaint jamais. Mais je vois bien qu'elle est fatiguée d'avoir tant travaillé, beaucoup travaillé…

– Eh bien… elle a aussi tendance à s'occuper plus des autres que d'elle-même, jusqu'à me faire concurrence, ajouta-t-il avec un sourire qui en disait long.

Noélie demeura bouche bée. Il savait. L'eau de nuit…

Il la raccompagna fort aimablement en lui disant :

– Bonne chance dans votre travail ! Il y a tant à faire !

Au retour, bien décidée à parler avec sa grand-mère, Noélie échafauda un plan, du moins pour ce problème de cœur.

À la maison, Louise l'accueillit avec le même sourire.

– As-tu vu le parquet-salon pour le bal du 14 Juillet ? il paraît qu'il sera plus grand que celui des années précédentes !

– J'ai vu des ouvriers sur la place, ce devait être ça. Il y avait déjà des jeunes et des curieux.

– J'espère que tu y feras un tour, c'est de ton âge, et puis, je ne te surveille pas, ma chère petite, dit-elle avec un clin d'œil.

Noélie lui prit la main, en un geste tendre.

– Grand-mère, il faut que l'on parle toutes les deux. J'ai appris que tu as été malade, et même hospitalisée, et personne n'a rien su, ni mes parents ni moi...

Louise détourna le regard, brusquement affairée près de la cuisinière.

– Ce n'était pas si grave, petite, juste une douleur, j'en ai eu bien d'autres, s'il fallait à chaque fois appeler au secours... Mais qui t'a donc renseignée ?

– Quelqu'un que tu as guéri avec ton eau spéciale... Tu vois ce que je veux dire ?

Louise ne broncha pas.

– J'ai appris que tu jouais les infirmières à ta manière, toi aussi...

– Tu ne pourras jamais comprendre, répondit-elle avec une douceur surprenante. Surtout avec ton métier. Jamais je n'aurais pu te l'avouer, je redoutais même que l'on ait besoin de moi pendant ton séjour ici.

– Grand-mère ! Tu prodigues des soins à ceux qui

souffrent et qui croient en toi, comment pourrais-je t'en vouloir ? Mais j'aurais aimé que tu me racontes, tout simplement.

Louise se tourna lentement vers elle, et son regard las chercha les yeux clairs.

– Je fais ce que je peux. Je soulage certaines douleurs, ce sont les gens qui viennent me voir. Et sache que je leur recommande toujours d'aller consulter un médecin, même si je sais qu'ils n'iront pas. En tout cas, mon enfant, ils vont mieux après ce que je leur fais, et ce n'est pas mon pouvoir à moi, mais celui de l'eau de nuit…

– D'accord, et j'espère que tu m'en diras plus un jour. Mais pour ton cœur, tu respectes bien le traitement ?

– Oh, pour sûr. Allons… Il est temps de préparer la table, nous avons assez perdu de temps avec tout ça, aide-moi, petite.

Noélie l'enlaça et la serra contre elle.

– Grand-mère, je t'adore, tu me surprendras toujours !

– Pour le repas de dimanche, je te préparerai un lapin, un des miens, tu m'en diras des nouvelles.

– À condition que je participe à la cuisine, mais ne me demande pas de le tuer… !

Dans l'après-midi, Anaïs vint prendre Noélie comme promis, avec autant de joie que la veille. Anan les accompagnait, alternant les démarrages foudroyants et les retours fulgurants.

– Il est fou ce chien ! s'exclama Anaïs, qu'est-ce qui lui prend ?

– Il est heureux comme nous, tout simplement, et moins raisonnable. Il le dit à sa manière.

Noélie se pencha et le flatta de la main, juste avant qu'il ne démarre en trombe, la langue pendante.

– J'ai vu des garçons ce matin, dit Anaïs, ils m'ont parlé de toi en se disputant déjà pour te faire danser.

– Ils se calmeront, la chaleur les excite. J'ai parlé à ma grand-mère de son incident cardiaque, mais sois tranquille, je ne t'ai pas nommée. J'ai l'impression d'avoir été la seule à tout ignorer de ses secrets. Je crois qu'on va devenir plus proches encore, toutes les deux.

– Mieux vaut tard que jamais.

La fraîcheur de la rivière leur parvint, toute proche, mais les jeunes filles décidèrent d'aller plus bas que le vieux moulin, vers les terres des Lauressergues. Quelques jeunes gens les sifflèrent joyeusement au passage, puis elles s'installèrent sur la berge. Au loin, des vaches paissaient tranquillement le long de l'eau, sur les prairies encore bien vertes.

Du talus où elles étaient assises, on pouvait deviner les bâtiments des Lauressergues, et le fier Castel. Tout semblait paisible dans cette campagne où les bruits semblaient feutrés, couverts par le chant de la rivière, chaque fois semblable et pourtant différent à une oreille attentive.

Les jeunes filles se taisaient, rêveuses.

– À quoi penses-tu, Noélie ? À dimanche ? Nous allons nous amuser, tu trouveras bien un cavalier…

– Non, j'observe ce domaine, on dit que les propriétaires sont très riches…

– Les Lauressergues ? Tu parles, ils n'ont besoin que de vendre leurs produits, et puis tout le monde les respecte, ils ont encore un homme à marier, un plus vieux que nous, tu le verras au bal, il n'en manque pas un.

– Je l'ai déjà vu passer en Jeep devant la maison. Mais aujourd'hui, je n'ai pas la tête à ça. J'aurais dû venir plus souvent, Anaïs. Je sens une véritable attirance pour ce coin de terre, comme si… Bah, ce n'est peut-être qu'un sentiment de regret. Allez, viens, on va prendre un bain, ça me changera les idées.

En un tournemain les robes volèrent et elles se retrouvèrent en maillot de bain, toutes deux sculpturales, créatures aquatiques glissant dans cette fraîcheur liquide qui les apaisait… Puis, en s'éclaboussant elles firent naître des gerbes d'eau allumées de soleil qui, dans la seconde suivante, retombaient dans l'ombre et sans jamais reparaître, rejoignaient le long glissement anonyme du cours de la rivière.

Quelques regards les surprirent mais elles les ignorèrent, toutes à ce bonheur et cette paix qui les isolaient du monde. Sur la berge, haletant et la langue pendante, Anan les surveillait, elles et ce minuscule territoire de garde qu'il avait fait sien.

Excellentes nageuses elles disparaissaient parfois dans un méandre, puis réapparaissaient, comme des dauphins luisant de lumière.

Épuisées, ravies, elles rejoignirent enfin la berge et se laissèrent choir dans l'herbe avec des soupirs de plaisir.

– Quel bonheur cette baignade, rien à voir avec la Méditerranée et la foule des vacanciers, ils n'ont même pas la place de déplier leur serviette de bain…

– J'aimerais bien voir ça, tu dois exagérer tout de même !

– Viens chez moi quelques jours, je t'invite, tu verras par toi-même.

– J'en rêve déjà ! je te promets, je viendrai, j'en ai trop envie. (Puis, avec une moue :) Faudra d'abord que Jacquou soit d'accord, parce que j'aimerais venir toute seule...

– Ne t'inquiète pas, je t'aiderai, c'est promis. (Elle se leva :) Nous allons rentrer, maintenant. Je ne veux pas abandonner ma grand-mère tous les jours, et j'ai besoin de rester auprès d'elle.

– Tu en as des choses à apprendre pour devenir bien de chez nous !

Elles se séchèrent, se rhabillèrent, cependant qu'au loin des garçons leur faisaient de grands signes.

Louise n'avait pas perdu de temps. Un lapin manquait dans la cage.

– Grand-mère, tu ne m'as pas attendue ?

– Je t'ai évité le pire... Tu vois, il est dépouillé, il ne reste plus qu'à le découper et préparer la marinade. Je te l'avais promis pour demain !

– Je ne sais que te dire grand-mère, tu es si...

– Allons, demain c'est dimanche, il faut bien améliorer l'ordinaire. De plus, tu es là et c'est la veille du 14 Juillet, la fête au village, le feu d'artifice ! Il faut fêter ça, non ?

– Nous irons ensemble, tu veux bien ?

– Je veux bien, mais le matin de bonne heure je veux me rendre au cimetière. Chaque fois qu'il y a fête à Val Vergne, je vais là-bas, histoire de ne pas oublier les miens...

– Je te conduirai avec ma voiture, tu es d'accord ?

– Oui, Noélie, c'est promis, je monterai dans ton carrosse, dit-elle en souriant. Mais pour l'instant, nous allons préparer une salade du jardin accompagnée d'une omelette.

À peine avait-elle terminé sa phrase qu'une voiture se rangea devant le portail.

Louise pencha la tête et comprit aussitôt. Deux jeunes gens en transportaient un troisième chez elle, non sans avoir demandé la permission d'entrer.

Louise regarda Noélie. « Je vais devoir m'occuper de lui, le soigner avec ma méthode... », semblait-elle dire.

Noélie acquiesça de la tête, sans dire un mot.

On plaça le jeune garçon sur deux chaises et il allongea sa jambe dont la cheville avait déjà gonflé.

– Comment ça s'est passé ? Tu es bien François Dabère ?

– Oui, madame. On terminait l'installation du salon. Il ne nous restait plus que quelques guirlandes à fixer au plafond, et bing ! J'ai glissé de l'échelle et je me suis mal reçu.

– Ce n'est pas bien grave, dit Louise en palpant l'articulation, juste quelques ligaments mis à mal. Je vais faire ce que je peux mais il faudrait aussi consulter le docteur.

– Oui, madame Beaulière, mais demain c'est la fête...

Louise jeta un regard complice à Noélie qui observait la scène, à l'écart, comme interdite de participation, elle, l'infirmière !

– Vous viendrez danser, mademoiselle ? lui lança

tout à coup un des garçons moins timide que ses compères. On vous a aperçue hier à la rivière.

– Ma petite-fille viendra sûrement, affirma Louise qui déjà se dirigeait vers son placard.

Elle en retira un cruchon en grès, fermé par le système des bouteilles de limonade, et un pot en terre cuite enveloppé dans un demi-journal.

– C'est votre élixir ? Votre potion magique que vous avez là ? dit l'un des garçons.

Sans répondre, Louise plaça une serviette sous le pied du blessé et déversa dessus un bon verre d'eau du cruchon, avant d'essuyer doucement, avec délicatesse.

« L'eau de nuit... », pensa Noélie.

Louise, toujours concentrée sur son ouvrage, plongea les doigts dans le pot et en extirpa un onguent graisseux et jaunâtre dont elle se mit à masser la cheville du garçon, qui se retenait pour ne pas gémir. Personne ne parlait, seuls les regards filaient de l'un à l'autre.

Anan, lui, en avait vu d'autres, couché aux pieds de Noélie, il ne s'intéressait pas à l'affaire.

Après plus de cinq minutes de massage ininterrompu, Louise versa une nouvelle fois l'eau mystérieuse, très délicatement, sur la cheville. Le garçon sursauta.

– C'est froid !

– Tu ne vas pas jouer la fillette, lui répondirent les autres.

Louise banda avec soin la cheville et le pied, puis :

– Te voilà tout neuf, demain tu pourras danser ! Mais d'ici là, marche le moins possible.

– Merci, madame Beaulière, heureusement que vous êtes là.

– Et n'oublie pas de me rendre le bandage, pour le suivant…

– Merci encore, combien vous dois-je ?

– Chez moi, c'est toujours gratuit, tu le sais bien, François.

Les garçons, retrouvant la parole, remercièrent en chœur et disparurent, heureux de savoir que François pourrait danser le lendemain.

Noélie reniflait le pot et son contenu, dubitative.

– Est-ce toi qui prépares cette mixture ? Ça sent la graisse de porc et puis…

– Pour le gras tu as raison, quant au reste, c'est mon secret. Cependant, je peux te dire qu'il n'y a que des produits de chez nous, broyés et réduits en poudre, avec en plus…

Noélie plongea un doigt dans l'onguent et en respira l'odeur particulière.

– Personne n'a jamais eu d'allergie à ce genre de pommade ?

– Ma petite fille, j'ai confiance en toi, mais je sais aussi que tu as fait des écoles, tout ça peut te surprendre. Je ne suis pas une sorcière. Un jour, une vieille femme m'a appris et m'a transmis le secret et moi, ta grand-mère, je te le transmettrai à mon tour…

– Et ton eau de nuit ? On dirait de l'eau normale, ne serait-ce pas de l'eau de neige ?

– Non, chère petite, ce n'est pas de l'eau de neige. Je te promets de t'apprendre sa provenance, si tu me promets à ton tour de ne pas me trahir.

– Je te le jure, grand-mère. Ce sera notre secret.

Après cet intermède, toutes deux préparèrent le souper.

Noélie pensait toujours à cette intervention sur le jeune François, dont la confiance en Louise était surprenante. Pas le moindre doute chez lui ou ses camarades, pas la moindre hésitation pour venir frapper à la porte de Louise Beaulière.

Louise, sans en avoir l'air, suivait les ombres qui passaient sur le front de la jeune fille. Elle se décida à les chasser :

– Les gens viennent me voir ainsi, pour une foulure, une douleur au côté, au dos ou ailleurs. Parfois je ne leur donne qu'un verre d'eau, de l'eau de nuit bien sûr, et ils savent qu'ils iront mieux, que la douleur s'estompera… et elle s'estompe ! Mais lorsque je devine une fracture ou un mal profond, je leur avoue mon incapacité à les soulager et les guérir. Ils ont confiance, voilà tout.

– Ça dure depuis longtemps cette manière de… je veux dire comment c'est arrivé ?

– Oh, ce n'est pas venu subitement, c'est une guérisseuse, un peu voyante, un peu folle aussi, qui m'a transmis « le don » comme elle disait. Je ne peux t'en dire davantage pour l'instant.

– Je ne te poserai plus de questions, grand-mère, dit Noélie en déposant un tendre baiser sur la joue ridée.

Neuf heures du matin. Dimanche 13 juillet 1980.

La voiture traversa Val Vergne et se dirigea vers le cimetière de la commune. Louise avait préparé un bouquet : quelques roses cueillies dans son jardin et trois glaïeuls, le tout agrémenté d'un feuillage chipé dans la haie du fond.

Toutes deux marchaient maintenant le long des tombes et des caveaux, des chapiteaux de pierre ou de marbre pour les familles les plus aisées. Le plus imposant appartenait à la famille Lauressergues.

– Tu vois, même ici, les riches se démarquent…, dit Louise avec une grimace.

Un coup d'œil rapide et elles rejoignirent leur tombe, celle où reposaient les parents de Louise et son mari, Bénigne Beaulière.

Elles se signèrent, et Louise déposa délicatement les fleurs.

– Je ne vous oublie pas tous les trois ; c'est la fête du 14 Juillet, vous entendrez bien les pétards du feu d'artifice, il y aura de l'animation au village.

Elle parlait toujours ainsi aux siens, leur racontait le détail du jour, puis s'en retournait, tout doucettement.

Noélie, qui n'avait connu aucun de ces morts, prenait soudain conscience de l'importance et du sens de cette visite. Ils étaient pour Louise la seule famille à proximité. Aussi dur que pouvait sembler ce raisonnement, il était d'une justesse implacable.

Brusquement, une pensée fit frémir la jeune fille. Et si un jour Louise était saisie d'une nouvelle attaque, chez elle, dans la solitude la plus absolue ? Elle avait entendu dire que des gens isolés étaient morts ainsi, sans que l'on s'en aperçoive, certains dans les champs, dans les jardins, dans les bois et même dans leur lit. Cela pouvait donc se produire pour sa grand-mère, surtout après les alertes du printemps. Elle serra très fort le bras de Louise sous le sien et chassa d'office ce genre d'images.

Elles passèrent chez le boulanger et Noélie ne put se retenir de le féliciter pour la qualité de son pain, elle n'y résistait pas.

– Tant pis pour ma ligne, ce sera votre faute !

Ce lapin à la moutarde… une réussite ! Louise se réjouissait de pouvoir encore surprendre sa petite-fille.

– Tu es une cuisinière magnifique, grand-mère, un vrai cordon-bleu !

– Pourtant, je n'ai pas eu le bonheur de choyer les miens, mon mari est mort après trois années de mariage ; pour ton père, j'ai fait ce que j'ai pu, ce sont mes parents qui m'ont enseigné le peu que je sais en cuisine. Ton père était gourmand, il adorait la pâtisserie.

– Il l'est toujours, grand-mère.

– Pardi, on ne change pas comme ça. Ta mère lui en prépare ?

– De temps en temps, en Corse, il y a aussi des spécialités.

– La Corse, mon Dieu, cette Corse..., dit-elle en secouant la tête. La France n'est donc pas assez grande ?

– Les temps changent, tu sais. Aujourd'hui, on peut aller vivre loin de son village natal. Moi, par exemple, j'ai l'intention d'aller soigner les enfants en Afrique, c'est une idée qui me trotte dans la tête.

– Ah ! Je ne suis plus de votre temps. Nous autres, on n'avait pas ces idées-là, et heureusement, parce qu'on ne pouvait pas les réaliser. Vois-tu, j'ai fait ma vie comme j'ai pu, ici, les pieds dans ma terre natale, avec tous les souvenirs, les heureux et les tristes, les incompréhensibles aussi, mais ce temps-là, c'était le mien. Toi, tu es légère, tes racines ne sont pas encore assez profondes... Comme un arbre qu'on peut transporter au loin, très loin, et qu'on peut replanter. Il lui faudrait alors beaucoup de temps pour s'agripper, s'enraciner, peut-être des générations... Mais quand c'est fait, il ne faut plus le bouger, il pourrait en mourir...

Noélie écoutait sa grand-mère avec attention ; elle exposait avec ses mots une philosophie terrienne, solide, bien campée. Comme elle s'exprimait juste... au point de troubler sa petite-fille ! Après tout, songeat-elle, ces envies d'aller en Afrique... quel malaise cachaient-elles ?

Comme si elle avait suivi le dédale de ses doutes, Louise murmura, dans un soupir :

– As-tu un problème pour vouloir t'enfuir de ton pays ? On ne quitte pas sa terre sans raison...

– Papa avait donc une raison de se réfugier en Corse, et ne plus vouloir revenir dans son village ? N'est-ce pas, grand-mère ?

La question venait de s'abattre sur Louise comme un orage de grêle, sans prévenir. Prêt à tout dévaster sur son passage. Louise enfouit la tête dans ses mains, les coudes sur la table.

– Ton père... voyons, comment dire, ton père a dû recevoir un choc, une vexation si grande que son orgueil ne l'a pas supporté. Il était fier, mon fils, mais trop orgueilleux, susceptible, avec une tête de mule. Mais il demeure mon fils et je suis privée de lui. Je ne sais même pas s'il pense encore à moi, au travail que j'ai dû fournir pour l'élever, à tout ce que j'ai fait... Bah, je ne lui en veux pas, peut-être que...

Elle ne put en dire davantage. De ses yeux dissimulés sous ses mains glissèrent des larmes qui trouvaient le chemin des rides. Le drame était là, à fleur de peau, et Noélie se mordait les doigts d'avoir posé cette question. Elle se jura, une fois de plus, de ne jamais reparler de ces secrets, qui pourtant gâchaient tant de vies.

– Prenons le café, grand-mère, et excuse ma maladresse, je t'en prie. Il y a tellement de choses que j'ignore et que je voudrais comprendre.

Louise se leva, se dirigea vers la porte et, appuyée contre le montant, tourna le dos à la table.

Anan vint se coucher à ses pieds, avec un long soupir de tristesse.

Noélie vint la rejoindre, la prit par les épaules et

resta là, muette, contre son dos. Toutes deux regardaient cette campagne paisible, avec ses maisons disparates, aux volets entrouverts, les jardins, les vergers croulant sous les fruits envahis de guêpes. Au loin, des cris d'enfants, des bruits de voitures que l'on démarre, de mobylettes qui pétaradent.

Tout un monde, là, s'étalait devant leurs yeux. Le pays du fils, avant qu'il devienne père, le pays du temps d'avant.

4

La foule se presse dans cette demi-obscurité où se mêlent jeunes et vieux. Un rendez-vous habituel pour ce spectacle pyrotechnique apprécié de tous les habitants alentour.

Bientôt 23 heures, et la nuit ne parvient pas à son plein de ténèbres, en cette mi-juillet.

Louise et Noélie, assises sur un muret, conversent avec leurs voisins. Anaïs les a rejointes avec son ami Jacquou. Et soudain, le ciel s'illumine de gerbes multicolores. Les fusées griffent l'espace, les explosions de féerie suivent le sifflement de leur ascension, et l'embrasement du ciel révèle la foule émerveillée, nez en l'air, qui s'exclame et applaudit toujours, les enfants excités qui récitent les couleurs, les vieux assis côte à côte, qui comparent les mérites des feux d'artifice à travers l'histoire, leur histoire…

Des tourniquets de feu s'animent, des fontaines magiques ruissellent d'or et d'argent…

Noélie tient Louise par le bras. Puis une multitude de jets d'étincelles jaillissent de partout, par centaines, qui éclatent, s'ouvrent en fleurs et retombent en pluie scintillante. C'est le bouquet final. Les applaudissements éclatent cependant que trois détonations signent la fin du spectacle. La nuit retombe, intacte, sur les premiers échos du bal.

– Tu n'as plus qu'à me ramener à la maison, dit Louise.

– Ne veux-tu pas faire un tour, prendre un verre avec nous ? insiste Noélie.

– Tu es gentille, mais c'est déjà bien ainsi, et tu as besoin de t'amuser. Moi, je suis heureuse d'être venue, maintenant je vais au lit.

Noélie glissa son bras sous celui de Louise, en murmurant, rêveuse :

– Ce feu d'artifice attire toujours beaucoup de monde, il était magnifique.

Parvenues devant la maison, elles s'embrassèrent.

– Tu rentreras quand tu voudras, petite. Va, tes amis s'impatientent, dit Louise en s'esquivant déjà. Et comme Noélie s'éloignait, elle ajouta de loin : Sois sage !

Lorsque Noélie rejoignit la place du village, la foule commençait à se disperser, surtout les familles accompagnées de jeunes enfants. Anaïs attendait à la terrasse d'un café.

– Te voilà enfin, dit-elle. Nous t'attendions pour rentrer au bal !

Sur le parquet-salon, la chaleur emmagasinée les surprit. À peine entrée, Noélie fut invitée, on semblait l'attendre… L'orchestre menait bon train, valses, tangos, slows et rock se succédaient. Entre les danses, les deux amies se faisaient un signe, puis un autre cavalier enlevait Noélie. Cette fois, ce fut François.

– Grâce à votre grand-mère, je peux danser ce soir, elle est formidable, vous avez beaucoup de chance de l'avoir.

– Vous aussi, vous avez de la chance de pouvoir danser, je n'y croyais pas, mais je le lui dirai.

Il la prit par la main et l'entraîna parmi les couples.

« Il était beaucoup plus timide chez grand-mère », pensa Noélie que François serrait contre lui. Ils frôlèrent Anaïs tournoyant dans les bras de Jacquou, et elle lui décocha un coup d'œil sans équivoque. Mais François ne plaisait guère à Noélie et elle le lui fit gentiment comprendre.

D'autres garçons l'invitèrent, l'entraînèrent sur la piste, mais celui qui l'avait troublée, au bord de la rivière, le jour de son arrivée, se contenta de la regarder, sans jamais venir à elle.

– C'est le fils des fermiers de ta grand-mère ! expliqua Anaïs. Il est élève ingénieur agronome à Angers.

Jacquou, Anaïs et Noélie s'étaient installés à une table et sirotaient un rafraîchissement lorsqu'un homme s'approcha, et les salua aimablement. Puis il demanda à Noélie de lui réserver la prochaine danse, avant de s'éloigner. Noélie accepta.

– Tu l'as pas reconnu ? demanda Anaïs. Faut dire qu'il fait bien sombre, ici.

– Il me semble que…

– C'est Paul Dautremont, un petit-fils des Lauressergues !

– C'est vrai, je le reconnais maintenant. Sur son tracteur ou dans sa Jeep, il est très différent.

– Un beau gars à marier, dit Jacquou. Et plein de fric, un peu plus âgé que nous, mais un gars, comment dire…

Jacquou s'empêtrait une fois de plus dans ses phrases. Anaïs avait beau lui dire de prendre son temps, de choisir ses mots, rien n'y faisait. Il les laissait en suspens et passait à autre chose. Noélie éclata de rire. Jacquou lui était sympathique.

Puis Paul vint vers elle et tous deux s'éloignèrent dans l'obscurité d'un slow.

– Je me suis permis de vous inviter car vous n'êtes pas accompagnée cette fois…

– C'est du passé, dit-elle simplement.

Noélie sentait un piège se refermer sur elle. Elle eut envie de fuir, mais Paul dansait merveilleusement, et tout doucement leurs corps s'accordaient. Ils ne se quittèrent plus. Anaïs lui lançait un drôle de regard, mais Noélie feignait de l'ignorer, toute au plaisir de se sentir bien, détendue.

Il l'entraîna à une table près du bar, et ils essayèrent d'échanger quelques mots.

Elle le trouvait beau, et lorsqu'il souriait, tout son visage s'illuminait. « Ça s'appelle le charme », se dit Noélie. À travers la chemise, elle pouvait deviner une musculature puissante d'homme de la terre, il avait de grandes mains élégantes, solides. Noélie le contemplait en souriant. Elle n'avait pas vraiment envie de parler.

Ils se perdirent dans la foule, laissant les lumières derrière eux, puis la foule elle-même.

Louise avait préparé le petit déjeuner, lorsque Noélie apparut, les yeux à demi fermés, le geste lent.

– La nuit a été longue ? Tu me sembles encore dans tes songes. Tout va bien ?

– Oui, grand-mère, je me suis couchée tard…

– As-tu trouvé un bon cavalier ?

– Que veux-tu dire ?

– De mon temps on l'appelait comme ça, un bon danseur qui s'occupait de vous, c'était un bon cavalier, aujourd'hui…

– Les garçons ne manquaient pas, j'ai fait une touche !

– Tu ne m'étonnes pas ! Et elle rit de bon cœur. Mais sans la questionner plus avant.

Il était plus de onze heures lorsque Anaïs vint frapper chez Louise, pour parler à Noélie.

– Je crois qu'elle est vers les poules, tu la trouveras bien. Vous vous êtes bien amusées, au moins ? Il y avait du monde…

– Oui, madame Beaulière, c'était chouette !

Elle courait déjà rejoindre son amie, assise sur un banc, le vieux banc qu'utilisait Louise.

– Tu prends les manières de ta grand-mère, ma parole ! Elle s'assied toujours ici… (Puis, trop curieuse pour attendre :) Alors, comment ça s'est passé ? Vous avez disparu tout d'un coup, sans tambour ni trompette, alors on s'est douté que…

– Il m'a raccompagnée, c'est tout, j'habite sur son chemin, dit-elle en souriant.

– Rien de plus ?

– Ça ne te regarde pas, ma chère amie, mais je dois t'avouer qu'il est sympa, je ne le croyais pas ainsi. Il m'a dit qu'il regrettait de ne pas m'avoir rencontrée plus tôt…

– Je le savais, j'en étais sûre dès que j'ai aperçu son regard sur toi. Et après ?

– On se reverra, je lui ai promis.

Anaïs parut enchantée, pourtant Noélie ressentit une sorte de retenue chez son amie, une pointe de réserve.

– Je dois m'en aller, Noélie, il y a sûrement des clients à la boutique et ma mère compte sur moi. On se voit demain ?

– Je voudrais louer un vélo, crois-tu que je pourrais en trouver ici, à Val Vergne ?

– Viens chercher le mien, tu pourras le garder tout le temps des vacances, je ne m'en sers plus. Je te le prépare tout de suite.

– Merci, je passerai vers les quatre heures.

– Parfait ! et surtout ne l'économise pas. Attention à toi, les loups rôdent dans les sous-bois… !

– Fiche-moi le camp !

Elle riait encore en regardant Anaïs s'éloigner, puis revint vers la maison où Louise préparait le déjeuner. Dans la tête de Noélie trottaient quelques idées…

– Tu es dans la Lune, ma petite.

– Je pensais au vélo que doit me prêter Anaïs. J'ai envie de me promener dans les chemins que je ne connais pas. J'irai le récupérer dans l'après-midi. Toi, dit-elle au chien, tu ne pourras pas m'accompagner. Tu ne sais pas pédaler !

– Pauvre bête !

– Ah ! J'allais oublier, j'ai rencontré François que tu

as soigné, il dansait à merveille, difficile à croire et pourtant vrai ! Ton eau de nuit et ta mixture l'ont remis d'aplomb alors que moi je n'aurais rien pu faire, si ce n'est un bandage. Tu es une vraie...

– N'en parlons plus, jusqu'à la prochaine fois. Un jour, je te dirai, pour l'eau...

Le timbre de la pendule fit sursauter Noélie. Pourtant elle aimait ce son, cette marque du passé enfermée dans son coffre en bois... Un éternel parcours, un éternel chemin. « Si l'on dissociait les aiguilles de leur cadran, plus de repères, plus de sens. Alors que l'association des deux génère une cohérence, une direction précise. » Rien ne doit séparer deux choses conçues pour aller ensemble, fonctionner en système lié et merveilleusement au point. Et si c'était ce principe-là qui animait la vie d'un couple ? Grand-mère a été veuve très jeune, sa vie a été une pendule désarticulée où une seule aiguille tournait à toute vitesse pour remplacer l'autre, n'importe comment, en attendant l'arrêt fatal.

– Tu ne manges pas, Noélie ? Qu'as-tu donc ?

– Ce n'est rien, je pensais à mon père, mentit-elle.

Louise Beaulière, pas dupe, garda un silence prudent.

Après le repas, Noélie décida de monter dans sa chambre, prétextant le trop de chaleur, tandis que Louise s'installait dans son fauteuil de rotin et ouvrait son quotidien, près de la fenêtre. Anan s'était glissé en un lieu frais, sous le banc de pierre à l'arrière de la maison.

Étendue sur le vieux lit de bois, en tenue légère, Noélie plongeait dans ce silence des après-midi de juillet. Son regard suivait machinalement le dessin des boiseries du plafond. Les volets entrouverts filtraient la lumière chaude, et quelques grains de poussière dansaient dans le rayon oblique. « Je suis bien ici, en paix et en sécurité. Nous ne sommes que deux dans cette maison, pourtant je me sens entourée d'autre chose, d'une force inconnue qui m'appelle, comme si… Dans quelques jours, je dois rejoindre Nice, le CHU et les malades. Grand-mère aussi est malade, et plus qu'elle ne le dit, mais je ne l'imagine pas là-bas, ou même dans une maison de retraite… Non, ce monde n'est pas fait pour elle… Alors, comment ne pas la laisser seule ? »

Elle ferma doucement les yeux et retrouva Paul, son visage, son contact rassurant, elle dansait encore avec lui, serrée dans ses bras, au creux de cette obscurité heureuse de la veille. Elle lui avait promis de passer lui dire bonjour dans le pré enfin fauché, le dernier de cette saison, non loin de la rivière. Elle irait, rien ne s'y opposait.

Il était plus de quatre heures lorsqu'elle récupéra la bicyclette d'Anaïs, un engin robuste qui ne craindrait pas les chemins. « Et voilà que je renoue avec une époque lointaine, quand j'aimais gravir les côtes du village corse et dévaler les descentes en me faisant une peur noire ».

Coiffée d'un chapeau de paille, vêtue d'un tee-shirt et d'une jupe ample en coton, elle appréciait ce vent qui lui léchait les jambes et s'accordait bien plus. Dans les champs, certains ne voyaient que son chapeau glisser derrière un mur, d'autres sa jupe que la vitesse gonflait comme une voile. La rivière se rapprochait mais le détour qu'elle s'était offert lui avait pris du temps.

Il était plus de cinq heures, le tracteur tirait sa machine à botteler le foin, laissant derrière elle des formes cylindriques bien ficelées.

Elle vit deux hommes s'approcher de Paul, lui servir à boire, et discuter un moment, avant de s'éloigner.

Les râteaux depuis longtemps avaient été remplacés par la pirouette et l'endéneuse. Tout le travail se réalisait du tracteur, que Paul maniait avec dextérité.

Lorsqu'il aperçut Noélie, il eut un grand geste de la main et lui fit comprendre qu'il serait libre dans quelques minutes.

Noélie l'attendait au bord de la rivière. Lorsqu'il s'approcha, l'été ruisselait sur son torse, tant et si bien qu'il piqua une tête dans l'eau, puis en ressortit en souriant.

– Je ne pouvais pas t'approcher ainsi, s'excusa-t-il je suis ridicule, mais…

– Tu es parfait comme ça…

Ils échangèrent un petit baiser et s'assirent l'un près de l'autre, heureux de se découvrir au grand jour pour la première fois.

– Tu as bien dormi ? La nuit a été plutôt courte…

– Oui, dit-elle, j'ai eu du mal à me réveiller et à me lever.

– Ta grand-mère ne t'a pas fait de reproches au moins ?

– Oh, ce n'est pas son genre, et puis je ne suis plus une gamine.

– Je sais que tu n'es plus une enfant. Je dois t'avouer que te rencontrer aujourd'hui… me trouble beaucoup.

Paul avait dix ans de plus qu'elle, était-ce la cause de sa gêne ?

– Samedi prochain, dit-il en se levant, il y a fête à Vayols, j'aimerais que tu viennes, il y a un bal… et ce sera plus commode pour nous, enfin si tu voulais, ce serait plus discret qu'ici, près de chez nous. Tu as dû voir tout à l'heure ma nièce et mon neveu ? Il y a toujours quelqu'un…

– Je viendrai, Paul, je viendrai.

– À samedi, dit-il, en lui donnant un dernier baiser.

Il semblait pressé et scrutait les alentours comme s'il redoutait d'éventuels curieux.

Elle se leva à son tour. Dans le pré, le tracteur reprit son ouvrage. Elle resta un long moment immobile, à regarder Paul travailler. « Mon Dieu, je suis sûre qu'il m'arrive ce que je craignais, songea-t-elle, pourtant, quelque chose me gêne chez ce garçon. »

Elle enfourcha sa machine à pédaler et s'éloigna, le visage rayonnant et la jambe alerte. Elle prit par le vieux moulin, s'arrêta sur le pont de la rivière, et tout ce que découvraient ses yeux lui parut magnifique. À cet instant, son ancien petit ami avait bel et bien disparu de ses pensées.

Chez Louise, un bouquet de fleurs des champs trônait sur la grande table, et un second près de la fenêtre. Mais le plus précieux restait invisible, secret : sa petite-fille vivait près d'elle pour deux ou trois semaines encore et sa présence apportait celle de ce fils rebelle, ingrat mais bien vivant. La photo de son mariage, derrière le verre du cadre, jetait parfois un éclat de lumière. Louise lui envoyait un regard de reproche ou débordant de tendresse, selon si sa pensée était calme ou en proie à la colère. Certains jours, Anan l'entendait lancer : « Ta mère n'est donc pas assez bien pour que tu ne lui présentes jamais ta femme ? » Et il la voyait se réfugier dans quelque tâche qui ne pouvait occuper que ses mains.

Louise guettait l'heure sur la pendule. Où était donc sa petite-fille ? Avait-elle rejoint sa rencontre d'hier soir, sa « touche » comme elle disait ? et l'expression faisait sourire Louise. « À son âge, j'aurais fait comme elle… »

– Viens, Anan, allons voir les lapins, eux au moins, on sait toujours où ils sont !

Appuyée contre le mur de la maison, Louise scrutait le ciel. Quelques nuages légers, sans plus, et là-bas, où le soleil commence à disparaître, comme chaque soir, une vapeur orangée virant au feu. Un signe pour elle. Elle hume l'air et puis : « Pas besoin d'arroser, demain il devrait pleuvoir, oui, dans l'après-midi ou vers le soir, la terre boira. La pluie, ça fait toujours du bien à la nature. Les fenaisons sont terminées, à part des bouts de prés, et les moissons supporteront facilement, elles sont solides à cette date. »

Puis elle rentra chez elle.

Dans la petite ferme du Manchoual, les fermiers avaient bien avancé les travaux d'été. Bien sûr, ça ne la regardait pas mais, d'un œil discret, elle s'intéressait à leur saison. Lorsqu'elle le pouvait, elle leur manifestait sa satisfaction, et les relations ne s'en trouvaient que meilleures. Il faut dire que le fermage demandait à être relevé mais Louise n'osait pas, elle préférait vivre en bons termes et bonne entente. Ça ne se passait pas toujours ainsi dans les campagnes et bien des guerres éclataient entre propriétaires et métayers. Ces jeunes fermiers, les Mantoursy, n'avaient qu'un fils qui se destinait à l'agriculture. Il venait d'obtenir son diplôme d'ingénieur agronome, c'est dire… Lorsque ses études le lui permettaient, il venait donner la main à ses parents qui avaient tant fait de sacrifices pour tenir ce fils dans les études de son choix, à Angers : l'agriculture à haut niveau.

Elle se souvenait du jour où, passant devant sa maison et s'arrêtant pour bavarder, il lui avait rapporté cette phrase inoubliable : « Aucune race ne peut prospérer si elle n'apprend pas qu'il y a autant de dignité à cultiver son champ qu'à composer un poème ; l'auteur en était George Washington. » Tout ce savoir prouvait que ce jeune homme, Étienne Mantoursy, ne traînerait pas au cul des vaches. Il se disait dans le pays qu'il cherchait des terres pour son avenir, sachant bien qu'ici la terre était la denrée qui se trouvait le moins et, le cas échéant, à un prix fort élevé. La ferme de Louise, bien trop modeste, ne conviendrait sûrement pas à ses ambitions, même si les Mantoursy louaient des terres annexes.

Dès l'automne, il travaillerait chez un pépiniériste producteur important en attendant de pouvoir concrétiser son projet : acheter des terres pour produire des végétaux en quantité et rentabiliser l'entreprise. Les banques avaient répondu favorablement à Étienne, dans la mesure où un solide dossier serait sur leur bureau.

Louise franchissait les marches du perron quand une voiture s'immobilisa devant sa maison. Une conductrice en descendit et Louise reconnut Mme Dabère, la mère du jeune François.

– Je venais vous remercier, Louise. Un peu tardivement, c'est vrai, pour ce que vous avez fait à mon François, veuillez m'en excuser.

– Ce n'était rien, on m'a dit qu'il courait comme un lapin.

– Grâce à vous ! Tenez, prenez ce poulet, il est tout préparé, je sais que vous avez la petite Noélie, ça ne vous sera pas de trop.

Comme toujours dans ces circonstances, Louise se faisait prier, mais finissait par accepter, inutile de vexer ceux qui avaient à cœur de remercier pour ses services.

– Heureusement que nous vous avons, sans vous, que ferions-nous ?

– Vous iriez chez le médecin, pardi ! dit-elle toute gênée.

– Nous préférons vos soins pour ce genre de chose. Et encore merci, Louise.

– C'est moi qui vous remercie. Noélie va apprécier, croyez-moi !

Et Mme Dabère s'en retourna à sa voiture, pressée qu'elle était, comme toujours. « Voilà une femme qui n'arrête pas, elle est comme ça depuis toute petite ! »

Louise rangeait sa volaille lorsque Noélie se dressa dans l'encadrement de la porte, son chapeau de paille à la main.

– C'est moi, grand-mère ! Je suis en retard ?

– Tu es chez toi ! Regarde ce que m'a apporté la mère du jeune François !

– Je vais adorer, lança-t-elle joyeusement. Oh, il y a bien longtemps que je n'avais fait pareille balade à vélo. J'ai découvert des endroits que je ne connaissais même pas, vers les Vieilles Maisons !

– Et ton amoureux, ta « touche » ?

Noélie éclata de rire.

– Je l'ai vu, il m'a donné rendez-vous pour dimanche à Vayols, il y a fête au village.

– Je suis contente pour toi. Maintenant nous allons nous préparer une salade du jardin, une tranche de jambon du pays…

Noélie, heureuse sans raison précise, sauta au cou de sa grand-mère et l'embrassa tendrement.

– Tu exagères, dit Louise, mais c'est tellement bon !

Anan se coucha près de la table, le museau dans les pattes, et poussa un énorme soupir désolé. « Bien beau tout ça, mais moi, qui pense à me faire la fête ? »

5

– Cet après-midi, je vais entreprendre un grand tour dans le pays, je veux découvrir comme hier des endroits inconnus.

– As-tu remarqué la manière dont le soleil te regarde aujourd'hui ?

Surprise de la question, Noélie sortit sur le pas de la porte et observa le ciel. Pour elle, rien de remarquable si ce n'était ces quelques nuages épars, bien légers et transparents.

– Tu crois que le temps va changer ?

– Avant la tombée de la nuit, la pluie sera là, crois-moi, la couleur du ciel ne trompe pas, dit Louise avec une sage et ferme assurance.

– Je veux bien te croire mais je sortirai tout de même à vélo, je serai vite rentrée si la pluie me surprend.

– Ça doit être pareil à Nice, non ? tu dois voir la pluie arriver ?

– Là-bas, il y a peu d'orages, les nuages sont vite chassés par le vent de la mer, et malgré les trombes d'eau qui tombent parfois sur la ville, le ciel est comme la mer, toujours bleu ! Comme en Corse !

– Cette Corse ! Ne m'en parle plus... mais pour ce soir, sois prudente.

– Oui, grand-mère, je te promets.

– Et attention aux vipères, par ces temps orageux, elles sortent facilement !

– Promis !

Rien n'aurait pu l'arrêter dans son désir de filer par les chemins de ce pays qu'elle aimait... En tee-shirt, short et baskets, son chapeau de paille bien enfoncé sur la tête, ses magnifiques cheveux bruns ondulant dans le vent, elle prit la poudre d'escampette sur un grand signe de la main à sa grand-mère.

Cinq heures sonnaient lorsqu'elle disparut au regard de Louise. Où allait-elle ? au hasard, pour sûr, plus loin que les Vieilles Maisons, vers le hameau des Trois-Fontaines et celui de la Croix-Haute qu'elle lui avait indiqués...

– Je ne connais même pas le pays de ma grand-mère, j'ai honte, mais il est vrai qu'avec mon ex à part la lecture et le farniente, rien ne l'intéressait. Je vais rattraper le temps perdu ! Val Vergne me voilà !

Et sa voix résonna encore loin dans son sillage.

Comme les chemins embaumaient la nature d'été ! Pédalant, soufflant, venant à bout des côtes et des mauvais passages, Noélie chantonnait, le vent sur son visage l'encourageait tandis qu'une pensée pointa le bout de son nez, accompagnée d'images... « Maman, il faut que tu viennes ici, ce pays t'accueillerait chaleureusement, j'en suis persuadée. Tu connaîtrais grand-mère, cette femme rare. Demande à papa de t'emmener tant qu'il est encore temps… Demande-le-lui ! »

Elle ne vit pas les nuages plombés qui s'amoncelaient au-dessus d'elle, les insectes excités volant de plus en plus bas…

Sa machine traçait… Les Trois-Fontaines avait été dépassé et elle apercevait les premières maisons du hameau de la Croix-Haute, perchées sur un mamelon de verdure.

Elle mit pied à terre pour contempler le splendide paysage qui s'assombrissait, de seconde en seconde, ajoutant un voile de mystère bleuté. « Oh, oh ! Il serait prudent de rentrer », pensa-t-elle à l'instant même où les premières gouttes s'écrasèrent sur son bras. Elle sauta en selle et subit les premiers éclairs, les coups de tonnerre la faisaient sursauter au point de provoquer des embardées. Soudain un vent fou au détour d'un virage lui chipa son chapeau. Il lui fallut le récupérer tant bien que mal. Nouveaux coups de tonnerre. La pluie s'abattait sur son visage et, les yeux noyés de pluie, elle dut s'arrêter, d'autant que le chemin, envahi de courants d'eau, acceptait mal les roues étroites du vélo.

– C'est bien ma veine ! hurla-t-elle, prise de remords.

Elle déboucha enfin sur une départementale plus facile, mais la chance lui fit faux bond. Le pneu de sa roue avant creva et aucune sacoche de secours à sa disposition ; seulement une pompe inutile ! Il lui fallut donc tirer sa machine sous la pluie diluvienne !

Trempée jusqu'aux os Noélie se réfugia enfin dans une cabane en planches, un abri de fortune qu'elle reçut comme un cadeau du ciel. Le vélo resta dans le fossé, cependant que l'orage insistait, que la pluie redoublait. « J'ai rarement vu chose pareille. J'espère que ça va s'arrêter, grand-mère va prendre souci. » Et soudain, au fond d'elle-même : « Est-ce que Paul aura pu rentrer tout son foin, hier soir ? »

Tandis que l'orage ouvrait ses dernières vannes, dans un coin du ciel, une déchirure laissa apparaître un bout de bleu, une petite lueur d'espoir...

– Personne ne passe donc par ici ? s'écria Noélie, en scrutant à gauche et à droite.

Trempée des pieds à la tête, les vêtements collés au corps, elle prit ses cheveux et les tordit comme font les lavandières pour essorer leurs draps. La pluie finit par s'arrêter enfin ; l'orage se calmait et se déplaçait vers l'est, tout en prenant son temps, trop lentement au souhait de Noélie. « Triste équipage ! » se dit-elle en constatant son allure. Elle secoua sa longue chevelure, cala son chapeau comme elle put et décida de rentrer, en poussant sa bicyclette devenue une charge.

Des débris de branches et de feuilles jonchaient la chaussée, jusqu'à inventer des mares. Noélie marchait d'un bon pas, mesurant intérieurement la distance qui la séparait encore de Val Vergne, dans cet air devenu fraîcheur. La chaleur de son corps laissait échapper une légère vapeur. Elle marchait, parfois sa cheville heurtait la pédale et elle lâchait un juron bien senti.

Soudain, un bruit de moteur la fit retourner. Enfin ! Une camionnette ralentissait derrière elle, le conducteur stoppa à quelques mètres d'elle et descendit.

– L'orage vous a surprise ? Vous êtes complètement

trempée, et de plus en panne ! Une crevaison sans doute ? J'arrive au bon moment !

Il n'avait pas encore reconnu Noélie, mais en s'approchant :

– Vous êtes Noélie ! Excusez-moi, je suis Étienne, le fils des métayers de votre grand-mère. Bonjour mademoiselle.

Noélie l'avait reconnu, elle l'avait aperçu au moins deux fois, la première à la rivière et la seconde au bal du 14 Juillet.

– Bonjour, peut-être allez-vous pouvoir me transporter avec mon vélo jusque chez moi ?

– Bien entendu, il y a place pour vous deux ! Je me dépêche, l'orage a surpris tout le monde !

– Ma grand-mère m'avait pourtant prévenue, mais je suis quand même partie me balader… Je ne connais pas trop le pays. Vous êtes donc l'ingénieur dont on parle ici, lança-t-elle en tournant vers lui son beau visage à peine séché.

Elle ne l'avait jamais approché de si près. Un jeune homme magnifique, mais pas seulement physiquement… quelque chose, dans sa manière de s'exprimer…

– Ça y est, j'ai enfin terminé mes études, et je crois savoir que pour vous tout va pour le mieux, vous avez obtenu votre diplôme d'infirmière. Vous voyez, moi aussi je sais…

Après avoir embarqué la naufragée et sa monture, Étienne roulait vers Val Vergne.

– Vous resterez ici longtemps ?

– Deux ou trois semaines, tout au plus.

– C'est la première fois qu'on se parle. Je crois que

vous n'étiez pas seule les années précédentes, n'est-ce pas ?

– En effet...

Il savait beaucoup de choses, il l'avait donc remarquée ?

– Votre grand-mère est un personnage, savez-vous ? Je n'ai encore trouvé personne qui me dise sur elle autre chose que des gentillesses. Elle a eu beaucoup de mérite dans sa vie, c'est ce que m'ont dit mes parents.

Noélie acquiesçait, un peu méfiante de tant de compliments.

Val Vergne apparut soudain, le trajet en camionnette arrivait à son terme.

La passagère récupéra son chapeau détrempé et Étienne se mit à rire.

– C'est lui qui a souffert le plus, non ? dit-il.

– On peut dire ça, j'aurai vite fait de me sécher, mais lui...

Ils rirent, avec un rien d'émotion. Le temps se dégageait, la lumière revenait doucement dans le ciel où s'étiraient de drôles de formes.

Louise, sur le perron, souriait de ce transbordement, soulagée du retour de sa petite-fille.

– Grand-mère, Étienne Mantoursy a sauvé la situation, sans lui...

– Vous ne l'auriez jamais revue ! répondit Étienne en souriant à Louise.

Et Noélie ne vit que ce sourire...

– Venez prendre quelque chose, proposa-t-elle.

– Merci beaucoup, mais ce sera pour un autre jour,

je dois me rendre chez d'autres personnes avant la nuit.

– Dans ce cas..., intervint Louise, et merci encore, j'espère qu'on aura le plaisir de te voir un de ces jours à la maison, je ne te vois jamais !

– Je vous le promets, madame Beaulière, et dormez bien, mademoiselle Noélie, après toutes ces frayeurs...

– Au revoir !

Noélie partit se changer et revint aussitôt raconter son aventure. Louise souriait sous cape. Ce jeune homme était-il la « touche » de dimanche ? Noélie lui fit comprendre que non.

À la fin du repas, l'incident de l'orage orienta la conversation vers le passé de Louise, à qui il était arrivé une histoire semblable. Alors qu'elle n'avait qu'une douzaine d'années, sa mère lui avait demandé d'apporter à son père, qui besognait dans ses prés, un panier garni pour le casse-croûte. Le ciel couvert n'effrayait pas l'enfant mais elle ignorait la rapidité avec laquelle pouvait survenir un orage.

– C'était vers les quatre heures. Je m'en souviens encore, dit Louise. C'était comme la nuit qui me serait tombée dessus, une nuit subite, zébrée d'éclairs qui me déchiraient les yeux. Il fallait que j'arrive coûte que coûte vers mon pauvre père et lorsque le tonnerre a claqué, j'ai dû faire un bond d'un mètre au-dessus du sol. Les éclairs, le tonnerre terrible et une pluie comme un torrent. J'ai perdu le nord, comme on dit. Je ne savais plus où j'étais, je me suis mise à pleurer, à hurler, mais mes cris se perdaient dans le tintamarre.

Noélie, captivée, l'imaginait, seule, toute petite, hurlant de frayeur dans cette fausse nuit de cauchemar.

– Ton père est venu vers toi ?

– Mon père n'imaginait pas que j'étais partie à sa rencontre, il ne se doutait de rien. Il faut dire que je ne m'étais pas pressée, j'avais traîné en route.

– Et alors ?

– En cherchant à retrouver mon chemin, j'ai trouvé au bord d'un sentier un rocher sous lequel je me suis faufilée. Oh, je n'étais pas bien grosse il est vrai. Je me suis recroquevillée là, à l'abri de la pluie, en pleurant toujours, de froid, de peur, j'imaginais qu'un loup allait venir me dévorer, j'ai fini par m'endormir d'épuisement.

– Comment t'en es-tu sortie ?

– L'orage a dû tenir plus d'une heure et mon père est rentré, il ne pouvait plus travailler. Quand ma mère l'a vu rentrer seul, elle a failli s'évanouir... ils sont tous les deux partis à toutes jambes vers le chemin que je devais prendre. Ils m'appelaient, ils criaient mon nom, et c'est notre brave chien Bibi qui m'a retrouvée, et qui m'a réveillée. Lorsque j'ai vu mon père, je lui ai tendu le panier. Il m'a serrée si fort dans ses bras que j'ai failli mourir étouffée. Ma mère m'a raconté que j'étais noire de terre, comme si j'avais pris un bain de boue avec les cochons. Ils m'ont portée à la maison, ils ont mis de l'eau à chauffer et ils m'ont plongée tout entière dans le baquet...

Louise, tout en racontant, s'arrêtait parfois, retrouvant un détail, une odeur à décrire, une tendresse à jamais envolée, puis se ressaisissait. Noélie ne rompait aucun des silences, aucune des hésitations et des émotions de sa grand-mère, émue de recevoir, comme une offrande, les secrets du temps passé. Son héritage, en somme.

– Vois-tu, Noélie, chacun connaît des histoires d'orages ici, dans nos campagnes elles ne manquent pas. Certaines sont tristes, des gens sont morts foudroyés ou écrasés par la chute d'un arbre. D'autres nous font encore rire des années après. Tiens… Un homme un jour est rentré chez lui tout nu, disant que la foudre l'avait déshabillé ; il était connu pour d'autres affaires… et personne ne l'a jamais cru.

Noélie pouffa comme une enfant, vibrante de tendresse.

– Merci, grand-mère, pour tout ça. J'espère qu'on va bien dormir ce soir et que je ne vais pas rêver du rocher où tu t'es endormie un jour d'orage.

– Bonne nuit, ma petite ! Tu ne crains rien ici. Anan te surveille, regarde-le, je crois qu'il t'en veut de ne pas l'avoir emmené avec toi…

Alors que la caravane des nuages défilait au-dessus de Val Vergne, Noélie se glissa dans ses draps. La journée avait été bonne et elle se ferait un plaisir de la raconter demain à Anaïs.

Avant de fermer les yeux, elle eut soudain l'impression d'entrevoir deux visages d'hommes au-dessus d'elle…

– Ton histoire est superbe, lui disait Anaïs, tu vois, une chance que tu n'aies pas eu de quoi réparer !

– Je n'aurais pas su m'y prendre, enfin je crois. Bref ! Je l'ai rencontré, voilà tout.

– Et Paul, tu l'as oublié ? Vous en pincez l'un pour l'autre il me semble.

– C'est vrai, même avec ses dix ans de plus, ça ne me déplaît pas.

– On dit qu'il cherche femme pour mariage, ça a bien failli avec Marie Riviaire, mais l'aïeule qui semble toujours commander chez les Lauressergues a mis son grain de sel et Marie n'a pas supporté, elle voulait épouser un homme libre ! Et puis, peut-être qu'il y a eu autre chose…

Noélie ne releva pas, elle cherchait la part de vérité dans ces rumeurs de village.

– Et s'il te demande en mariage ? On peut imaginer qu'il te pose la question, une jeune femme comme toi…

– Toi, tu penses trop au mariage avec ton Jacquou. C'est comme moi avec Didier, mon ex. Je pensais que c'était pour la vie, nous vivions ensemble et puis tout s'est écroulé, le mur était de mauvaise qualité sous le beau crépi. Pour répondre à ta question, je n'en sais strictement rien, je suis même surprise que tu me l'aies posée…

– N'en parlons plus… après tout, amuse-toi. Tu le verras ce soir à Vayols, moi je n'y serai pas, tu me raconteras ?

– Promis. En attendant, allons réparer mon pneu, et j'achèterai une sacoche de secours… dans ces chemins tout peut arriver…

– C'est bien vrai, les pneus sont loin d'être neufs. Je voulais te dire aussi que je ne serai libre que vendredi après-midi, il faut que je sois là, en ce moment il y a pas mal de vacanciers et on travaille davantage, il faut en profiter.

La roue de la bicyclette fut vite réparée et Noélie s'éloignait déjà, à la découverte d'un itinéraire nouveau, vers des routes plus sûres que les chemins embourbés de la veille. Sur la tête, bien campé, un nouveau chapeau !

L'air s'était rafraîchi, la température avait baissé de quelques degrés, et Louise en profitait pour se promener avec Anan. Les chemins, elle les connaissait tous, aussi, sans hâte, elle se dirigea vers la propriété des Lauressergues, c'était le plus facile. Elle prendrait à gauche avant, le long des champs ; jusqu'à cet endroit très agréable, ce coin d'ombre où elle aimait se rendre. Un rendez-vous avec ses souvenirs...

La Jeep de Paul passa à cet instant. Le conducteur lui lança un grand bonjour de la main, plus chaleureux que d'habitude, lui sembla-t-il. Assis à l'arrière, son neveu et sa nièce tout heureux des virages bien contrôlés de leur oncle, lancèrent eux aussi un grand salut. La joie était contagieuse.

La vieille dame en noir, minuscule dans le paysage, faisait une tache d'ombre à peine mouvante. Parvenue sous les ombrages, elle s'assit sur la pierre familière qui, depuis des lustres, lui servait de banc. Tandis qu'Anan creusait et fouillait le sol à la recherche de quelque rat ou taupe, Louise regardait vers le Castel. « Ah, j'étais jeune et leste à l'époque, comme ceux qui viennent de passer en Jeep, mais moi je travaillais déjà à la ferme. »

D'une main machinale, elle palpa sur son visage la

carte des sillons de vie, les plissures pour travaux et peines, le chemin des larmes versées... Sous ses doigts, elle reconnut le seul bonheur de sa vie, la venue au monde de son fils Jean, même si... « Mon cher fils. Ta fille est désormais mon seul bonheur en ce monde, mais pour si peu de temps. Je te sais si loin, si loin, et depuis une éternité ! Dis-moi, mais dis-moi donc pourquoi tu me rejettes ainsi de ta vie ? Rappelle-toi ces mots : tu ne jugeras point ! Mais tu n'es qu'une tête de mule, aussi têtu que... » Elle faillit s'emporter de nouveau, puis se souvint que ce n'était pas bon pour son cœur.

– Viens mon chien, viens Anan... Viens près de moi. Je ne suis plus qu'une vieille, et malade en plus ! Mais toi ça t'est égal, tu sais le reste, tout le reste qu'on ne voit pas ! Les hommes, eux, vivent avec ce qui se voit, c'est ça qui les perd...

Son regard chercha le ciel encore parsemé de nuées blanches, avant de revenir aux chemins, aux champs, les verts et les dorés de blé, caressés par le vent. Puis le Castel, la ferme, les grandes terres, le bonheur des autres.

Louise songea alors à Noélie, à son besoin de savoir : « Ça devait arriver... Faudra bien qu'elle sache un jour, mais comment s'y prend-on pour ces choses-là ? »

Au lieu de rentrer directement chez elle, elle passa par son potager et s'assit dans le vieux fauteuil en bois. Fauteuil ou plutôt un assemblage de planches qui formaient un siège, et il demeurait là, par tous les temps et en toutes saisons. Un sac de jute remplaçait les coussins. Elle s'y installa, si bien qu'un léger somme la prit.

Anan chercha lui aussi un endroit pour somnoler, d'un œil, l'autre surveillant Louise.

Noélie trouva porte close pour la première fois, et s'inquiéta. Elle frappa à la porte, de plus en plus fort. La crainte l'étreignit. Elle cala son vélo contre le mur et s'en servit d'escabeau pour accéder à la fenêtre. Entre les volets à demi tirés, comme une voleuse et en faisant mille grimaces, elle put examiner l'intérieur. Rien de particulier.

Alors elle pensa au potager. Elle y courut. Louise était bien là, écroulée dans son fauteuil de fortune. Elle se précipita vers elle et l'examina, avant de comprendre que la vieille dame dormait, tout simplement. Plus de peur que de mal. Et ce fut au tour de Noélie de devoir calmer son cœur.

Au bout de quelques minutes, Louise ouvrit les yeux, surprise de voir Noélie près d'elle.

– Ah, je me suis assoupie… Ça m'arrive de temps à autre, après une sortie.

– Ne t'inquiète pas, tout va bien, j'ai été surprise de ne pas te trouver à la maison en arrivant, c'est tout. J'étais morte de soif.

– Tiens, prends donc la clef, tu y seras plus vite que moi.

Rassurée, Noélie rejoignit la maison. Pour la première fois, elle introduisit la clef et poussa la porte. Petit grincement. Il lui semblait découvrir la pièce, dans une semi-pénombre. Après s'être désaltérée et avoir ouvert la fenêtre, elle traqua du regard ces mille détails trop familiers et qu'on ne voit plus. À côté d'un gaz à deux feux, le cantou avait été conservé, qui réchauffait le corps et les yeux, les souvenirs aussi, et qu'on n'allumait qu'à partir de l'automne au moment des premiers frimas. Un réfrigérateur, un placard très vieux sur lequel trônaient quelques photos. À travers ses vitrines, la vaisselle ancienne, toujours utilisée par Louise. Le buffet du dessous cachait quelques ustensiles de cuisine, ceux que l'on ne montre pas. Au bout de la pièce, éclairé par un fenestrou, l'évier meublait l'espace qu'on nommait la souillarde, sous lequel on plaçait un seau toujours rempli d'eau du puits. Au milieu, une table de chêne protégée par une toile cirée et encadrée de deux chaises. Entre la porte et la fenêtre, s'imposait la vieille comtoise, avec son balancier toujours en mouvement, dans son habillage de bois décoré au sang de bœuf. Un vieux fauteuil, placé dans la clarté du jour, invitait à une lecture confortable.

Puis, le précieux compagnon des jours difficiles, l'outil qui avait permis à Louise de vivre, la machine à coudre ! Une merveille avec ses bâtis de fonte ajourés, sa pédale noire et sa grande roue ficelée de sa courroie de cuir. Le dessus montrait une belle marqueterie et le reste, le vrai système à coudre, était dissimulé dans un coffre de bois amovible également décoré. Un trésor de machine à coudre Singer.

Au fond, deux portes sombres, l'une accédant à la chambre de Louise, et la seconde donnant sur l'escalier de l'étage et également sur l'unique salle de bains et les toilettes.

Noélie venait de s'accorder, en douce et pour elle

seule, une visite du décor de sa grand-mère, du théâtre de son quotidien.

Elle tournait sur elle-même dans cette pièce où elle captait maintenant mille choses secrètes. « Ça lui ressemble », pensait-elle. L'écrin d'une solitude. Elle se pencha vers la photo de mariage de ses parents lorsque Louise entra. Noélie lui dit, sans se retourner :

– Ils n'ont jamais vu ta maison, n'est-ce pas ?

– Oh non ! Ton père la connaissait, bien sûr, mais tout comme les autres du village. Dès que mes parents sont tombés malades, j'ai dû prendre un domestique pour assurer le principal, et à leur mort, il a fallu trouver des fermiers pour la propriété. C'est là que j'ai loué cette maison qui me convenait. Je t'ai parlé de la propriétaire, ses héritiers n'ont pas été exigeants. Non, ton père n'est jamais venu ici, il n'a connu que le Manchoual, mais j'ai déjà dû te dire tout ça plusieurs fois…

Puis elle détourna la tête et Noélie crut bon de ne pas poursuivre.

– Pas de crevaison aujourd'hui ? tu t'es bien promenée ?

– Ah, les routes sont désertes, et quel air pur après l'orage ! c'est merveilleux !

– En plein hiver c'est pourtant bien triste, les gens restent chez eux, près de leur cantou, et ils font comme moi, ils n'en bougent que pour les courses…

– Tu n'as toujours pas de télévision, grand-mère. Ça ne te manque pas ?

– Pas du tout, j'ai mon poste de radio, là, et avec quelques revues que j'achète au marchand de journaux, ça me suffit, d'autant plus que je reçois mon journal tous les jours. Des voisins m'ont invitée à la regarder chez eux, mais, entre nous, je suis bien mieux chez moi, avec une tisane et Anan.

Noélie se mit à rire.

– Comme tu as raison, grand-mère. Allez ! C'est moi qui prépare le dîner, nous avons des restes de midi et, réchauffés, ce sera encore meilleur.

– Ah ! J'allais oublier de te dire que les PTT viendront nous installer le téléphone lundi matin.

– Voila une bonne chose, grand-mère, tu ne seras plus seule.

Elle hocha la tête. Un téléphone, ça ne suffit pas... Puis :

– Où allons-nous l'installer ?

– Je vais t'acheter une petite console, un guéridon, et tu pourras poser l'appareil dessus. Ne t'inquiète donc pas. Je m'en occupe !

– Ça en fait des frais tout ça...

Noélie fit la sourde oreille.

– As-tu passé tout le temps au jardin ?

– Non, Anan et moi nous avons marché dans le chemin où je vais souvent, celui qui mène à la rivière. Je connais un endroit où j'aime entendre le passé, et là-bas, crois-moi, il fait beaucoup de bruit... Et puis nous sommes revenus doucement.

– Il n'y a personne dans ces coins-là, c'est agréable.

– J'ai juste vu le Paul avec sa Jeep, et ses neveux qui m'ont fait un grand bonjour, voilà toutes mes rencontres. J'étais loin du Castel, faut dire. Là-bas, il devait y avoir du monde.

– J'ai vu Anaïs, dit Noélie qui ne voulait pas l'interroger sur Paul, nous avons réparé le pneu et j'ai fait un grand tour. Le temps court si vite, grand-mère. Bientôt une semaine de passée, je n'en reviens pas !

Louise esquissa une grimace.

– Que diras-tu à mon âge ? Tu ne t'ennuies pas trop, ici, avec la vieille que je suis, ma chère petite ? Tu es si seule !

– Je passe de merveilleuses vacances et je ne m'ennuie pas une seule seconde. Et puis ce soir, je sors, je vais danser !

– Amuse-toi, amuse-toi tant que tu le peux…

Sur la place de Val Vergne, en ce samedi matin, c'est jour de marché. Les paysans livrent leurs produits aux regards connaisseurs des villageois. Bien que ceux-ci possèdent des jardins, il leur manque toujours des fruits, des légumes, des œufs… et le choix des volailles vivantes apporte une touche particulière. Les enfants passent les doigts pour toucher les lapins, à travers les trous des grillages. Les cochons d'Inde, effrayés, se tassent au fond de leur prison.

Dans un cageot, de minuscules chatons ouvrent de grands yeux, attendant qu'un maître veuille bien se présenter. Leur prix dérisoire surprend Noélie.

– C'est pour s'en débarrasser, ma pauvre, sinon on serait envahis de ces bêtes…, dit Louise, voyant l'incompréhension de sa petite-fille.

Un marchand de fromage vantait son grand choix, mais le cantal avait la préférence. Un fleuriste proposait des bouquets et Noélie en acheta deux, l'un pour sa grand-mère et l'autre pour Anaïs.

– Dommage que maman soit si loin, murmura-t-elle.

Louise ne releva pas. Une poignée de main par-ci, un mot par-là, quelques embrassades parfois, peut-être des amis d'enfance, et les villageois se reconnaissaient, par petits groupes faisaient la causette. Les garçons regardaient Noélie. François, le rescapé, vint lui tendre la main, tout sourire et fier d'être un des rares à la connaître.

Les hommes rejoignaient les cafés, comme à leur habitude. Un brouhaha piqué de cris d'enfants, d'aboiements de chiens, de colères de volaille que l'on tâtait de trop près, d'appels et de rires, s'élevait de la foule, parmi les multiples senteurs de fruits, de fleurs, d'épices et de poissons... Un surprenant mélange qui ravissait Noélie. Elle aimait les marchés, ceux de Provence et de Nice étaient célèbres, mais différents, moins bon enfant. Ici tout sentait le terroir...

– Je me demande d'où viennent tous ces gens, on a l'impression qu'il n'y a personne dans le pays et tout d'un coup, il en vient de partout ! J'aime cette ambiance, grand-mère, ces bruits, ces odeurs, cette foule qui tâte, qui soupèse, qui renaude aussi avec des mots drôles, si naturels. Oui, c'est vraiment ce naturel dans les choses et dans les gens qui me plaît. On dirait parfois...

– Profite, mon enfant, profite de ces images, un jour elles n'existeront plus. Dans nos petits villages, elles se maintiendront encore un peu, mais nous serons bientôt envahis de grandes surfaces... Et alors, adieu les jolis marchés de printemps où tu achètes les plants pour le potager, adieu les bonnes volailles et tout le reste !

– Ne sois pas pessimiste, grand-mère, tout ça ne

s'arrêtera pas, regarde le monde qu'il y avait sur la place.

Louise soupira bruyamment.

– Tu as peut-être raison. Rentrons, le frichti que tu as choisi ne se cuira pas tout seul…

Elles traversèrent le village, et Noélie en profita pour aller offrir le bouquet à Anaïs qui, folle de joie, l'embrassait à pleines joues. Louise contemplait la scène lorsqu'elle entendit qu'on l'appelait :

– Madame Beaulière ! Ah, je vous ai vue de loin, j'aurais besoin de vous voir. Mais tout d'abord bonjour, comment allez-vous ? J'ai aperçu votre Noélie, une bien jolie fille !

– Ça va comme d'habitude, madame Jarles. Que me voulez-vous ?

– Voilà : Nous avons une noce dans un mois et j'ai fait essayer le costume à mon mari. Catastrophe ! Il ne rentre plus dans son pantalon, il manque au moins un travers de main tellement il a forci, et je ne veux pas lui en acheter un autre, vous pensez bien, d'autant que celui-ci n'a que huit ans, vous vous souvenez, c'est vous qui l'avez fait ? vous étiez encore chez Daustre. Pour la veste, ça ira, il ne la boutonnera pas, mais le bas… Vous pourriez peut-être le retoucher, donner ce que vous pouvez dans les coutures ? il ne l'a porté que deux ou trois fois, c'est trop bête !

Sachant que les Jarles ne roulaient pas sur l'or, Louise accepta.

– Portez donc ce pantalon à la maison, je regarderai ce que je peux faire, dans la mesure du possible, bien sûr.

– Merci beaucoup, vous me direz ce que je vous devrai…

Quand la cliente se fut éloignée, Louise se tourna vers Noélie :

– Tu vois, ma petite, j'ai toujours quelque travail à faire, ça me dégourdit les doigts.

– Entre couture et soins… spéciaux, tu es utile à tout le pays ! on va te dresser une statue !

– Ou me brûler comme sorcière, dit-elle en riant sous cape.

– Pour l'eau et son mystère, tu m'as promis, grand-mère… tu n'oublies pas ?

– Je tiendrai ma promesse, d'autant plus qu'il ne m'en reste guère. Nous verrons ça la semaine qui vient.

Noélie se demanda aussitôt comment et où allait s'approvisionner sa grand-mère en eau miraculeuse.

Et un frisson de curiosité la parcourut.

6

En ce samedi de juillet, l'après-midi paraissait calme et tranquille. De nouveau installé dans son territoire d'été, le soleil incitait plus à la sieste qu'au travail.

Louise et Noélie, l'une dans le fauteuil, l'autre sur une chaise, discutaient paisiblement. En vérité, Noélie donnait le change, son esprit fuyait ailleurs, tourmenté par l'éternelle question de savoir pourquoi son père avait abandonné son village. Et depuis son arrivée, aucun signe de réponse, rien que le silence, toujours ce silence et la crainte de froisser, peiner sa grand-mère par des questions.

Soudain, Anan aboya. Les femmes levèrent la tête, quelqu'un toquait à la porte entrouverte.

Noélie, plus leste, se leva et alla ouvrir. Étienne Mantoursy se tenait devant elle, avec son sourire éclatant :

– Bonjour, mademoiselle, dit-il en s'inclinant.

– Bonjour, mais entrez donc.

Un panier au bras, il entra, salua Louise. Ils se connaissaient bien tous les deux. Puis il tendit le panier à Noélie :

– Tiens, c'est pour toi, dit-il en la tutoyant pour la première fois.

– Merci, mais que me portes-tu là ?

Elle avait adopté son tutoiement sans hésitation.

Sous le torchon à carreaux, quelques cèpes et, dans une poignée de fougère, deux superbes truites !

– Oh ! Comment as-tu fait ? Ce n'est pas la saison pour les champignons !

– Après l'orage il y a eu une petite poussée, je connais un bon endroit… je sais où ils se cachent !

– Et pour les truites ? demanda Noélie, tu connais aussi leur cachette ?

– Nous avons tous nos petits secrets, ici, j'espère que tu aimes les truites, ça ne vient pas de la Méditerranée, je te le jure ! (Il rit.) J'ai voulu te faire plaisir autrement qu'en te sauvant de l'orage.

Elle rit à son tour, et Louise sentit passer dans la pièce cette sorte d'électricité qui ne doit rien à la commune.

Elles l'invitèrent à s'asseoir et à prendre un café. Aujourd'hui, il avait le temps. Louise demanda des nouvelles de ses parents, s'ils n'étaient pas en retard dans leurs travaux. Le beau jeune homme troublait Noélie, qui s'en défendait en baissant le nez sur sa tasse. Il était si différent de Paul, qui l'attendait ce soir même à la fête de Vayols.

– Il y a longtemps que vous n'êtes pas venue au Manchoual, madame Beaulière, venez donc, et toi aussi, Noélie, je ne t'ai jamais vue à la ferme.

– Nous essaierons d'y aller, les vacances passent si vite… Et toi, que vas-tu faire maintenant, monsieur l'ingénieur agricole ?

– Je vais commencer par travailler chez un pépiniériste qui m'a déjà réclamé et, plus tard, si je trouve une affaire, je la prendrai, mais il me faut de la place, des terres.

– Le Manchoual ne te suffirait pas ?

– Les terres ne conviendraient pas, et nous serions trop nombreux à vivre sur la ferme, ça conviendrait aux parents, mais pas à mes projets...

– Bah, tu feras ton chemin, assura Louise. Chacun ouvre le sien et tu es jeune...

Il se leva, tendit la main à Louise.

– Je vous dis à une prochaine fois, madame Beaulière, peut-être à un prochain orage, lança-t-il vers Noélie.

– Merci, tu m'as fait grand plaisir !

Étienne enfourcha son vélo, un engin d'un autre âge qui aurait eu bien besoin de lubrifiant sur la chaîne et le pédalier, et s'éloigna en sifflotant.

– Vraiment, murmura Noélie, c'est un beau garçon. Dommage que j'aie un cavalier, comme tu dis, pour ce soir...

– Je me demande bien d'où viennent ces cèpes ? Quant aux truites..., dit Louise songeuse.

– Je vais les préparer tout de suite ! Faudrait qu'il vienne plus souvent...

– Il a sûrement été braconner pour toi...

Et elle souriait, sereine. « Elle pourrait plus mal tomber ! » pensa-t-elle.

Elle arriva seule à Vayols et trouva facilement la salle où le bal s'échauffait. Lampions, musique, une fête de village où parents et enfants traînent mollement, et où les vieux se faufilent, pour observer et ranimer leur jeunesse… C'est l'heure où l'ambiance appartient à tout le monde, avant que les couche-tard ne prennent définitivement possession de la place. Déjà quelques éméchés se faisaient remarquer, ceux qui ne tenaient pas « la chopine », toujours les mêmes, ou qui voulaient se distinguer auprès des filles, incapables cependant de s'en approcher.

Paul et Noélie se retrouvèrent et s'engouffrèrent dans la salle de bal, un café bien trop petit pour l'occasion. Visiblement, le budget du comité des fêtes n'avait pas été à la hauteur.

La brune aux yeux clairs n'avait qu'à poser son regard sur un homme pour que celui-ci se sente aussitôt transpercé d'une lame. Aussi Noélie prenait-elle ses précautions. Quant à Paul, il savait qu'il tenait entre ses bras l'une des plus belles filles de la soirée, il lui suffisait de croiser le regard des gars pour s'en convaincre. « Où a-t-il déniché cette fille ? Je ne pensais pas qu'il puisse… », murmurait-on autour de lui. Bref ! Il l'avait trouvée et n'avait aucune intention de la laisser à d'autres. D'autant que, de son côté, Noélie n'était pas insensible.

Après un long moment de danse, la chaleur se fit suffocante, et ils s'éclipsèrent discrètement.

À la terrasse d'un café, devant une boisson fraîche, ils faisaient connaissance. Ils savaient en effet peu de chose l'un de l'autre et éprouvaient le besoin d'échanger.

Quelque temps plus tard, ils s'éloignèrent du café. À cet instant précis, Noélie croisa – une fraction de seconde – le regard d'Étienne qui semblait chercher quelqu'un. Il lui fit un signe si discret qu'elle seule le vit, puis il s'en alla.

Le couple disparut bientôt, laissant les lumières derrière lui. Paul et Noélie marchaient lentement dans le chemin obscur.

– Noélie, je ne cherche pas une aventure sans lendemain, je veux que tu le saches. Ça doit te surprendre mais c'est pourtant vrai. Je ne te connais pas beaucoup, mais tu me plais au point que j'ai besoin de te parler ainsi. Je suis amoureux de toi, Noélie ! et plus encore…

Paul parla de projet d'avenir, de vie à deux. Noélie, silencieuse, repensa soudain à la question d'Anaïs.

– Vous êtes nombreux à vivre sur la propriété, un ménage de plus, ça ne compliquerait pas les choses si tu te mariais ? Celle qui choisira de vivre avec toi aura son mot à dire…

– C'est très compliqué, en effet. Il y a beaucoup de terres à la ferme, mais une grande partie est gelée pour un temps indéfini, une histoire d'héritage à dormir debout.

– C'est bien souvent ainsi dans les familles, les affaires de succession traînent en longueur et les déchirent. Les notaires savent tout ça, et les paysans ont parfois la tête dure, n'est-ce pas ? ajouta-t-elle pour le faire sourire.

– Chez nous c'est pire encore. Toutes les terres autour du Castel et le bâtiment lui-même attendent l'heureux propriétaire, et ce depuis trente ans…

Elle s'immobilisa face à lui.

– Je ne comprends rien à ton histoire, pourquoi me dis-tu que vous attendez le propriétaire, quel propriétaire ?

– Eh bien… Pour tout te dire, il est désigné par un acte déposé chez le notaire, un testament si tu préfères. Mais le bon héritier ne s'est jamais présenté.

– Depuis trente ans ? Et que signifie « bon héritier » ?

– Oui, Noélie, depuis trente ans et même plus, les trente-cinq hectares de mon oncle Félicien attendent. Si son héritier se manifeste, toutes ces terres et le Castel lui reviendront, sauf les récoltes en cours, bien entendu. Avec mon frère Armand, on aurait partagé la propriété familiale puisque nos parents sont d'accord et, chacun de son côté, on aurait pu avoir notre ferme et agir comme bon nous semble, mais avec cette putain d'affaire, rien n'est possible ! Heureusement que mon frère et moi on s'entend assez bien, mais il a sa famille, et moi je suis toujours célibataire…

Noélie écoutait, devinant tout à coup chez Paul une rage intérieure prête à éclater.

– Tout démarre à partir de Félicien, et à cause de lui.

Noélie demeurait sans voix. Il devinait sa surprise.

– Félicien était le fils de ma grand-mère Erestine, mais d'un premier mariage. Et de ce premier mariage elle a hérité du Castel et des terres. Devenue veuve, elle a épousé mon grand-père Jules Lauressergues. Tout a été groupé en une seule propriété, mais sans documents. Et un jour, Erestine a légué à son fils Félicien ses biens propres. Lorsque Félicien est décédé, tout devait donc revenir à la famille, mais patatras ! il nous a joué un vilain tour… Faut dire qu'il s'était mal remis de la guerre.

En un instant, Paul, assombri par cette affaire, était

devenu un autre homme, que Noélie n'eut plus envie de côtoyer.

– Excuse-moi, Noélie, je n'aurais pas dû te raconter tout ça, mais c'est la première fois que j'ai le besoin de l'avouer.

– On oublie tout, allons danser, Paul, j'ai envie de danser. Viens.

Il la serra dans ses bras, l'embrassa tendrement, mais elle le sentait tendu. Elle l'entraîna vers le bal.

Les plus résistants dansaient encore. Noélie ne vit pas Étienne qui la dévorait des yeux. Les tangos s'étiraient, les slows aussi, les musiciens fatiguaient. Puis l'heure tardive marqua le départ général. La nuit de juillet, douce et parfumée, dissimulait encore pour un temps les derniers couples à la belle étoile, et la lueur des phares trouvait le repos de la campagne. Paul et Noélie tardaient à se quitter.

« Grand-mère m'a confié la clef... Dort-elle ou, comme toutes les mères et les grand-mères du monde, attend-elle mon retour pour trouver enfin le sommeil ? »

Le café répandait ses effluves dans la petite maison lorsque Noélie apparut en tenue légère.

– Tu es bien matinale, fillette... je dirais même trop au lendemain d'une sortie.

– Je veux profiter du magnifique soleil, le temps passe trop vite, grand-mère, trop vite ! quand je pense que dans quelques jours je devrai faire mes valises... Mais j'ai une faim de loup !

– Quand on a faim, c'est que tout va bien... Pas vrai ?

Un petit air malicieux accompagnait sa question, mais elle n'insista pas.

– Je m'entends bien avec mon cavalier si c'est ce que tu veux savoir, grand-mère. De plus tu le connais, je n'ai pas de secrets pour toi. Tu ne devines pas ?

– Je crois deviner, tu as bon goût ma petite-fille. S'il danse aussi bien qu'il est beau, tu vas faire des jalousies.

Les propos étaient comme le petit déjeuner, sucrés de plaisir. Même Anan le voyait.

– Demain nous aurons le téléphone, je pourrai parler à mes parents, je vais leur faire la surprise !

Louise regarda ailleurs. Ce téléphone, elle ne l'avait pas demandé, elle s'en était même fort bien passée jusque-là. Noélie crut bon d'ajouter :

– Un jour, tu ne pourras plus t'en passer, comme tout le monde, tu verras ! Le confort et la modernité sont faits pour le bien-être de tous !

– Bien sûr, ma petite… Mais ta joie et ton sourire valent pour moi tout l'or du monde.

– Grand-mère, apprends-moi à faire la truffade !

– C'est que je n'ai pas de tomme fraîche, si j'en trouve à la crémerie, je veux bien.

– Je m'habille et j'y cours. Tu sais que j'adore ça et je veux leur apprendre là-bas…

– Alors dépêche-toi !

– Ce soir Paul vient me chercher avec sa Jeep vers les cinq heures, pour une petite heure de balade, il me l'a demandé hier soir.

Louise se figea. Ainsi donc c'était Paul le fameux cavalier… Paul Dautremont. Elle lutta pour dissimuler sa surprise et sa déception. Elle avait attendu le nom d'Étienne Mantoursy. « Pourquoi m'étais-je faite à cette idée ? Avec la jeunesse, il est plus sage de ne point imaginer. »

Va pour le Paul. « Une simple amourette, j'espère. » Mais la chose ne l'enchantait pas. Pour ne pas dire plus.

– Alors tu as rencontré Paul Dautremont… C'est un vieux garçon, dit-elle en essayant de rire.

– Il n'a que dix ans de plus que moi, on s'est rencontrés la première fois au bal de Val Vergne, il danse très bien, et puis…

– Va vite me chercher la tomme, on n'arrivera pas à faire cette truffade si tu bavardes encore.

Noélie grimpa sur sa bicyclette et sans perdre un instant s'éloigna en chantonnant.

Au village, elle s'arrêta une seconde chez Anaïs, elle devait lui dire :

– Tu avais raison pour Paul ! tu avais raison sur toute la ligne !

– Et alors, qu'avez-vous fait tous les deux ? Raconte-moi…

– Plus tard… ! Mais il ne s'est rien passé, je te raconterai, je suis pressée.

– Bah voyons… Bien sûr Noélie… Je connais sa réputation.

Mais Noélie était déjà loin, elle n'avait pas entendu les derniers mots.

– J'aurais peut-être dû allumer le feu au cantou, mais il fait trop chaud. Nous allons la préparer sur le gaz. Épluche quelques pommes de terre, suffisamment pour deux. Je prépare la poêle.

– Avec ce lard, ça sent bon !

– Coupe donc en rondelles les pommes de terre, la poêle est bientôt prête. Regarde aussi comment j'émince la tomme fraîche.

– Dis-moi, grand-mère, c'est du cantal nouveau ?

– Non, ma petite. C'est du caillé pressé non salé. C'est un stade de la fabrication du cantal, avant le salage et la dernière pression dans les formes. Tiens, goûtes-en une tranche, c'est doux au palais.

– C'est vraiment délicieux !

– Maintenant que le lard a fondu, mets les pommes de terre dans la poêle et veille bien à ce qu'elles dorent. Il faut tourner doucement, attention qu'elles n'accrochent pas.

Bonne et attentive élève, Noélie s'imprégnait de la recette pour épater ses amis niçois, sans oublier ses parents, un jour ou l'autre. Louise surveillait d'un œil.

– Pour ajouter à la dernière minute, il te faut de l'ail et du persil hachés. Sale tout de suite avec trois ou quatre pincées. Tout est à point dans quelques minutes. La recette paraît simple, mais elle demande que tu ne la lâches pas des yeux jusqu'à la fin. Tiens, c'est à point, prépare-toi à ajouter la tomme et à malaxer le tout avec la cuillère en bois.

Noélie s'exécutait docilement. Le tout commençait déjà à filer.

– Ajoute l'ail et le persil, et dans quelques secondes tu pourras servir !

Un parfum unique envahissait la maison.

De la poêle aux assiettes, la truffade fut rapidement servie. Accompagnée d'une tranche de jambon cru et d'un bon verre de vin rouge. Deux couverts, deux chaises…

– Grand-mère, tu es une magicienne !

Louise ne releva pas le clin d'œil.

– Maintenant, tu sauras la préparer. La prochaine fois, tu la feras toute seule.

– Je te promets, grand-mère, je te promets. Comment n'ai-je pas pensé à te demander la recette plus tôt ?

– Tu avais autre chose en tête, rappelle-toi…

Noélie souriait, avec un hochement de tête. Elle ne vivait pas ces vacances comme les précédentes. Un lien subtil, tendre, l'attirait vers Louise.

Après le déjeuner, après avoir débarrassé la table et rangé la vaisselle, Noélie servit le café.

– Hier soir des cèpes, une truite, aujourd'hui une truffade ! Et ma ligne, grand-mère, tu sais que je suis gourmande ! Mais toi... que faisais-tu à vingt-cinq ans ?

– Voyons, ton père avait six ans, je travaillais encore chez les Bourdette, j'apprenais en même temps mon métier, c'est bien loin. Jean se chamaillait toujours avec les enfants Bourdette, il n'aimait guère céder. Je me souviens, oui, j'attendais le jour où je serais indépendante. Quelque temps plus loin, je m'installais de nouveau chez mes parents. Je n'avais qu'une petite pièce, mais j'y étais heureuse avec mon Jean.

– Tu n'as jamais songé à te remarier ? Ç'aurait été normal, tu étais si jeune.

– Comme j'assurais mes revenus par mon travail, les gens n'avaient rien à dire. Une femme qui se mariait, surtout une femme comme moi, sans fortune, devenait l'obligée de son mari et souvent de sa famille. Très peu pour moi ! Et puis, pour tout te dire, je n'ai pas trouvé chaussure à mon pied.

– Tu as cherché ?

Louise souriait... et Noélie reconnut ce sourire qui disait sans dire. Que cachait-elle encore cette grand-mère à secrets... ?

– Avec mon métier et l'aide que je devais à mes parents, je n'ai pas eu le loisir de sortir, comme vous dites, vous, les jeunes !

Noélie sourit à son tour, sans insister. Mais c'est Louise, à sa grande surprise, qui tira la conclusion :

– Comment aurait réagi mon petit garçon que j'aimais tant, y as-tu songé, Noélie ?

L'après-midi s'était avancé, Louise lisait son journal et Noélie se préparait dans sa chambre.

Paul, cette fois, arrêta sa Jeep devant la maison de Louise. Noélie s'approcha et Louise apparut sur le pas de sa porte.

– Bonjour, madame Beaulière, j'emmène Noélie un moment, nous reviendrons vers les sept heures.

Louise acquiesça de la main, que pouvait-elle faire d'autre ? Mais tout son être en souffrait déjà, en secret comme toujours. Noélie lui adressa un sourire, son magnifique sourire, comme pour lui dire « Tranquillise-toi, je vais revenir… ». Elle savait lire dans le regard de sa grand-mère.

Louise Beaulière rentra chez elle, s'assit dans son fauteuil et demeura ainsi, immobile. Seuls bougeaient dans la maison le balancier de la pendule et les yeux du chien, qui la surveillaient.

Au retour de Noélie, elles ne parlèrent pas de la sortie avec Paul. Louise espérait simplement qu'il ne s'enracinait pas dans le cœur de sa petite-fille.

– Demain, je préparerai un gâteau, un biscuit, je sais faire au moins ça.

– Le problème c'est que je n'ai qu'un petit four, mon gaz est trop simple.

– Anaïs m'a promis de me prêter le sien. À moi de la prévenir.

– Voilà une excellente idée, mais les PTT seront là demain matin…

Ce dimanche s'éteignit comme les autres jours, et laissa les deux Beaulière à leurs pensées.

Le lundi matin vit débarquer les employés des postes et leur matériel. Louise leur indiqua l'emplacement souhaité de l'appareil et déjà les fils obéissaient.

– Voyez, madame, ce n'est pas compliqué, à onze heures nous aurons terminé. Vos voisins l'ont déjà, ça facilite le travail.

– Oh, rien ne presse, c'est surtout ma petite-fille qui a insisté.

– Elle a raison, c'est une nécessité aujourd'hui.

Noélie suivait l'avancée des travaux, ravie. Désormais, elle pourrait joindre Louise autant qu'elle le voudrait ; sa manière à elle de rompre la solitude dans laquelle vivait sa grand-mère.

– Placez-le sur le bord du buffet en attendant de trouver une petite table. Nous nous en accommoderons.

À onze heures, en effet tout était terminé et les essais concluants. L'équipe se retira.

– Je peux appeler les parents, grand-mère ? Je voudrais leur faire une surprise.

Louise hocha la tête, mais elle se retira.

Noélie obtint sa mère, à défaut de son père qui n'était pas dans la maison, et donna le numéro pour qu'il rappelle.

– Tu vois, grand-mère, c'est facile. Ils vont bien, et ne se font aucun souci pour moi.

Puis Noélie se rendit au village pour une course urgente à l'épicerie.

Louise préparait le repas.

Soudain, la sonnerie du téléphone la fit sursauter. Ne voyant pas revenir Noélie, elle se décida à décrocher.

– Allô ?

– Allô…

– Noélie m'a donné ce numéro, peut-être fais-je erreur ?

– Non, monsieur, vous ne faites pas erreur.

– Qui êtes-vous, madame ?

– Je suis Louise Beaulière, de Val Vergne, et vous ?

– Je suis… Je suis… Je suis Jean, ton fils…

Louise vacilla et dut s'asseoir sur une chaise, oubliant l'écouteur sur le buffet. Son cœur battait follement. Puis, se ressaisissant, elle rapprocha la chaise et reprit le combiné, tremblant de la tête aux pieds.

– Jean, tu es toujours là ?

– Oui, maman, je suis là, et tellement surpris de t'entendre, je ne m'attendais pas… Comment vas-tu, maman ?

Voilà qu'elle entendait ce mot, *maman*, ce mot éteint dans son oreille depuis si longtemps. Elle se sentit fondre.

– Je vais bien, mon fils, je vais bien. C'est Noélie qui a fait installer le téléphone ce matin, elle est allée faire une course au village. Elle est formidable cette petite.

– Elle a bien fait, nous pourrons nous parler de temps en temps, ça nous fera du bien, maman. À tous les deux.

Louise pleurait. De grosses larmes ruisselaient dans son cou.

– Merci, mon Jean, merci mon fils. Je t'embrasse, ainsi que ton épouse. Au revoir, Jean.

– Au revoir, maman.

Louise s'écroula sur sa chaise, les sanglots s'emparèrent de tout son corps. Et pourtant ce n'était que du bonheur, acheminé par un fil de téléphone. Voilà, c'était arrivé, sans prévenir, alors que rien ne le laissait présager.

Lorsque Noélie entra, elle vit sa grand-mère toute bizarre sur sa chaise et accourut vers elle.

– Que se passe-t-il, grand-mère ? Que t'est-il arrivé ?

Louise, les joues encore mouillées d'un ruisseau de larmes, souriait doucement. Elle tendit les mains à sa petite-fille.

– Noélie, je viens de parler à ton père, à mon fils. Le téléphone a sonné pour la première fois et j'ai pris l'appareil. C'était lui, mon Jean…

Louise demeura ainsi, tenant toujours les mains de Noélie, le regard perdu dans un monde qui n'appartenait qu'à elle. Au bout de quelques minutes, elle redescendit de son nuage.

– Mon Dieu, Noélie, je l'ai entendu… enfin !

– C'est merveilleux, grand-mère, et ce ne sera pas la dernière fois, j'en suis sûre !

– Non, ce ne sera pas la dernière fois. Tu as bien fait de demander le téléphone, oui, Noélie, tu as bien fait, merci mille fois.

Louise se ressaisit enfin et, avec Noélie, se mit à préparer le déjeuner, comme dans un rêve.

Noélie jubilait, sa manœuvre avait réussi. Elle avait donné le numéro de téléphone à sa mère sans préciser que c'était celui de Louise. Il ne lui restait plus qu'à s'éloigner. Réussi !

– Le plus étrange, vois-tu, disait Louise, c'est qu'après quelques secondes de surprise et d'émotion, on ait pu se parler ainsi, comme s'il était parti hier. Il m'a demandé comment je me portais… (Continuant à travailler :) Ça n'a pas été difficile, c'est ce qui me surprend le plus. Il n'y avait pas de méchanceté dans sa voix, il m'a appelée maman…

Elle s'arrêta, suspendue à cet immense bouleversement, et sa main s'immobilisa dans l'espace, une cuillère entre les doigts.

– Tout arrive, grand-mère, c'est peut-être parce que je t'aime tant ! L'amour fait des miracles !

– Ça doit être ça, sûrement !

Et le sourire qui vint naître sur ses lèvres parut rayonner dans ses yeux, dans sa peau rajeunie, lissée.

Après le déjeuner, Louise prit place dans son habituel fauteuil, et Noélie demeura près d'elle. Du balancier de cuivre giclaient des étincelles rythmées sur deux temps. La porte ouverte laissait entrer le plein soleil, un bonheur qu'on n'attendait plus.

– Tu as conservé quelque chose de mon père, des cahiers d'écolier par exemple ?

Louise réfléchit. Le temps avait trié, le déménagement aussi.

– Faudrait voir au grenier, mais tu ne découvriras pas de trésor, quelques vieilleries peut-être. Tu as de meilleures jambes que moi, va donc voir si tu peux dénicher quelque souvenir. Fais attention, il n'y a pas grand éclairage !

– Je peux fouiller partout, grand-mère ?

– Fais ce que bon te semble !

7

Le bois fatigué de l'escalier prévint le grenier de l'arrivée de Noélie.

Elle poussa la porte, lentement, afin de ne pas brusquer ce qui dormait là, sous la paix du toit, depuis si longtemps. Au bout d'un moment, l'obscurité recula et libéra la vision. Tout d'abord la clarté de la lucarne, puis quelques rais filtrant à travers les tuiles indisciplinées... La chaleur enclose lui sauta au visage.

Noélie ouvrit grand la porte et reçut cette odeur mystérieuse de domaine abandonné. Elle attendit que ses yeux soient habitués pour avancer. La malle gêna son pied, sa main effleura un vêtement pendu et son visage fut frôlé par une toile d'araignée. Maintenant elle voyait les choses. Elle repéra en tout premier lieu la grande panière d'osier, remplie de tilleul et protégée d'un linge fin.

Contre le mur, quelques planches de toutes dimensions, une bicyclette pour musée, des caisses vides, d'autres laissant apparaître de vieux ustensiles. Là une pile de bois vieux de mille ans, recouverte d'une épaisse couche de gris. Un fil de fer tendu au travers de la pièce supportait, sur des cintres branlants, des étoffes chiffonnées pour l'éternité.

Dans un coin, de vieilles chaussures au cuir sec comme du bois. En avançant, sa main dérangeait la poussière qui se mettait à danser dans le rayon de lumière comme dans un filet. Sur une étagère croulante, déséquilibrée, s'entassaient des livres, ou des journaux. Noélie se prit à sourire, même si livres ne voulait pas dire cahiers. L'inventaire fut vite fait. Quelques revues hors d'âge, deux *Chasseurs Français*, un dictionnaire et, tout en dessous, un cahier d'écolier… enfin ! Elle l'épousseta, l'ouvrit et lut : CAHIER DE RÉCITATIONS : JEAN BEAULIÈRE, ANNÉE 1944.

Elle n'en croyait pas ses yeux, un cahier où les récitations avaient été recopiées de la main de son père. « Il y en a sûrement d'autres », se dit-elle. Mais elle eut beau continuer ses recherches, elle ne trouva rien d'aussi précieux que ce cahier dont les pages ne comportaient pas de carreaux, seulement des lignes avec une marge fort bien respectée.

Son œil revint au dictionnaire. Elle l'essuya avec un chiffon et, en se rapprochant de la clarté de la lucarne, découvrit la couverture sur fond marron. *NOUVEAU PETIT LAROUSSE ILLUSTRÉ*, JE SÈME À TOUT VENT. Puis cette indication : 6 200 gravures, 220 planches et tableaux, 140 cartes. LIBRAIRIE LAROUSSE, PARIS. Un ouvrage de plus de 1 772 pages en assez bon état.

À l'intérieur, la date d'impression : 1937, et cette phrase : *Un dictionnaire sans exemples est un squelette.*

– Je suis bien d'accord, dit-elle tout haut.

Elle n'apporta aucune attention à la malle et, fière de

sa découverte, quitta ce grenier où régnait une atmosphère de four.

– Regarde ma découverte, un vieux dictionnaire et le trésor, un cahier de mon père, un cahier de récitations écrit de sa main, annonça-t-elle à Louise.

– Je ne m'en souvenais plus ; quant au dictionnaire, il était déjà là quand je suis venue ici. Il ne date pas d'hier.

Noélie avait parfaitement dépoussiéré le cahier et l'examinait avec soin, tournant les pages une à une, émerveillée.

– Les *Fables* de Jean de La Fontaine, il y en a plusieurs, tu dois les connaître aussi : *La Cigale et la fourmi, Le Rat des villes et le rat des champs, Le Corbeau et le renard, Le Chêne et le roseau, Le Loup et l'agneau.*

– Moi aussi, j'ai appris ces fables. Je peux te réciter encore celle que je préférais : *Le Loup et l'agneau.*

– Tu en serais capable ? Pour de vrai ?

Louise se concentra un court instant, sous les yeux attentifs de Noélie.

– La raison du plus fort est toujours la meilleure :
Nous l'allons montrer tout à l'heure.
Un agneau se désaltérait
Dans le courant d'une onde pure.
Un loup survient à jeun qui cherchait aventure,
Et que la faim en ces lieux attirait.
« Qui te rend si hardi de troubler mon breuvage ?
Dit cet animal plein de rage :
Tu seras châtié de ta témérité.
– Sire, répond l'agneau, que Votre Majesté
Ne se mette pas en colère ;
Mais plutôt qu'elle considère

Que je me vas désaltérant
Dans le courant,
Plus de vingt pas au-dessous d'elle,
Et que par conséquent, en aucune façon,
Je ne puis troubler sa boisson.
– Tu la troubles, reprit cette bête cruelle,
Et je sais que de moi tu médis l'an passé.
– Comment l'aurais-je fait si je n'étais pas né ?
Reprit l'agneau, je tète encore ma mère.
– Si ce n'est toi, c'est donc ton frère.
– Je n'en ai point.
– C'est donc quelqu'un des tiens :
Car vous ne m'épargnez guère,
Vous, vos bergers, et vos chiens.
On me l'a dit : il faut que je me venge. »
Là-dessus, au fond des forêts
Le loup l'emporte, et puis le mange,
Sans autre forme de procès.

Noélie applaudit, stupéfaite.

– Tu me surprendras toujours, grand-mère, et dans tous les domaines. Je crois me rappeler moi aussi, voyons, *Le Renard et la cigogne*, tu veux l'entendre ?

Et Noélie récita, retrouvant l'enfant qu'elle était il y a peu encore. Louise était comblée. Ce jour était béni du Ciel. Dans un murmure, elle lança soudain à Noélie :

– Ne devions-nous pas avoir un dessert, ce soir, peut-être même un biscuit ?

– Oh ! j'ai totalement oublié… ce sera pour demain.

Les yeux de Louise riaient derrière ses lunettes à monture d'argent, et Noélie vit luire une étincelle de vrai bonheur.

– C'est un trésor ce cahier de poésie, mon père écrivait mieux qu'aujourd'hui. Ces belles pages à la plume, sans rature, avec le titre souligné de couleurs ! Je pourrais faire un tableau de chacune d'elles !

– En ce temps-là, le maître d'école n'admettait pas la moindre rature sur le cahier de poésie. Une petite erreur et il arrachait la page, tout était à refaire. L'exigence… Et personne ne s'en plaignait.

– Regarde, là, d'autres poésies : *La Mort et le bûcheron*, *Le Laboureur et ses enfants*, etc. Tiens, à la fin, il y a *La Marseillaise* ! Grand-mère, me donnes-tu ce cahier ? dit-elle en le pressant sur son cœur.

– Bien entendu, avec toi, je sais qu'il est en bonnes mains, le vieux dictionnaire aussi… Te rends-tu compte, je ne l'ai pas revu depuis son départ pour l'armée, le 3 janvier 1950. Il n'a jamais voulu me revoir, ni revenir au pays. Et aujourd'hui, il m'a parlé comme si rien ne s'était passé ! dit-elle soudain en suffoquant de sanglots.

Noélie posa ses livres, bouleversée elle aussi. Les mots de consolation avaient du mal à venir.

Puis elle se leva, entraîna Louise au potager. La cueillette d'une salade, la visite à la basse-cour les rappelèrent à la réalité. Le soir fraîchissait.

– Regarde s'il y a quelques œufs frais, Noélie. Nous ferions une omelette aux fines herbes, je vais en chercher un bouquet.

Anan collait aux trousses de Noélie, la suivait aux poules, à ses copains les lapins. Pour lui, la jeune fille faisait désormais partie de ceux qui vivraient ici pour toujours. Elle le regardait en souriant : « Tu n'as guère de soucis toi, tu es le plus heureux mais tu ne le sais pas ! Allez, dépêchons, ce n'est pas le moment de laisser grand-mère seule ! »

Une voiture était arrêtée devant la maison. Avant même d'entrer, Noélie comprit la situation : un patient pour Louise. Elle entendait ses explications et celles de l'homme qui l'avait transporté jusqu'ici.

– Je donnais aux vaches, quand ça m'a attrapé tout d'un coup, là dans les reins.

– Je vais essayer de vous calmer la douleur, comme d'habitude.

Noélie s'éloigna et attendit. « Elle a vraiment une clientèle ! », songea-t-elle, avec une pointe d'appréhension. Elle craignait qu'un jour, elle n'établisse un mauvais diagnostic. Mais l'admiration l'emportait sur l'inquiétude. Elle rendait service, n'encaissait aucun argent, de quoi pourrait-on l'accuser ?

Puis les deux hommes sortirent.

– Je vais tellement mieux, disait l'un, regarde-moi, je marche normalement, je suis soulagé encore une fois. Cette bonne femme est extraordinaire !

La voiture s'éloigna, et Noélie entra :

– C'est bien ici l'Hôpital Beaulière ?

– Ne te moque pas de ta grand-mère, fillette, je fais ce que je peux et je dirais même ce que je dois...

– Je plaisante, grand-mère, je comprends et j'ai déjà vu par deux fois ce que tu obtiens comme résultats...

– Je vais manquer d'eau de nuit, voudras-tu m'accompagner à la source ? Tu devras garder le secret toi aussi. J'ai confiance en toi. Nous irons par une de ces nuits, dit-elle, les yeux brillants.

Noélie demeura figée. Ce genre de secret ne se confie pas aisément. « Moi qui ai fait des études rationnelles, me voilà confrontée à ce que je n'aurais jamais pu imaginer ! »

Après le souper, Noélie décida de rendre visite à Anaïs. La journée avait été fertile en événements, aussi avait-elle besoin de s'oxygéner, c'était sa formule. Accompagnée d'Anan, elle empruntait la rue principale lorsque la Jeep de Paul la dépassa et s'arrêta pour l'attendre.

– Ça tombe bien, je voulais te voir, Noélie.

– Tu as de la chance de me trouver, je rendais visite à Anaïs.

– Tu pourrais m'accorder ton après-midi, demain ?

– Oui, d'accord. À la rivière, vers 4 heures ?

Il repartit aussi vite qu'il était apparu.

Anaïs la reçut avec joie, curieuse des faits et gestes de son amie. Mais Noélie se montrait si discrète qu'elle se demandait si celle-ci n'était pas fâchée.

– Tu ne veux rien me dire, Noélie ? Vous êtes bien ensemble ? Vous n'avez pas encore…

– Non, nous n'avons pas couché ensemble, voilà qui est clair, tu ne penses qu'à ça !

– Tu joues la cachottière… A-t-il au moins essayé ?

Pour changer de sujet :

– Anaïs, je voudrais faire un gâteau demain matin, pourrais-je utiliser ton four ?

– Bien sûr, je te l'avais promis. Tout à l'heure, j'ai mon amoureux jusqu'à minuit, je te dirai demain…

Et Noélie repartit en souriant. Elle pensait à Paul, qu'avait-il de si important à lui dire ? Puis elle revint aux propos d'Anaïs, elle au moins prenait du bon temps...

Dans les fermes, le temps des moissons était venu. De grosses machines avaient traversé le village, et les fermiers avaient ouvert des accès aux larges moissonneuses-batteuses. Les greniers avaient été préparés, pour ceux qui conservaient chez eux la récolte. Les autres l'envoyaient directement par camion aux dépôts des semenciers.

Chez Beaulière, la pâtissière maison préparait le biscuit promis à sa grand-mère, et ne tarderait pas à courir chez son amie, le moule rempli à la main.

– N'oublie pas de passer chez le boulanger, c'est le jour où il fait son pain de seigle !

– Tu es gourmande, grand-mère...

– J'aime bien ce pain encore tiède. Ça me rappelle l'ancien temps. Toi, tu as bien d'autres plaisirs à consommer !

– Grand-mère, comment oses-tu ?

– J'ai été au jardin trop tôt, le soleil m'a tapé sur la tête, dit-elle en riant. Mais j'ai cueilli des haricots verts bien tendres.

– Je sors avec Paul cet après-midi, nous allons vers la rivière, c'est notre rendez-vous.

Louise avait perdu son rire. Elle ne répondit pas, le nez dans la casserole, et Noélie n'insista pas. Elle avait remarqué ses silences lorsqu'elle parlait de Paul... Ça ne lui ressemblait pas. Que cachait sa réticence ?

– Dépêche-toi de porter ce gâteau à Anaïs...

Noélie répondit avec des petites mines enfantines, pour dérider Louise.

Pendant son absence, le facteur se présenta pour livrer le quotidien et échanger quelques mots.

– Votre petite-fille a l'air de bien s'habituer au pays, c'est ce qui se raconte...

– Vous voulez me dire quelque chose, facteur, ou bien ai-je mal compris ?

– Vous savez ce que c'est, les mauvaises langues ne peuvent pas se retenir, il n'y a rien de mal (il se pencha vers son oreille :), mais on dit que le Paul Dautremont s'en occuperait sérieusement !

– Ah ! Ce n'est que ça ! Il faut bien que jeunesse se passe, dit-elle pour simuler un détachement total, n'avez-vous pas été jeune vous aussi ?

– Vous avez bien raison, vous au moins vous savez prendre les choses ! À demain, madame Beaulière.

– Dans ma jeunesse, j'en aurais trouvé un comme lui, je n'aurais pas hésité...

Le facteur, tout surpris de cette repartie, enfourcha son vélo et continua sa tournée.

Elle avait habilement coupé court aux cancans, mais rien n'empêcherait les gens de se mêler des affaires des autres.

Quand Noélie revint, Louise ne dit mot de la chose et toutes deux déjeunèrent tranquillement. Anaïs ramènerait le gâteau en début d'après-midi, histoire de papoter une fois de plus.

– Cette nuit, dit Louise, nous irons à la source, à nous deux, nous en porterons davantage. Si tu es d'accord ?

– Ça ne peut se faire que la nuit ?

– Oui, et au douzième coup de minuit. Ni avant, ni après ! Il faut de bonnes chaussures, c'est un peu loin.

– Tu m'impressionnes, grand-mère.

– C'est bien ainsi que je l'entends, ma petite, répondit Louise sans sourire.

Appuyée d'une épaule contre le montant de la porte, Noélie regardait au loin, admirant le paysage. Les bruits du village la séduisaient, ces bruits qui n'en sont pas comparés à ceux des grandes villes, comme Nice où le flot incessant des voitures ne permet pas d'apprécier le moindre souffle d'air, à moins d'habiter sur les hauteurs.

Soudain, un cycliste passa très vite devant elle. Juste le temps de le reconnaître et déjà il était loin. Étienne ! Elle avait esquissé un geste, qui resta figé dans son élan. Il n'avait même pas tourné la tête vers elle. Noélie avait compris. Le cœur serré, la gorge nouée, elle rentra dans la maison.

Paul la rejoignit du côté de la rivière.

Après avoir nagé dans le courant un instant, ils s'installèrent sur la berge, mi-ombre, mi-soleil.

– C'est bien rare que je me baigne, je n'ai jamais le temps, mais aujourd'hui tout me semble différent, tu es là, avec moi. Mon chien Noir sera ton ami, j'en suis certain maintenant.

Noélie était étendue sur le dos, alanguie. Il se rapprocha d'elle.

– Noélie, il faut que je te dise, que tu saches... mais...

– Mais quoi ? lui dit-elle, les yeux dans les yeux.

– Je voudrais t'offrir plus que ça, mais je n'ai encore

rien et je me demande ce qu'il va m'arriver quand tu repartiras !

Noélie voulait savoir.

– Tu m'as parlé d'une histoire d'héritage en attente à laquelle je n'ai rien compris. C'est ça qui te préoccupe ?

– En réalité, nous travaillons tous notre propriété, mais aussi les terres de Félicien et de son Castel, dont je t'ai parlé l'autre jour. Nous en avons le droit jusqu'au jour où l'héritier se présentera. Tout est prévu devant notaire.

– Mais qui est donc cet héritier dont tu me parles tant, il n'a pas de nom ?

Paul ne pouvait pas tout dire mais en avait grande envie. Il ne voulait pas la perdre, alors il raconta ce qui n'était un secret que pour les étrangers.

– Voilà l'histoire que tout le monde connaît au pays, sauf toi sans doute : Félicien Colomba est décédé en 1950. Avant sa mort, il a mené grande vie avec les femmes. Il disait qu'il ne trouvait jamais celle qui lui convenait... C'est ce qui s'est toujours dit dans la famille et qui peut se répéter encore de nos jours. Pour avoir les faveurs de certaines, il promettait son héritage, les terres et le Castel ! Sa santé périclitait depuis la guerre. Pour preuves de ses promesses, il a remis une clef à chacune de ses conquêtes, en leur expliquant le processus d'héritage qui devait être tenu secret jusqu'à sa mort, sous peine d'annulation. Après sa disparition, il leur fallait se présenter chez le notaire pour prouver leur droit à l'héritage en montrant la clef. Sur toutes les clefs distribuées par Félicien, une seule était la bonne. Mais laquelle ? Sa mère Erestine a cru devenir folle à l'ouverture du testament. Cette clef devait pouvoir ouvrir la grande porte du Castel, côté soleil levant, qui avait été fermée par Félicien quelques mois avant sa mort. L'affaire, pour ne pas dire le scandale, aurait pu être étouffée si l'une des maîtresses de Félicien ne l'avait propagée. Une deuxième a menacé Erestine d'un procès, en prétendant qu'on avait changé la serrure du Castel ! Mais le notaire avait toujours la bonne clef qui ouvrait la grande porte. Le village entier se moquait de l'histoire des Lauressergues, de notre famille. Sans doute que certaines femmes ne sont pas venues essayer leur clef, elles ont eu honte que leurs relations avec Félicien soient révélées au grand jour, certaines étaient peut-être mariées ? Les gens disaient aussi qu'on ne recevait plus au Castel, plus de fêtes comme autrefois... C'est vrai. Voila l'histoire, Noélie, l'histoire de notre famille. Une succession verrouillée parce que personne ne s'est présenté avec la bonne clef ! Jules Lauressergues n'a pas supporté, il en est mort de honte et de chagrin. Seule ma grand-mère, Erestine, veille toujours sur le destin de la propriété...

Noélie avait écouté avec attention cette étrange histoire.

– Mis à part les inconvénients que cela vous crée, c'est plutôt original. Ce Félicien était un personnage romanesque !

– On s'en serait bien passés, voilà des emmerdements pour la vie entière, les conditions restent valables pour une durée de cent ans à dater de sa mort. Quant à moi, j'aurais voulu reprendre la vigne, autrefois elle était très importante, mais le phylloxéra est passé par là. Mon grand-père et mon père on dû tout arracher et n'en repiquer qu'un quart avec des plants américains. On fait tout de même notre vin, il n'est pas mauvais pour certains, pour d'autres c'est de la piquette, mais on conserve ce carré d'un peu moins de deux hectares, en souvenir des anciens.

– Je n'ai rien de semblable à te raconter, ma vie est beaucoup plus simple, si ce n'est que je vis à Nice maintenant et mes parents en Corse. J'ai mon travail que j'aime, voilà tout.

– Toi à Nice ? Moi ici ? Ce ne sera pas facile.

Noélie acceptait ses baisers mais ne répondait pas à ses allusions.

– Dans quelques jours je vais repartir, dit-elle dans un soupir.

Paul aurait pu la prendre là, le long de la rivière, tous deux dissimulés par quelque verdure envahissante. Mais dans sa tête une autre idée faisait son chemin.

– Je veux t'épouser, Noélie, laisse-moi cette chance. Je t'aime, et toi ? Tu ne me dis rien ?

Elle sourit.

– Les femmes sont bien compliquées, tu es trop pressé !

Paul comprit qu'il avait montré trop d'impatience. Ils se turent et la rivière se confia au silence.

À Val Vergne, Mme Jarles venait d'apporter le pantalon de son homme à Louise pour la retouche, et toutes deux parlaient de la pluie et du beau temps. Louise prit le temps de faire un café.

– Votre petite-fille est en promenade, sans doute ?

– Elle profite de la rivière, c'est la bonne période pour se baigner, et de plus c'est de son âge.

– Et ça lui fait combien à cette petite, enfin, pas si petite que ça…

– Vingt-cinq ans, eh oui, le temps a passé pour elle aussi, et je suis contente de la voir de temps en temps.

– Elle n'est pas venue avec son ami habituel, le futur médecin ?

– Je crois savoir que tout est terminé. C'est son affaire !

– Y a pas à dire, une infirmière et un docteur, ils avaient un bel avenir devant eux…

– Que voulez-vous, chacun vit sa vie à sa manière. La mienne n'a pas toujours été facile, vous le savez bien, n'est-ce pas ?

Mme Jarles aurait bien voulu poser d'autres questions, notamment sur son fils, mais elle se ravisa. Elle revint sur l'affaire du pantalon.

– Pouvez-vous me faire ce travail pour vendredi soir ? Samedi c'est la noce.

– Ce sera prêt, comptez sur moi.

Mme Jarles se retira, toute fière de l'économie d'un pantalon neuf pour son mari, quand Anan arriva en éclaireur. Noélie ne devait pas être loin.

– Tu vas te brûler la peau par ce soleil !

– Me baigner dans cette rivière est délicieux pour moi, grand-mère.

– Et avec ton copain Paul, voilà qui ne doit pas être désagréable…

– Il m'a raconté ses secrets de famille, je te dirai ça en détail. C'est surprenant et pourtant…

– Dans toutes les familles, il y a des situations difficiles…

– Puis-je t'aider, grand-mère ?

– Excellente idée, tu peux aller aux poules, il doit y avoir des œufs à lever, je te devine pleine de bonne volonté !

– Je me change et j'y cours.

Puis, apercevant un pantalon sur le dossier d'une chaise :

– On t'a apporté du travail, la dame de l'autre jour ?

– Oui, je ferai ça demain, il y a de l'ouvrage quand même, sur un pantalon d'homme. Tu veux apprendre ? demanda-t-elle d'un air candide.

Ce soir, les deux femmes veilleraient, l'opération de l'eau de nuit était prévue à minuit.

Et elles veillèrent, tout en parlant. L'impatience de Noélie se manifestait. L'eau de nuit ! Quel mystère. Puis Noélie voulut parler des Lauressergues et Dautremont. Depuis la fin de cet après-midi, certaines pensées la tourmentaient. Elle se décida :

– Grand-mère, connais-tu cette affaire des Dautremont ? Nous n'en avons jamais parlé ensemble. Paul m'a raconté cette histoire d'indivision en attente d'héritiers, tu en sais quelque chose ?

– Comme tout le monde. Les Lauressergues ont été mes premiers patrons lorsque j'étais jeune, et c'est chez eux que j'ai rencontré mon mari, Bénigne Beaulière, j'avais dix-huit ans.

– Paul m'a parlé du fameux Félicien, le fils d'Erestine, sa grand-mère. Tu l'as connu ?

– Oui, c'était l'enfant préféré de sa mère, nous étions presque du même âge, il n'avait que deux ans de plus que moi et je le craignais un peu, c'était normal, le fils des patrons...

– Raconte-moi !

– Tout jeune, il a dû s'engager dans l'armée, une tradition familiale. Je me suis mariée et nous avons eu Jean, ton père. Puis j'ai eu le malheur de perdre Bénigne, j'ai dû travailler chez les Bourdette ; ma vie en ce temps-là ne tenait qu'à mon fils. Puis il y a eu cette déclaration de guerre. Presque tous les hommes de la commune sont partis.

– Ils sont tous revenus ?

– Germain, le père de Paul, dans l'état que tu sais, mutilé. Frédéric, un autre employé de la ferme, a été fait prisonnier en Allemagne. Il s'est évadé pour rejoindre l'Angleterre et de Gaulle. Quant à Félicien, il a été fait prisonnier lui aussi et envoyé dans un stalag en Allemagne. Il n'en est revenu que le 10 mai 1945. Ces hommes si jeunes étaient méconnaissables à leur retour.

Noélie écoutait sans l'interrompre.

– Félicien, lui, a retrouvé l'affection de sa mère. Elle était tellement heureuse de le revoir, qu'elle lui a passé ses quatre volontés. Pourtant il traînait en lui une chose étrange, un mal qui le gagnait petit à petit. Au lieu de se soigner et de se bien comporter, il a repris la grande vie, je veux dire en compagnie des femmes, de buveurs et de fêtards sans retenue. Ses moyens financiers le lui permettaient.

– Et il ne s'est jamais marié..., lança Noélie.

– Il a brûlé la chandelle par les deux bouts ; il a,

paraît-il, beaucoup promis à ses conquêtes, jusqu'à l'héritage du Castel, sa mère lui avait transmis sa propriété, elle lui revenait avec les terres. Une fortune s'il avait su les rentabiliser. Mais voilà, Félicien s'en moquait. Je suis certaine qu'il connaissait son mal, oui, j'en suis certaine.

– Et les clefs ?

– Tu sais aussi ça ? Paul t'a donc tout raconté. C'est vrai qu'ils en pâtissent tous maintenant. C'est la dernière des plaisanteries de Félicien si j'ose dire. Il s'est moqué de tout le monde, va savoir pourquoi ?

– Peut-être que quelqu'un a la bonne clef sans le savoir.

– Le notaire a le bon modèle, je le sais en confidence d'une vieille amie tombée dans le piège.

– C'est peut-être une femme mariée qui ne peut pas se manifester sous peine de se dévoiler aux yeux de son mari ?

– L'histoire court depuis la mort de Félicien, et aujourd'hui personne n'en parle plus dans le village, à quoi bon !

– J'aime ces histoires, on dirait des romans.

Louise semblait lointaine.

– Mais ne devons-nous pas aller à cette fameuse fontaine, grand-mère ?

– Mets de bonnes chaussures, ce n'est pas tout proche. Nous allons prendre deux cruchons, un pour chacune, j'aurai ainsi de la réserve.

Noélie eut une envie folle de rire, en pensant à ses collègues de travail. « Si elles me voyaient ! Nous les professionnelles !... »

Quand la pendule sonna ses onze coups, les deux

femmes, accompagnées d'Anan, se préparèrent à quitter la maison. Elles prirent un chemin inconnu de Noélie, longeant des jardins, des hangars, puis de nouveau un sentier le long d'un champ. La nuit, sous un ciel constellé d'étoiles, permettait de voir la sente qui rejoignait enfin le bois. Le silence régnait entre elles et pourtant elles n'allaient commettre aucun larcin, elles s'en allaient recueillir de l'eau.

– Nous y serons bientôt, annonça Louise. C'est de l'autre côté du bois.

Noélie se heurtait parfois à des aspérités du chemin, à des cailloux, des pierres rondes roulées du talus. Rien n'altérait cependant son humeur, son envie de découvrir le secret.

– Tu es seule à connaître l'existence de ce lieu, grand-mère ?

– Je le pense, mais un jour, quelqu'un me l'a enseigné, alors peut-être que d'autres personnes le connaissent. Cependant, chaque fois que je le retrouve, je ne vois aucune trace de visite.

Encore un bout de chemin et Louise s'arrêta. Prenant sa lampe de poche, elle montra un muret de pierres retenant le talus. Au loin, retentirent les douze coups de minuit au clocher du village.

– Nous y sommes. Je vais ouvrir le mur, je connais les pierres qu'il faut déplacer. Tiens la lampe, mais lorsque la pierre principale sera déplacée, il faudra éteindre tout de suite. La moindre lueur tuerait l'eau.

Noélie ouvrit de grands yeux, et soudain éteignit la lampe.

– Voilà, c'est bien, dit Louise.

Elle prit un des récipients, le plongea dans le trou

noir et, doucement, dès qu'il fut retiré, enfonça le gros bouchon de liège.

– Veux-tu faire de même avec le second, Noélie ?

La jeune fille s'empressa d'imiter Louise et, à son tour, retira le lourd cruchon dégoulinant d'eau très fraîche, puis posa le bouchon.

Louise replaça l'énorme pierre, renvoyant ainsi cette source bienfaisante à son secret.

– Sais-tu où nous sommes ? questionna Louise.

– J'avoue que non, je ne connais même pas cette forêt.

– C'est le bois du Nord, tout simplement. Et ce passage d'eau est mystérieux. Cette eau ne doit jamais voir le jour, sauf à l'instant où elle entre en contact avec la douleur.

– L'eau de nuit, voilà d'où vient son nom.

– N'oublie pas, tu m'as promis.

– Je ne te trahirai jamais, grand-mère.

Toutes deux reprirent le chemin du retour, une lourde cruche à la main. Dans la tête de Noélie se bousculaient bien des questions, tandis que Louise la guidait dans l'obscurité, sereine.

Puis elle parla à voix basse, toute à son secret.

– Personne ne sait d'où vient cette eau, ici, ce n'est qu'un passage.

– C'est peut-être un ancien aqueduc ?

– Je n'en sais rien, mais ce qui est certain c'est que plus bas, dans les pâtures, elle jaillit en une belle source bien connue. Son eau est si pure qu'elle est envahie d'une sorte de verdure menue, et si serrée que l'on croirait un tapis. On l'appelle ici le « mourelou ». Préparé en salade, il a un goût particulier et tendre, c'est une merveille. L'endroit est appelé : la Source verte. Cette plante, le mouron aquatique ou petit cresson, c'est la montie ou montia des fontaines. Aujourd'hui, elle n'est guère connue, mais de mon temps…

– J'aimerais bien en goûter, grand-mère, mais je ne peux pas te demander de m'accompagner, c'est trop loin !

– Anaïs doit connaître…

Noélie s'écroula enfin sur son lit, harassée. Sur la petite table, près de son lit, un vieux dictionnaire, un cahier de récitations…

Demain serait un autre jour.

8

Ce matin-là, Louise Beaulière portait la fatigue sur ses traits, les efforts de la veille, cette longue et pénible expédition, laissaient des traces.

– Les années commencent à peser, dit-elle à Noélie qui avait préparé le café du matin. Ce sont mes jambes… J'ai essayé de tenir bon hier soir et de faire la fière mais, vois-tu… Lorsque j'avais 15 ans, j'aurais pu aller au bout du monde à pied, même si j'étais maigre comme un clou. On m'appelait la « gringalèche ».

Noélie l'enveloppa d'un regard affectueux.

– Je m'occupe de tout, grand-mère. Je vais aller cueillir diverses choses au jardin et je préparerai une fricassée de légumes, tu m'en diras des nouvelles. Mais je passe tout d'abord donner aux poules.

– Tu es gentille, Noélie. Je dois tout de même entreprendre ce travail au pantalon du père Jarles, mais je crois que je m'y mettrai cet après-midi.

Soudain, Anaïs apparut sur le seuil de la porte, à contre-jour.

– Bonjour tout le monde ! Bonjour madame Beaulière ! Salut Noélie !

– Toi au moins tu es matinale, dit Louise.

– Je voulais faire un petit coucou à mon amie.

– J'allais justement au jardin, tu m'accompagnes ? Mais en premier, je dois donner à la basse-cour.

– Allons-y gaiement, je ne crains pas, et ça me fait plaisir de t'aider un moment !

Louise admirait cette jeunesse joyeuse et turbulente.

Une fois seules, Anaïs prit son amie par le bras et lui dit :

– Je ne viens pas par hasard, mais devant ta grand-mère, je n'ai pas pu te parler. J'ai croisé le docteur, il voudrait te rencontrer.

– Sans doute au sujet de ma grand-mère ?

– Je n'ai pas eu cette impression, tu peux aller le voir quand tu voudras, il m'a dit que ça lui ferait plaisir, et il a fait un grand sourire !

– D'accord, mais pas un mot à la maison, je ne voudrais pas l'inquiéter.

Anaïs repartit et Noélie, après avoir rendu visite aux poules et aux lapins, leur avoir distribué leur pitance, cueillait les légumes au potager. Le soleil dénichait la dernière rosée cachée encore parmi les feuilles, minuscules gouttelettes vite avalées.

Petits pois, haricots, carottes, navets et poivrades paraissaient un bon choix.

– Qui t'a appris à préparer ce plat ? demanda Louise.

– Ma mère. Mon père et moi nous l'aimons beaucoup.

– Nous verrons ça... Je suis impatiente. Il faudrait aussi penser au pain, si tu pouvais, d'un saut...

– Je cours à la boulangerie, ne t'inquiète pas !

Noélie avait en tête de rendre visite au Dr Viallestre, ce qu'elle fit en premier lieu. Dès que le médecin l'aperçut dans la salle d'attente, bravant les réflexions désobligeantes à son endroit, il l'accueillit immédiatement.

– Je n'en ai que pour une minute, annonça-t-il à la cantonade.

– Asseyez-vous, Noélie, je vous en prie. Vous avez été une brillante élève, vous avez obtenu votre diplôme avec mention. Je sais d'autre part que vous avez un ami futur médecin, je crois…

– Excusez-moi, docteur, mais cette relation n'existe plus.

Cette nouvelle chagrina visiblement le vieux médecin, mais il se reprit, très habile :

– Je l'ignorais. Cependant, je voulais vous informer que je désire mettre fin à ma carrière dans les prochaines années, et je voudrais installer mon successeur le plus tôt possible. Voilà pourquoi je désirais vous rencontrer en priorité. Je sais que vous avez un emploi d'infirmière chef à Nice. Un poste à responsabilités. Mon désir est d'aider à l'installation d'un cabinet médical et infirmier, ici, dans notre commune.

Noélie comprenait où il voulait en venir.

– Je serais heureux que vous examiniez cette proposition. Vous êtes à Nice, certes, mais vos racines sont ici, ajouta-t-il avec un sourire engageant. Vous avez manqué à notre commune pendant trop longtemps, je vous le dis sincèrement. Une infirmière libérale avec soins à domicile me serait, ainsi qu'à nos concitoyens, d'un grand secours. Et pour vous d'un excellent rapport, à défaut d'un couple médecin-infirmière. Ne me répondez pas, réfléchissez sur cette proposition... confidentielle.

Il lui souriait affectueusement. Noélie avait écouté, il n'y avait pas eu place pour la moindre question. Puis, très courtoisement, le Dr Viallestre la raccompagna, non sans lui avoir demandé des nouvelles de sa grand-mère avec un sourire convenu.

Elle quitta le cabinet du médecin, abasourdie par ce qu'elle venait d'entendre. « Je ne m'attendais pas à ça ! Je suis sûre de ne pas manquer de travail ! Infirmière libérale à Val Vergne... C'est sans doute à ne pas prendre à la légère, d'autant que je m'attache au pays de Louise, que la famille a abandonné. »

Elle courut chez le boulanger et, en toute hâte, fila chez elle.

– As-tu trouvé quelques ronces en chemin ? demanda Louise, les yeux rivés sur la pendule.

– Comme toujours...

Noélie, tout en préparant ses légumes, lui dit :

– J'espère que j'aurai le temps d'aller à cette fontaine pour trouver le petit cresson avec Anaïs, j'ai trop envie d'y goûter ! Tu vas apprécier cette fricassée, avec tes légumes si frais et si tendres...

À cet instant précis, le téléphone sonna, les surprenant toutes deux. Louise ne bougea pas. Elle regardait fixement l'appareil.

– Grand-mère, décroche, c'est pour toi...

Avec lenteur, Louise se dirigea vers le téléphone, souleva le combiné.

– Allô ? Allô ?

– C'est toi, maman ?

– Oui, c'est moi, tu me surprends, je ne m'habitue pas à… cette chose, dit-elle, presque paniquée.

La vraie raison de cette émotion se situait ailleurs, du côté du cœur.

Mère et fils parlèrent un moment, situation bouleversante pour Louise, et Noélie souriait, trop émue pour parler lorsque sa grand-mère lui tendit l'appareil, les yeux rayonnants de joie.

– Comment vas-tu Noélie ? Ça fait plaisir de pouvoir t'appeler et… d'entendre ma mère. Je me souviendrai de ce que je te dois…

Tous deux échangèrent les nouvelles, et Noélie parla à sa mère. La vie des Beaulière venait de changer. Lorsqu'elle eut raccroché, Louise vint à elle.

– Je pensais qu'il avait des choses graves à me dire, peut-être était-ce pour toi ?

– Le téléphone, ça sert aussi à se parler sans qu'il y ait des catastrophes, grand-mère.

– Je suis une arriérée, je m'en rends compte.

Noélie, dans un élan de tendresse, fit claquer deux baisers sonores sur les joues de la vieille dame.

– Je n'ai pas l'habitude, je dois dire que deux fois en quelques jours, entendre mon fils me parler de manière aimable, c'est… une révolution.

– La fricassée n'attendra plus, à table !

– Faut que je m'habitue à cette nouveauté moderne, tu m'appelleras, Noélie ?

– Bien entendu ! Allez, ne pensons plus à cette affaire, ton fils va bien, tout est pour le mieux !

– Quand même, deux fois en si peu de jours…

Hautement réussie par la jeune cuisinière, la fricassée de légumes ajouta à la bonne humeur. Mais elles ne purent s'empêcher de parler de Jean. Son appel l'avait placé au cœur de la maison et Louise, subitement, avait envie d'en parler. Pour la première fois.

– Il s'entendait fort bien avec ses grands-parents, son grand-père surtout. Voilà pourquoi, après le certificat d'études, il est resté auprès de lui pour travailler à la ferme familiale, et le temps a passé. Mon père voyait en lui son successeur. (Elle se tut un moment.) Ton père voulait tout faire, tout décider, il acceptait rarement d'avoir tort. Combien de fois il est rentré de l'école dans un triste état, après une bagarre, la lèvre gonflée, le visage tuméfié, les mains et les genoux écorchés. Il ne se plaignait jamais.

– Un vrai petit dur ?

– Mon père lui a dit un jour : Si tu veux être le plus fort du monde, le plus admiré, le plus respecté, il faut réaliser un exploit, mais un véritable exploit. Jean a répondu : « Dis-moi quoi, grand-père, et je le ferai ! – En premier lieu, promets-moi que tu essayeras, ce sera déjà magnifique ! » Il n'avait pas douze ans...

– Que lui a-t-il demandé d'extraordinaire ?

– « Essaie donc d'enfermer le vent dans une boîte ! Lorsque tu auras réussi, tu seras le plus formidable des enfants de tout le pays ! »

– Mais, grand-mère, il se jouait de lui...

– Jean a tenté de nombreuses fois, sans résultat. Mais il aurait voulu gagner cette partie aussi, il lui fallait des défis à affronter, quel caractère ! Alors mon père a passé son bras autour de ses épaules et ils se sont éloignés tous les deux de la maison. Il lui disait :

« Vois-tu, on ne peut pas tout réussir, avoir raison de tout et sur tout. Il faut parfois courber l'échine et accepter la situation, c'est-à-dire être plus raisonnable, réfléchi, patient, et toujours se souvenir de cette phrase : à l'impossible, nul n'est tenu... »

– Un vrai philosophe, un sage très certainement, dit Noélie.

– Un homme simple qui a trimé toute sa vie avec ma mère. Imagine quelle déception a été pour lui le comportement de Jean, quand il nous a tous rejetés, oui, j'ose le dire, comme des pestiférés.

Subitement, le visage de Louise venait de changer. Les derniers mots lui avaient échappé, ils révélaient enfin ce mal profond qui la rongeait. Et ce n'étaient pas les conversations téléphoniques qui changeraient ce qui avait été fait.

Noélie voulut l'interrompre, mais Louise enchaîna :

– Lorsque ton père aura perdu son orgueil, alors peut-être... Pour ma part, j'ai payé ! À lui d'être un homme, il serait temps !

Silence glacé. Que pouvait comprendre sa petite-fille confinée dans le silence de son père ? La bonne humeur du repas avait totalement disparu.

– Excuse-moi, Noélie, c'est difficile pour moi et, par moments, je deviens insupportable, même quand je suis seule. Je vais lire le journal, ça me changera les idées...

Noélie rejoignit sa chambre, éberluée par l'attitude soudaine de sa grand-mère. Elle trouva une lecture : les poésies du cahier d'écolier de son père.

Au fil de l'écriture à la plume, au suivi des pleins et des déliés, elle imaginait le garçon qu'il avait pu être. Aucune photo de lui ou de sa classe ne subsistait. Un temps effacé.

« Il me reste si peu de jours, et puis je m'en retournerai dans le Midi où je pourrai voir l'infini de la mer. Pourtant, elle ne me manque pas, étrangement. Je sais que j'aime Val Vergne, plus que jamais. Ma grand-mère va me manquer, je suis triste de la laisser seule… »

Au rez-de-chaussée, près de la fenêtre, Louise ne lisait pas le journal, elle posait simplement ses yeux dessus, pour mieux penser.

Soudain : « La retouche du pantalon ne se fera pas toute seule, il est temps que je m'y emploie, je l'avais un peu oubliée. Tant que j'ai cette lumière, je vais la préparer au jour. »

Elle tira une chaise jusque sur le devant de sa porte. Un tissu presque noir pose quelques problèmes à des yeux fatigués, les coutures serrées disparaissant facilement dans l'épaisseur du tissu. Mais elle avait confectionné elle-même ce vêtement, le travail en serait facilité. Ciseaux en main, elle commença à découdre les endroits clés. Anan s'était installé près d'elle.

Moment choisi par Noélie pour réapparaître, les yeux encore « endormaillés », cherchant à vaincre la clarté.

– Toi, tu as dormi…

– Oui, grand-mère, c'est arrivé sans prévenir, je me suis assoupie et… Montre-moi ton travail, mais tu démolis tout !

Louise souriait, la mauvaise humeur de midi avait totalement disparu. L'œil guidait les ciseaux qui décousaient délicatement et avec précision.

– Il est bien compliqué ce pantalon, il y a des doublures partout. Aujourd'hui c'est beaucoup plus simple.

– La confection d'aujourd'hui et le sur-mesure

d'autrefois n'ont rien de comparable. J'ai toujours appliqué les règles et les méthodes recommandées par le maître-tailleur Daustre.

Le regard interrogateur de Noélie appelait des précisions. Aussi Louise prit-elle plaisir à lui expliquer le montage du pantalon et à lui citer les différentes pièces assemblées : dos, devants, ceinture et passants, braguette avec sous-patte, sous-pont, deux ou trois plis couchés sur le devant, pinces cousues au dos et les différentes sortes de poches : poches sur le côté, droites ou à l'italienne, passepoilées, poches arrière dites revolver et, à la demande, poche-gousset dans la couture de la ceinture. Quant au bas, il pouvait être droit ou à revers, selon la demande du client.

– Je n'aurais jamais pensé que c'était aussi compliqué. Mais comment vas-tu l'agrandir ?

– Je défais le gros-grain, c'est-à-dire le doublage de la ceinture, la couture du fond et de l'entrejambe. Une fois bien repassé, à plat, je recouds les coutures en élargissant au maximum, je rabats les doublures, je repose le grand fond et quand j'aurai terminé cette besogne le père Jarles pourra rentrer de nouveau dans son pantalon !

Elle leva les yeux vers Noélie qui buvait ses paroles, et toutes deux éclatèrent de rire en pensant au bonhomme...

– Tu sais aussi agrandir une veste d'homme ?

– Nous, les culottières, ne touchons jamais aux vestons, comme les ouvriers tailleurs ne s'intéressent pas aux pantalons, uniquement à leur coupe. C'est ainsi dans le métier.

– Tu as obtenu un CAP pour travailler et connaître tous ces termes de métier ?

– Ma pauvre petite, l'important était de bien travailler, ce que j'ai fait tout au long de ma vie. Point de CAP, mon seul diplôme c'est le certificat d'études, comme ton père.

– Tu ne l'aurais pas quelque part, celui de mon père ? Je ne l'ai jamais vu.

– Monte donc au grenier, dans la vieille malle, celle qui me gêne pour passer, il doit y en avoir un, peut-être celui de ton père…

– J'irai tout à l'heure, mais je voudrais d'abord te voir coudre avec ta machine à pédale.

– Elle n'a jamais été en panne, depuis tout ce temps. Et pourtant, il fallait qu'elle soit solide pour supporter les marches arrière que déclenchait ton père. Je m'en souviens encore. Je vais la préparer, tu vas m'aider.

La canette fut garnie et placée dans son boîtier. Après un essai, la machine piquait toujours à la perfection.

Louise avait branché le fer électrique, elle repassait déjà les parties décousues, en utilisant une pattemouille afin de ne rien roussir.

– Tu sais tout faire, grand-mère, la couture, la cuisine, le jardin, et même…

– Pour le reste, il vaut mieux ne pas en parler, surtout devant une infirmière !

Louise avait bâti les coutures et déjà la machine les piquait.

Il ne restait plus que l'intérieur de la ceinture à terminer lorsque la Jeep de Paul s'arrêta devant la maison.

Il leur adressa le bonjour puis :

– Je vous l'enlève, madame Beaulière.

Louise esquissa un sourire obligé. « Il ne va pas me la prendre… »

Ils s'éloignèrent tous deux, accompagnés de Noir, vers le domaine des Lauressergues, tandis que Louise, toute triste, restait avec son travail entre les mains.

La Jeep roulait dans le chemin, au pas pour faciliter la conversation.

– Je t'emmène visiter la propriété, dit Paul.

– Pourquoi pas ? Je ne me suis jamais approchée de chez vous.

– Voilà la ferme, la grange, ses hangars, ses tracteurs, ses machines, c'est un peu comme partout. La grande bâtisse, où nous habitons tous depuis toujours, à été agrandie par mes parents, nous sommes nombreux.

La Jeep s'arrêta au milieu de la cour, et Noélie ouvrit de grands yeux, surprise par l'importance des lieux, où caquetaient mille volailles.

– Je ne me rendais pas compte, Paul.

– Là-bas, c'est le Castel. Il ne ressemble pas au reste du domaine.

– Magnifique… Ces allées, ces fleurs…

– Quand Félicien est mort, le Castel est resté un moment abandonné, et puis comme aucun héritier ne se présentait, nous avons entretenu ses massifs, ses allées. À l'intérieur, rien n'a été touché depuis le premier jour, et aucune réception n'y a été organisée, contrairement aux habitudes. Ma grand-mère l'avait interdit.

Tout en s'approchant lentement de la demeure, Noélie demanda :

– Elle vit toujours avec vous ?

– Oui, mais elle ne sort plus, elle reste cloîtrée, clouée dans son fauteuil roulant, malgré les allées qu'on a cimentées pour faciliter ses déplacements. Elle est aigrie, elle tremble à chaque visite, croyant que c'est le prétendant à l'héritage accompagné du notaire. Tu ne verras pas mon père, il est aux moissons avec mon frère Armand, ma belle-sœur et mes neveux. Je me suis échappé une petite heure pour te voir.

Noélie réalisa sur l'instant que sa grand-mère lui avait rarement parlé des Lauressergues.

– Je voulais te dire, Noélie, nous trouvons bizarre que ton père ne soit jamais revenu au village depuis son départ pour l'armée. Personne n'a compris ce qui s'était passé.

Surprise par la question, Noélie se tourna vers Paul :

– Vous n'êtes pas les seuls. J'aimerais tant qu'il vienne ici avec ma mère… elle ne connaît le pays que par des photos. N'en parlons plus, c'est son affaire.

– Pardonne-moi si j'ai été indiscret, Noélie. Viens, je vais t'emmener sur les terres du Castel, trente-cinq hectares… Ça commence ici, il faut connaître pour les situer, le grand bois du fond en fait partie.

– Paul, osa-t-elle soudain en scrutant la grille, est-ce la porte côté soleil levant, celle qui ne s'ouvrira qu'avec la clef de l'héritier ?

– C'est bien celle-là, celle qui intrigue tous les gens du pays, ou qui les a intrigués au temps de l'affaire. Aujourd'hui, vois-tu, les terres donnent de belles récoltes, et on a un peu oublié.

– Le Castel serait-il la propriété secrète d'un fantôme ? dit-elle en éclatant de rire.

Il rit à son tour, en la prenant par la main.

– Viens, je vais te montrer les vignes auxquelles je tiens beaucoup. Si tu ne devais pas partir, je t'aurais invitée pour les vendanges, c'est une période de fêtes. Et si tu l'avais voulu, j'aurais proposé que l'on baptise la récolte 1980, cuvée Noélie ! dit-il en lui volant un baiser.

Ils contournèrent les terres, les belles terres entourant le Castel. Noélie ne mesurait pas l'importance des biens des Lauressergues. Champs immenses croulant de blé mûr, vignes, vergers et potagers, prairies à perte de vue, sur lesquelles paissait un cheptel impressionnant. Même les chemins étaient beaux, bien tracés, entretenus. Jamais Noélie n'avait vu pareille richesse. Impressionnée, elle comprenait mieux le sentiment de sa grand-mère, qui avait une ferme insignifiante, le Manchoual.

Ils dépassèrent les moissonneuses occupées au travail. Paul arrêta un moment le moteur de la Jeep et quitta quelques secondes Noélie pour parler aux hommes.

Noélie entendit alors, distinctement, certains propos à son sujet, de la part d'Armand et de sa femme. Son sang se glaça d'un seul coup.

Quand Paul revint, elle lui intima, d'une voix blanche :

– Ramène-moi à la maison. Grand-mère doit m'attendre, je ne veux pas qu'elle s'impatiente !

– Tu ne veux pas qu'on s'arrête un moment ? Nous n'avons même pas eu le temps de…

Noélie sauta de la Jeep et s'enfuit à toutes jambes.

Elle entendait dans son dos les rires de ceux qui s'étaient moqués d'elle...

– Noélie ? Mais qu'est-ce qui t'arrive ? Attends-moi !

– Va-t'en, Paul, rejoins les tiens. Ils ne se sont pas gênés pour parler... Tu t'es bien moqué de moi !

Paul demeura cloué sur place, cependant que Noélie s'enfuyait à travers champs. Paul se tourna vers sa famille comme un diable :

– Que lui avez-vous dit ? hurla-t-il ?

– Rien que la vérité ! Il fallait bien qu'elle sache que tu n'es pas un homme pour une femme... Alors c'est fait, c'est dit !

– Vous n'aviez pas le droit ! Salauds ! Vous n'aviez pas le droit !

Il grimpa sur sa Jeep et fonça droit devant lui.

Le cœur de Noélie cognait encore lorsqu'elle s'approcha de sa maison. « J'avais raison de vouloir partir en Afrique, là-bas, au moins... Je n'aurais jamais cru que Paul soit comme ça, mais est-ce la vérité ? » Elle se retourna : il ne la suivait pas, ne venait pas s'expliquer, c'était une preuve... « La cuvée Noélie ! J'ai failli y croire ! et même j'y ai cru un moment. »

Assise devant la porte, Louise semblait l'attendre. Son regard la cherchait, et ce regard allait plus loin que la route, et ses mains manifestaient de l'impatience. Lorsque Noélie apparut, elle fut comme soulagée.

La jeune fille dissimulait son chagrin.

– As-tu terminé ton travail sur le pantalon ? dit-elle.

– Il n'y a pas longtemps, et je me reposais en t'attendant sans rien faire, ça fait du bien parfois. Anaïs est passée, nous avons bavardé un petit moment, elle voulait te voir, comme d'habitude. Je l'aime bien, cette Anaïs…

– Je fais un saut chez elle, si tu le permets, juste une petite demi-heure !

Louise lui sourit pour toute réponse, et déjà Noélie s'éloignait, Anan à ses trousses.

– Pourquoi tu ne m'en as pas avertie, Anaïs ? Puisque tu le savais ?

– Tu as le droit de te distraire, non ? Et si je te demandais si vous aviez… c'était pour vérifier ce qui se racontait. Tu ne risquais pas grand-chose. Paul est attiré par les hommes. Il cherchait une femme seulement pour régulariser une situation familiale.

Après le mariage, le partage de la propriété se ferait. Ensuite, Paul avait d'autres projets. C'est ce qui se dit, Noélie. Mais les cancans…

– Il n'était pas entreprenant, c'est vrai, mais comme il parlait beaucoup de mariage, je n'ai pas compris ! Non, je n'ai pas compris le piège qu'il me tendait, et c'est difficile à admettre. Et à croire.

– Ma pauvre Noélie, mon Jacquou n'est pas si compliqué, je crois que j'ai de la chance, parce qu'on s'aime, nous !

– La page est tournée, n'en parlons plus. Même si j'ai encore mal…

– J'ai croisé Étienne aujourd'hui, il a demandé de tes nouvelles et si je connaissais la date de ton départ. Tu lui as tapé dans l'œil, mais celui-là ne possède pas grand-chose, à part son métier.

– Lorsqu'il m'a aperçue en compagnie de Paul… mais tout est compliqué ! Je pars dimanche, et je veux tout oublier, sauf toi. Je t'attends à Nice, tu me l'as promis.

Anaïs ne répondit pas, mais ses yeux se remplirent de larmes. Noélie la serra dans ses bras, émue elle aussi…

– Allons ! Je rentre, grand-mère doit s'inquiéter, je la sens un peu lasse. Je passerai t'embrasser demain et te rendre ton vélo.

Noélie s'essuya les yeux.

Louise n'avait pas quitté sa chaise.

– Je prépare le dîner, grand-mère, ne te dérange pas, tu as trop fait depuis hier soir…

– C'est vrai, petite, j'ai présumé de mes forces. Mais toi, Noélie, je t'ai vue partir vers chez Paul…

Noélie tardait à répondre, si bien que Louise se tut.

– Grand-mère, je voudrais oublier ça, ce n'était pas sérieux, juste une amourette de quelques jours. Et puis… je ne savais pas qu'il aimait les hommes. Voilà la vérité. Je n'ai rien vu, et lui n'est même pas venu s'expliquer.

Louise réfléchissait. Elle finit par demander, d'une voix calme :

– Et qui te l'a dit, petite ?

Noélie se détourna.

– Sa famille. Ils se sont fichus de moi, grand-mère. Ils lui veulent du mal.

Louise n'avait jamais vu sa petite aussi pâle. Son cœur se serra, mais de colère. Ce compte-là aussi serait à régler.

– Une salade du jardin, avec du jambon ou du pâté du pays, qu'en penses-tu, ma belle enfant ?

– Oui, grand-mère, et même, ce soir, je boirai du vin.

Le sourire revint sur leurs visages. Et soudain, Noélie embrassa son aïeule sur les deux joues.

– Mes vacances se terminent, grand-mère, dimanche sera vite arrivé.

Après un silence, Louise leva les yeux.

– Dis-moi que tu reviendras, mon enfant. J'ai besoin de te voir. Plus le temps passe et plus...

– Je te le promets, grand-mère. Je reviendrai à Val Vergne pour un week-end avant Noël.

– La fête du Pain a lieu le dernier dimanche d'août, j'aurais aimé que tu y assistes. On rallume le vieux four du village, il ne sert plus qu'une fois par an, et le boulanger prépare sa pâte à l'ancienne, au feu de bois. Ce pain sent si bon qu'il n'y en a jamais assez... et pour nous autres, les anciens, ça rappelle tant de souvenirs... mon père cuisait lui-même le pain quand je n'étais qu'une enfant, ça ne date pas d'hier.

– J'aimerais bien venir, mais...

– On peut aussi cuire des plats cuisinés, des gâteaux, mais il y a querelles par manque de place. Tu vois petite, les fêtes des traditions ont toujours du succès. À Vayols, c'est la fête du Battage, plus loin la fête d'autre chose. Nous demeurons attachés à ces moments de plaisir, ils font oublier ceux où nous avons trimé, souffert, pleuré. Mais nous les avons endurés malgré tout, ils nous rendaient plus forts. Dans nos campagnes, on accepte la vie telle qu'elle vient. Aujourd'hui, je ne sais pas si les jeunes...

Noélie s'était rapprochée de sa grand-mère, à la toucher…

– Grand-mère, pense aux bonnes choses. Le reste est du passé. Tiens, avant d'aller dormir, j'irai voir dans la malle le certificat d'études dont tu m'as parlé. Je ne voudrais pas oublier.

Louise acquiesça. La petite avait raison. Il faut s'emplir des bons souvenirs. Les autres font voir le sang.

La pendule, rencontrant la demie de neuf heures, les alerta. Noélie s'attarda sur elle et se rappela ses pensées d'un jour : la séparation des aiguilles et du cadran… Elle se mit à fredonner : « *Étoile des neiges, mon cœur amoureux, s'est pris au piège de tes grands yeux…* »

– Tu connais ce refrain ? s'étonna Louise.

Noélie enlaça la vieille dame et la fit tourner.

– Tu es un bon cavalier, grand-mère…

Et toutes deux dansèrent lentement cette valse, les yeux brillants, conscientes de se situer l'une au début de la vie, l'autre à la fin, sur le versant du crépuscule.

Louise, une fraction de seconde, s'appuya sur le bras vigoureux, et Noélie la serra contre elle. Elle refusait de penser que peut-être elle ne la reverrait jamais.

Elle en oublia de visiter la malle.

9

À tâtons, Noélie descendit l'escalier, les mains contre les parois du couloir, les yeux dans le vague. Le craquement du bois signalait son pas mal assuré.

Lorsque sa frimousse apparut, Louise comprit immédiatement.

– Es-tu bien sûre d'être avec moi, ma petite ?

Noélie marmonna quelques mots en se passant la main sur le front…

Anan la regardait fixement, en inclinant la tête.

– Oh là là… Je crois que je ne supporte pas le vin, grand-mère, ou alors j'en ai trop bu. Et toi, tu vas bien ?

Louise l'aida à s'asseoir, et remplit un bol de café noir.

– Pas seulement le vin. Les chagrins aussi laissent des traces, ne crois-tu pas ? N'y pense plus, va plutôt prendre le soleil, il t'attend !

– Tu as raison, et puis… je dois repartir dimanche et ça me crève le cœur. Je n'ai plus envie de m'en aller d'ici, grand-mère.

– Ton café refroidit et les poules attendent le grain, dépêche-toi, fillette.

« Comme les jours heureux passent vite », pensait-elle en retenant les mots qu'elle ne devait pas dire, ces mots qui augmentent la peine.

Noélie avait refait surface, enfin. Elle claqua une bise sur la joue de Louise et, avant de s'en aller vers les poules, elle lui dit :

– Nous avons bien dansé hier soir, n'est-ce pas ? On ne le fait pas assez souvent.

Noélie donna aux poules, aux lapins, en regardant la masse de poils qui bougeait dans un coin. Les lapereaux grandissaient. Elle leur parla, leur dit son chagrin de devoir les quitter. Puis elle revint en jetant un regard vers la propriété de Grande. « Quelle idiote j'ai été ! Et pourtant... »

Lorsqu'elle arriva devant la maison, un panier posé devant la porte attira son regard.

– Grand-mère, appela-t-elle, on t'a apporté des légumes, tu as vu quelqu'un ?

Louise apparut sur le seuil, surprise :

– Mais c'est... du petit cresson ! Et de belles fraises toutes fraîches...

– Ça doit être Anaïs, dit Noélie, mais je ne vois pas pourquoi elle n'est pas entrée, elle n'a même pas frappé à la porte. Tu m'avais bien dit qu'elle connaissait la source verte ?

Noélie caressait ce petit végétal aux feuilles minuscules.

– Je connaîtrai au moins cette chose rare !

Puis, goûtant une fraise, elle découvrit une rose glissée entre la verdure et l'osier.

– Regarde, grand-mère, voilà un signe, quelqu'un veut...

– Cette rose est pour toi, mon enfant, certainement ton Paul et pas Anaïs ! En attendant de percer le mystère, tu vas goûter cette merveille. Peu importe la main qui a déposé ce panier, je l'en remercie, dit Louise avec un grand sourire.

La jeune fille glissa la rose dans un verre d'eau et la disposa délicatement au milieu de la table. Puis :

– Je cours chez Anaïs, je dois la voir. Je ramènerai ce qu'il faut pour midi, ne t'inquiète pas !

Louise, ravie, songeait qu'il y aurait deux gourmandises au déjeuner, l'une de petit cresson et l'autre de fraises au sucre. Elle soupira d'aise.

Anaïs ne savait rien du panier tombé du ciel. Seraitce donc Paul ? Voulait-il se racheter, excuser son attitude et celle de sa famille ?

Elles parlèrent du dernier jour, ce lendemain à passer ensemble, avant le triste dimanche.

– Tu ne peux pas retarder ton départ ? On n'a pas eu le temps de vraiment se voir, faut dire qu'en juillet j'ai eu beaucoup de travail, et toi tu avais rencontré Paul...

– Je ne peux pas décaler mon départ, mais je t'attendrai chez moi, comme promis. Et là, ce sera peut-être moi qui aurai tant à faire...

– La vie n'est pas juste ! dit Anaïs en haussant les épaules...

Déjà les clients la réclamaient, et Noélie s'en fut terminer ses achats chez les autres commerçants. Il fallait penser au déjeuner. Mais le cœur, lui, vagabondait en pays de tristesse. Tout ce qu'elle contemplait, tout ce qu'elle croisait, nourissait les larmes qu'elle retenait.

Le repas de petit cresson servi autour des côtelettes d'agneau fut parfait.

– C'est d'une douceur particulière, tu as raison, cette saveur... C'est vraiment une découverte. Et ces fraises au sucre me tentent.

– En ajoutant un peu de vin rouge, comme autrefois, elles se révèlent davantage, tu vas voir... Ton père adorait ce dessert avec des gâteaux secs.

– Il l'aime toujours, grand-mère. Mais pour lui, la gourmandise n'est pas un défaut !

– J'ai oublié d'aller au grenier, hier soir, j'avais tellement envie de dormir... Je monterai tout à l'heure, et j'aimerais bien une infusion de tilleul, je la préparerai moi-même.

– Ça ne peut pas faire de mal.

La porte était restée ouverte, comme d'habitude en ces mois d'été. Un véhicule passa dans le chemin, sans se presser, une Jeep. Le moteur s'arrêta à quelques mètres.

Noélie leva la tête. Sérieuse soudain, puis elle sortit et se dirigea vers Paul.

Il était un peu pâle, son regard fuyait les yeux clairs.

– Je voudrais m'excuser, Noélie, ce que tu as appris est vrai, mais avec toi, j'ai cru que... Je t'aime. Je garderai pour toi une grande... amitié, toujours. Ne me juge pas, et pardonne-moi si je t'ai fait du mal. Pendant quelques jours, j'y ai cru vraiment.

– Merci de ta franchise, Paul. Mais, ta famille... Peut-être devrais-tu te poser quelques questions.

Il baissa la tête, cependant que Noélie s'éloignait doucement.

Sur le pas de la porte, Louise attendait. Les deux femmes se regardèrent sans échanger un mot. Noélie comprit alors que ce n'était pas Paul qui avait déposé le panier.

Le rayon de clarté pour tout guide, quelques instants d'accoutumance, puis le reste apparaissait peu à peu. La malle gênait toujours et Noélie en profita pour lui trouver un emplacement plus adapté.

À quoi servaient donc toutes ces choses posées, pendues, appuyées contre une poutre ou un mur, entassées çà et là ? À rien sans doute, mais comme dans tous les greniers, elles maintenaient vivantes les traces de vie, de l'utilité qu'elles avaient eue pour les hommes. Elles ne serviraient à rien et pourtant on ne s'en débarrassait jamais. Seuls quelques incendies, parfois, faisaient le ménage.

Noélie ouvrit la malle et en ressortit le rouleau de carton souple qui l'intéressait. Quelle ne fut pas sa surprise en découvrant deux diplômes de certificat d'études. Celui de Jean Beaulière, obtenu en 1944, et, plus inattendu, celui de Louise Hautefraysse, daté de 1925.

Elle n'avait jamais eu de tels documents sous les yeux, frappés de si belles enluminures et de cet en-tête : RÉPUBLIQUE FRANÇAISE suivi de INSTRUCTION PUBLIQUE.

Puis, au bas du feuillet, le nom de son père sur l'une,

de sa grand-mère sur l'autre, leurs signatures suivies de celle de l'Inspecteur d'Académie !

Une douce émotion s'épanouit en elle. C'était donc ça ces fameux « certificats d'études » dont les vieux parlaient avec nostalgie, et dont les jeunes ignoraient tout. Elle les tenait là, entre ses mains. Sans trop s'en rendre compte, elle les pressa contre sa poitrine, avant de les rouler ensemble et de les glisser dans leur protection. Puis elle descendit les montrer à Louise.

– Grand-mère, j'ai trouvé les deux diplômes, le tien et celui de mon père. C'est magnifique !

– Bah… Il y a longtemps que tout ça est oublié, je ne m'en souvenais même pas. Au milieu de ces chiffons…

– Je vais continuer à fouiller dans ces chiffons, comme tu dis, je remonte au grenier.

Louise hocha la tête, puis se replongea dans la lecture de son quotidien.

Dans le rayon de lumière où maintenant volaient des millions de particules dérangées dans leur sommeil, Noélie inventoriait le contenu de la malle. Elle observait ces vieux vêtements un à un, curieuse de leur allure, leur forme, leur couleur, et avec la tentation de les essayer et de se présenter à sa grand-mère ainsi accoutrée. Mais elle se retint, « je n'ai plus quinze ans », se dit-elle. Elle s'attarda sur une étoffe écrue, une chemise d'enfant, avant de parvenir à toucher le fond du coffre. Sa main rencontra quelque chose, un objet enveloppé de tissu qu'elle faillit rater. Elle déroula l'étoffe, une toile qui avait été blanche, et aperçut une grosse clef en fer. Elle la tourna dans sa main et la remit à sa place.

Dans les greniers, on peut trouver une vieille serrure et sa clef, mais une clef toute seule...

Elle demanderait à Louise.

– Voilà, j'ai fait l'inventaire, dit-elle en redescendant. Aucun trésor à part une chemise qui a dû appartenir à mon père et une clef au fond de la malle.

– C'est un souvenir, elle n'embarrasse guère...

– J'ai envie de faire une promenade à bicyclette, grand-mère. Pour en profiter jusqu'au bout !

– Va, ma petite, et ne te perds pas en route !

En short et baskets, son chapeau de paille sur la tête, elle disparut bientôt au bout de la rue. Destination : le hameau de la Croix-Haute où elle avait été surprise par l'orage, quelques jours plus tôt. Elle chantonnait dans le vent, la jambe agile sur les pédales. Des promeneurs lui disaient bonjour, des garçons émerveillés et bruyants. Dans les champs on moissonnait, et la poussière qui montait vers le ciel trahissait la présence des engins.

Lorsqu'elle aperçut la cabane en planches qui l'avait abritée quelques jours plus tôt, elle s'arrêta. « Un bon souvenir », pensa-t-elle. Elle posa son vélo contre un arbre et s'assit sur une bille de bois qui servait sans doute de banc.

Elle pensait au panier tombé du ciel, devant sa porte. La rupture avec Paul lui laissait un goût amer. Elle se sentait mal à l'aise, meurtrie. Et bien qu'il soit venu s'excuser...

Un bruit de moteur dérangea ses pensées. Une camionnette s'annonçait par son bruit particulier. Lorsqu'elle dépassa la cabane, elle stoppa, puis fit marche arrière. Noélie avait reconnu Étienne.

– Aurais-tu des problèmes de bicyclette, Noélie ?

Ce sourire lumineux, qui la touchait au cœur...

– Non, Étienne, j'ai eu envie de m'arrêter ici, je ne sais pas pourquoi. Et toi, tu passes souvent dans le coin ?

– Rarement. Mais je savais que tu serais là...

La surprise la rendit muette.

– J'exagère, reprit-il, mais je sais que tu repars prochainement, et, bien qu'on te voie souvent avec Paul Lauressergues, je voulais te parler. J'ai été ridicule un jour, en vous apercevant tous les deux.

– Et tu es venu ici, sur cette route, pour me rencontrer ?

– J'ai tout fait pour que tu viennes, et tu es venue, je voudrais te dire que...

– Entre Paul et moi, il n'y a pas eu grand-chose, tu dois savoir comme tout le monde..., coupa-t-elle.

– C'est son affaire.

– Tout est fini et c'est bien ainsi. Voilà, c'est tout. J'ai été idiote !

Étienne, troublé, sentit grandir une espérance.

Il avait secrètement été jaloux de Paul. À en crever. Aujourd'hui, elle était là, près de lui...

– Tu pars dimanche ? Bien vrai ? On n'aura même pas eu le temps de danser ensemble ?

Noélie ne répondait pas. Elle percevait dans le regard du jeune homme une émotion que son cœur n'avait pas envie de repousser.

– Je regrette, Étienne.

– Mais alors, si tu regrettes, je peux te parler, je peux te dire enfin ce que j'ai dans le cœur depuis le premier jour ?

Noélie le regardait, et tout son être attendait, le priait de parler.

Il s'approcha d'elle, prit sa main et la porta à ses lèvres.

– Puisque tu vas partir, sache que je suis amoureux de toi, Noélie. C'est ainsi, je suis amoureux fou, j'en suis malade. Mais d'abord tu étais avec un autre, et cette année avec Paul Lauressergues. Et ceux-là, faut pas se mêler de leurs affaires.

Elle approcha doucement son visage du sien, et ils échangèrent un baiser tendre, profond.

– Noélie, je t'aime. Oh oui, je t'aime.

Le cœur de Noélie faillit éclater de bonheur subit. Elle ne comprenait plus, sa tête tournait et son corps lui semblait fondre de fièvre.

– Mon Dieu, nous allons bien trop vite, Étienne. Tu ne crois pas ? Qu'est-ce qui m'arrive ?

Il s'écarta doucement.

– Je ne veux pas sortir avec toi en cachette. Je sais que ton père a quitté le pays un jour, tout le monde le sait ici, mais toi je ne veux pas te perdre.

– Je ne désespère pas de les voir un jour à Val Vergne, ils n'ont rien fait de mal, ça, je le sais.

– Je ne te questionne pas, Noélie, je veux seulement te dire que…

Elle posa délicatement ses doigts sur les lèvres d'Étienne et lui sourit.

– Je sais, dit-elle, je sais…

– Noélie, je n'ai rien à t'offrir, je ne possède rien, et tu connais la situation de mes parents…

– Je t'écoute, Étienne, je t'écoute.

– Je voudrais qu'un peu de temps encore, enfin pas trop mais… Attends-moi !

– Je crois que je saurai t'attendre, Étienne.

– Demain matin, tu auras un panier de roses devant ta porte, sans petit cresson cette fois !

– C'était donc toi ? dit-elle en riant aux éclats.

Et ils s'embrassèrent follement, en tremblant.

Puis, une fois de plus, Étienne glissa la bicyclette dans sa vieille camionnette.

– Je ne serai donc jamais revenue de la Croix-Haute à vélo !

– Tu le regrettes ?

Elle répondit par une caresse, et il lui saisit la main pour la couvrir de baisers.

Louise les regardait venir vers elle. Elle avait compris et, dans son âme, tout allait pour le mieux.

– Si vous le permettez, madame Beaulière, je viendrai chercher Noélie demain soir. Son dernier soir à Val Vergne.

Elle dit oui, d'un mouvement de tête appuyé, accompagné d'un sourire tranquille.

Étienne embrassa Noélie discrètement, et bientôt la camionnette s'éloigna vers le Manchoual.

Noélie allait et venait, agitée soudain.

– Ah ! Pourquoi les vacances se terminent-elles dès que tout se présente bien ? Ce garçon me plaît, je peux te le dire, et je n'y comprends rien, tout de suite après cette rupture d'hier, tu te rends compte, grand-mère ?

– À moi aussi il me plaît, Noélie. Lorsque les choses doivent se faire, elles se font. Rappelle-toi ça, et le contraire est vrai aussi. Tu ne m'as jamais parlé de Paul avec le même enthousiasme !

– Toi non plus, grand-mère !

Elle sautilla vers l'escalier, comme une gamine, rejoignit sa chambre et se jeta en travers du lit, les yeux au plafond.

« Incroyable ! C'était donc en moi et je n'avais rien vu ! Ou plutôt si, j'avais vu, mais je le refusais... Pourquoi ? Hier encore j'étais avec Paul et aujourd'hui, là, ce soir, je ne pense qu'à Étienne. Qu'est-ce qui m'arrive ? » Elle avait beau fermer les yeux, essayer de penser à autre chose, le beau visage d'Étienne la submergeait. « Nous n'avons plus qu'une soirée à nous, une seule ! Mon Dieu c'est vraiment trop bête ! »

En peu de jours, les événements s'étaient précipités : la source et l'eau de nuit, la rencontre avec le docteur, la rupture brutale avec Paul, la découverte des certificats d'études, la malle et enfin Étienne !

Et tout à coup l'image percuta son esprit : la clef ! Pourquoi cette clef si soigneusement conservée ? Un tourbillon de mots vint à son secours : héritage, clefs, Castel, oui, le Castel ! Louise aurait-elle reçu une clef elle aussi ? Une mauvaise clef bien entendu puisqu'elle était toujours là ! *Juste un souvenir,* avait dit Louise... Mon Dieu ! Louise avait eu une liaison avec Félicien !

D'un bond, elle se retrouva assise sur le lit. Comment pouvait-elle s'en assurer sans blesser sa grand-mère par des questions indiscrètes ? Non, elle ne lui demanderait rien. À quoi bon ? Si la clef restait là, oubliée, c'est qu'elle était inutile. Félicien s'était joué d'elle comme des autres.

Mais elle mourait d'envie de savoir. Alors, germa peu à peu dans son cerveau une idée… déraisonnable.

Après le repas du soir, elle s'éclipsa à l'étage. Prendre une poignée de tilleul fut le prétexte.

Louise n'y prêta guère attention, occupée à ranger la salle. Elle déplaça légèrement la rose dans le verre et lui adressa un clin d'œil. Puis, en se dirigeant vers la porte elle murmura :

– On dirait que la nuit viendra vite aujourd'hui, pourtant il n'est pas encore neuf heures du soir !

Noélie réapparaissait, trop souriante.

– Comme demain soir je suis invitée, je vais faire une dernière balade dans les chemins, pourrais-tu me prêter ta lampe électrique, grand-mère, au cas où…

– Tu sais bien où elle est rangée, mais c'est une heure pour sortir en pleine campagne ? N'as-tu pas peur ?

– La nuit n'est pas encore là, et j'emmène mon garde du corps.

Anan jappa pour confirmer.

– J'ai envie de respirer l'air du soir…

Louise fit mine de croire à ce soudain besoin… Elle aussi faisait de même pour se rendre à minuit près d'une source…

– Nous prendrons le tilleul à mon retour, je l'ai laissé sur la table.

Noélie et son compagnon tout fou s'en allèrent gaiement en prenant la direction des champs. La nuit attendrait encore, le crépuscule s'étirait.

Pendant que le chien piquait des sprints, Noélie se demandait s'il était bien raisonnable d'aller au bout de son projet. Elle s'assit sur le bord du chemin, observant le ciel qui, petit à petit, installait ses minuscules lampions. Elle pensait à son père : « Si tu savais ce que va faire ta fille... Mais c'est ta faute, si tu étais revenu je ne serais pas là à me poser mille questions, dont tu connais les réponses ! Grand-mère a raison, quelle caboche ! Tu vas passer ta vie à ruminer ? » Elle se reprocha vite son emportement. « J'espère que tu connaîtras un jour Étienne, mon cher papa, et toi aussi ma petite mère ! Celui-là n'est pas comme les autres... »

Le paysage s'assombrissait. Noélie contourna prudemment les terres pour arriver à son point de chute le plus discrètement possible. Cependant il était encore bien tôt. Des moissonneuses travaillaient encore à la lueur des phares, avant que la rosée ne tombât. Assise dans l'herbe, Noélie attendait que le dernier tracteur se range près d'un hangar. Puis ce fut le grand silence.

Le Castel se rapprochait et, un peu plus loin, se dessinèrent les bâtiments des Lauressergues dont les fenêtres éclairées signalaient la distance. Elle avançait sans bruit, Anan sur ses talons. L'endroit maintenant était proche. Tout paraissait calme à Grande. Encore quelques mètres... et brusquement Noir et Anan se rencontrèrent. « Je suis perdue », songea Noélie. Heureusement les deux chiens se reconnurent sans aboyer, et Noir vint se frotter contre les jambes de la jeune fille. Dix mètres encore et la fameuse porte livrerait peut-être son secret. Noélie sortit de la poche la grosse clef de fer.

Sur le perron des Lauressergues, deux hommes conversaient. Noélie s'immobilisa, paralysée. Elle reconnut Paul et son frère.

Au moment où elle désespérait de tenter l'impossible, elle entendit : « Le temps sera encore beau demain, les moissons sont bonnes cette année. » Après quoi les deux hommes rentrèrent dans la maison.

Parvenue à quelques centimètres de la porte, Noélie alluma sa lampe, et en dirigea le rayon vers la serrure. Elle introduisit la clef, qui se logea sans heurts, plus aisément qu'elle n'avait imaginé. Son cœur s'emballait. Elle la tourna lentement, de droite à gauche, plusieurs fois, mais en vain.

Aucun effet sur le mécanisme. Elle opérait pourtant dans le bon sens, mais la gâche enfermait solidement le pêne et la serrure demeurait verrouillée. Une serrure comme tant d'autres, si ce n'était qu'elle était de bonne taille et paraissait inviolable !

Soudain, la porte de la maison s'ouvrit et Paul appela Noir, plusieurs fois. Il sortit, à la recherche du chien. Noélie retira vivement la clef et, sur la pointe des pieds, s'éloigna du Castel. La tentative avait échoué, il n'était plus nécessaire de rester là, au risque de se faire prendre.

Noir avait rejoint son maître, la porte claqua, et tout redevint calme près du Castel.

« Ce n'est pas la bonne clef ! » se répétait Noélie en marchant. Louise n'était donc pas sur la liste des héritières. Une certaine déception grignotait son cœur. Puis, avec un sourire intérieur, elle se demanda : « Qu'aurais-je fait dans le cas contraire ? Si la porte s'était ouverte… »

Elle traîna pour rentrer, bredouille d'une espérance

folle. Elle percevait, dans sa poche, le poids de cet objet qui l'avait fait rêver pendant une nuit de juillet, et elle s'amusa d'elle-même, confia sa crédulité à Anan qui s'en trémoussait d'aise.

À peine Noélie eut-elle fait quelques pas dans la maison que Louise ouvrit les yeux, toute surprise de se trouver là. Elle s'était endormie dans son fauteuil.

– J'ai dû perdre patience, ma pauvre Noélie…

– Je prépare le tilleul, ça nous fera du bien à toutes les deux !

– Ah ! les jours ont passé bien vite, tu vas me manquer, petite. Mais avec le téléphone, je vais peut-être prendre patience, ajouta-t-elle avec un pauvre sourire qui ne dissimulait rien de sa tristesse. Tu es trop loin, ma petite, oui, trop loin.

Noélie vint l'embrasser et servit le tilleul. La porte avait été fermée sur la nuit, et Noélie écouta le silence qui, bientôt, deviendrait la solitude de son aïeule.

– Je pense à une chose, grand-mère. La petite chemise de lin pliée dans la malle, serait-elle à mon père ?

– Oui, je l'avais coupée dans celle de son père que j'avais conservée. Il fallait tellement économiser ! Aujourd'hui, tu ne peux pas t'en rendre compte, et c'est tant mieux, faut plus parler de ces temps de naguère, comme on dit, au risque de paraître plus vieux encore !

– Et la clef, grand-mère, la clef a-t-elle un secret ? osa enfin Noélie.

Louise leva tout à coup les yeux vers sa petite-fille, et laissa échapper un soupir. « Il fallait bien qu'un jour… » pensa-t-elle.

– Boudiou, cette clef a une histoire, et à Val Vergne ce n'est pas la seule...

Noélie avait touché juste. Elle craignait la suite et l'espérait en même temps, sans pouvoir revenir en arrière.

Louise se cala confortablement dans son fauteuil, cherchant dans ses aises force et courage pour parler.

– Tu n'es plus une enfant, tu es une femme aujourd'hui, Noélie. Ça nous aidera à mieux nous comprendre, poursuivit-elle avec un sourire qui appelait l'indulgence.

La jeune femme approcha sa chaise du fauteuil, et attendit les mots qui allaient enfin satisfaire sa légitime curiosité.

– Tu sais que Félicien avait distribué quelques clefs, promettant un héritage en contrepartie de...

– Oui, grand-mère, Paul m'a raconté.

– Eh bien, vois-tu, moi aussi j'ai eu ma clef, mais pas en contrepartie de coucheries.

Un lourd silence s'installa, rythmé par le balancier de la pendule.

– Donne-moi un autre tilleul, Noélie, tout ça me sèche la gorge.

Ses mains, posées sur ses genoux, se cramponnaient au tissu de sa jupe. Noélie approcha une tasse emplie de tisane fumante tout en remuant pour dissoudre le sucre, et peut-être gagner du temps.

– Il est un peu chaud, grand-mère.

– Ne t'inquiète pas, ça m'ira très bien.

Elle attendit de mieux respirer pour reprendre.

– Ces clefs ont amené bien du malheur au village. Une femme a même disparu et on n'a jamais eu de ses nouvelles. Certaines ont dû affronter un mari jaloux et boire jusqu'à la lie la honte de leur vie. La vieille Pélagie était de celles-là, et sa clef ne lui a pas porté bonheur. Elle habite ici, en vieille fille qu'elle est restée. Aucune clef n'a fonctionné !

– Et la tienne, grand-mère ?

– Quant à moi, je n'ai jamais prévenu le notaire ni essayé d'ouvrir la fameuse porte, et vois-tu, j'ai vécu quand même. Tu es la première à qui je confie cette histoire. Cet homme s'est bien moqué des femmes… mais j'ai ainsi évité d'être traînée dans la boue et moquée.

– Pourquoi as-tu gardé cette clef, sans savoir si c'était la bonne ?

– Ce n'était pas le Castel qui m'intéressait…

Au ton, Noélie devina qu'un mur de silence protégerait la suite. Louise n'en dirait pas davantage ce soir. Que devait-elle donc comprendre ?

– Merci de m'avoir parlé, mais tu sais, grand-mère, ce n'est pas de la curiosité, j'ai besoin de connaître l'histoire de ma famille. Toute l'histoire.

Louise hocha la tête, d'un air grave. Les paroles de sa petite faisaient leur chemin.

– Il est bien temps d'aller au lit, dit-elle, je n'ai pas l'habitude de me coucher si tard.

Et chacune, suivant ses pensées, rejoignit sa chambre.

Dans la tête de Noélie, une question revenait en boucle : Que voulait obtenir sa grand-mère ? Maintenir l'indivision chez les Laurossergues ? Non, cette hypothèse ne tenait pas, elle ignorait que sa clef ne fonctionnait pas ! Seule Noélie savait, mais elle ne pouvait en parler, non, elle ne le pouvait pas !

Avant de s'endormir, Noélie ne put s'empêcher de déclarer tout haut :

– Sacrée Louise, pour un peu elle me ferait oublier Étienne !

Louise avait commencé à se livrer, comme elle se l'était promis, mais face à sa petite-fille tout était devenu difficile. « Il faudra pourtant que j'y arrive, j'ai commencé ce soir, demain j'essaierai d'aller plus loin. Maintenant il est temps de dormir... » Ses yeux fixaient le voile d'obscurité, derrière se mouvaient les ombres de son passé. Elle s'assoupit enfin.

À cet instant précis, le rêve de Noélie la conduisait au Castel. Elle en avait ouvert la porte, et la bâtisse s'était transformée en un palais où l'attendait un prince ressemblant fort à Étienne...

Samedi matin, huit heures.

Noélie avait perdu son magnifique sourire, tout l'agaçait. Louise reconnaissait ce symptôme : devoir se séparer de la personne qu'on aime. Un mélange de chagrin et de révolte.

« J'ai tout gâché à cause de Paul, quelle idiote j'ai été ! » se reprochait Noélie.

Louise l'observait. Dans sa tête, une petite idée germait, un espoir de revoir sa chère petite plus souvent, et peut-être plus tôt qu'elle ne l'envisageait elle-même. Elle avait encore bien des choses à lui révéler, mais prit la décision d'attendre pour aiguiser son appétit.

– Il est délicieux ce petit déjeuner, grand-mère ! pris avec toi, chez toi avec ce soleil qui frappe à la fenêtre... Tiens, je vais ouvrir grand la porte...

Seuls les yeux de Louise souriaient, sans joie, d'une tendresse déjà privée de son objet. « Comme j'aurais aimé qu'elle reste à Val Vergne, pour toujours... Bah, sait-on jamais, on peut rêver quelquefois... »

Noélie ouvrit la porte et demeura stupéfaite sur le seuil. Étienne avait tenu sa promesse. Un panier attendait, débordant de roses, les roses du jardin de ses parents, les roses du Manchoual !

– Grand-mère, regarde !

– Celui-là a la bonne manière de dire les choses. Mais le plus extraordinaire, petite, c'est que ces fleurs viennent des rosiers que ma mère a plantés au Manchoual, je les reconnais, elles ont un parfum particulier. Eh oui ! Ma pauvre mère aimait les fleurs et c'est Étienne qui te les apporte... Ça me chavire, mais faut pas que je pleure, je suis heureuse pour toi, ma chère petite.

– Nous dirons que ces roses sont pour nous deux, lança Noélie, dont le sourire éclatant refleurissait.

Elles ne savaient plus où installer toutes ces fleurs.

– Je vais en déposer au cimetière, dit Noélie. Je n'en ai pas pour longtemps à bicyclette !

À peine tourna-t-elle le dos que Louise en profita pour libérer ses larmes. Et puis, c'était la première fois que Noélie avait une telle pensée pour ses grands-parents.

Elle tarda à revenir. Louise eut le temps de se remettre, de se recomposer une mine calme. Lorsqu'elle réapparut, elle annonça :

– Je rendrai le vélo à Anaïs cet après-midi, on se verra encore une fois.

– Vous en avez des choses à vous raconter toutes les deux, n'est-ce pas ?

– C'est vrai, grand-mère, mais une amie c'est une amie, je lui ai dit de venir me voir à Nice, elle n'a jamais vu la Méditerranée.

– Et moi qui n'ai jamais vu un bout de mer ou d'océan, que devrais-je dire ? Je me suis contentée de mes ruisseaux, et quand je pense à ton père, dans cette île… Ah ! Il l'aime plus que sa mère…

Temps de silence.

– Nous allons préparer le dîner, le dernier des vacances, tu t'en vas toujours demain ? Tu ne peux pas repousser de quelques jours ?

– Grand-mère ! Ne me fais pas souffrir davantage.

Même Anan, contre ses jambes, la suppliait de rester encore.

– Tomates et pommes de terre farcies, voilà ce que j'aimerais, grand-mère, mais à ta manière, avec ta farce spéciale, toi seule sais la préparer.

– C'est bien tard, mais si ça te fait plaisir… dit-elle en regardant la pendule. Va cueillir quatre à cinq tomates au jardin…

– J'y cours, grand-mère, j'y cours !

Et Louise se mit à préparer sa farce « spéciale ». « Faut bien choyer cette petite ! »

Elle cassait des œufs, lorsqu'elle eut la surprise d'apercevoir le médecin sur le pas de la porte. Elle s'essuya les mains et alla à la rencontre de l'homme bien vêtu qui la saluait.

– Bonjour, madame Beaulière, comment allez-vous ?

– Mais très bien, docteur, tout va bien.

– Vous êtes surprise de ma présence, mais c'est votre

petite-fille que je venais voir, elle doit partir prochainement je crois ?

– Oui, demain, il n'y a rien de grave au moins ? Elle est au jardin.

– Rassurez-vous, madame Beaulière, mais nous exerçons des métiers semblables, j'aurais voulu lui parler un instant.

– Tenez, vous la voyez au milieu des tomates ?

– Je vais la rejoindre, ne vous dérangez surtout pas, merci madame Beaulière.

« Que lui veut-il donc ? » s'interrogeait-elle tout en reprenant son travail, mais sans le lâcher du regard.

Le médecin rejoignait Noélie :

– Excusez cette intrusion, mademoiselle, mais puis-je vous parler un moment avant votre départ ?

– Bien sûr, docteur, c'est au sujet de ma grand-mère ?

– Non, c'est pour renouveler la proposition que je vous ai faite il y a quelques jours. Y avez-vous réfléchi ? Vous auriez réellement une excellente situation dans le pays. Et votre grand-mère serait sûrement heureuse de vous savoir à proximité. De mon côté, je m'engage à aider.

– Je vous promets d'y penser, docteur, mais aujourd'hui…

– Vous avez là de magnifiques tomates, ajouta-t-il pour ne pas l'importuner davantage.

– Ça ferait plaisir à ma grand-mère si vous en acceptiez quelques-unes, qu'en pensez-vous ?

– Avec plaisir, Noélie.

Le docteur s'en repartit tout heureux, lesté d'un bon kilo de tomates enveloppées dans un journal, non sans avoir salué et remercié Louise.

– C'est bien la première fois de ma vie que je vois cet homme dans mon potager, avoua-t-elle, que te voulait-il donc pour se déplacer un samedi ?

– Eh bien… il voudrait que je m'installe ici, comme infirmière libérale.

Louise en oublia de refermer la bouche. Elle se remit à sa préparation puis, subitement :

– Ce n'est pas une mauvaise idée ! Il est vrai que tu as ton travail à Nice. Bien qu'ici, à y réfléchir…

– Oui, grand-mère, c'est très aimable de sa part. Je ne m'attendais pas à ça.

– Il aura toujours emporté des tomates de mon jardin, ajouta-t-elle en souriant.

Elles déjeunèrent plus tard que d'habitude, laissant aller le temps, mollement.

– Ces tomates farcies et ces pommes de terre ont été un délice, j'essaierai de les préparer à ta manière, mais jamais je n'arriverai à…

Elle fut interrompue par l'arrivée d'Anaïs.

– Bonjour madame Beaulière !

– Tu prendras bien le café avec nous, Anaïs, entre donc.

Elle prit place entre les deux femmes et sa bonne humeur généreuse repoussa la menace d'une tristesse envahissante.

– Ces roses embaument toute la maison, elles sont magnifiques ! Quelle chance tu as, Noélie !

– Oui, j'ai de la chance, mais toi, tu n'as pas à te plaindre non plus, je crois…

Après le café, Noélie et Anaïs partirent à pied vers la rivière, une dernière fois, en ce dernier après-midi.

– Je reviendrai l'année prochaine, et là je resterai plus longtemps.

– Et Étienne ? Tu l'attendras ? Et lui, il aura la patience ?

– C'est un drame pour moi, Anaïs. Je suis morte de chagrin. Nous allons nous voir ce soir, il me tarde et en même temps j'appréhende. Pour ma grand-mère aussi je m'inquiète. Quelle famille sommes-nous ? Et mon père qui n'est jamais revenu...

Anaïs prit la main de son amie dans la sienne.

– Écoute, il doit y avoir eu quelque chose de grave dans sa vie, on ne renie pas sa mère comme ça. Tu devrais lui parler, Noélie.

– Ma grand-mère et lui se sont parlé au téléphone, comme si rien ne s'était passé, je ne comprends pas. Je crois qu'ils sont pareils, tous les deux, avec ce grand fonds d'énergie.

– Auprès de mon grand-père, j'ai essayé de savoir quelque chose, il se souvient de ton grand-père Bénigne Beaulière. Il le connaissait, ils avaient le même âge, un brave homme, m'a-t-il dit. Ta grand-mère et lui travaillaient chez les Lauressergues, c'est là qu'ils se sont connus. Puis, plus tard, ton grand-père s'est tué dans un terrible accident au barrage, et ta grand-mère a dû travailler seule, sans jamais le remplacer. Ton père a grandi et un jour, vers ses vingt ans, m'a-t-il dit, il est parti et depuis on ne l'a plus revu au pays. Mon grand-père a de l'admiration pour ta grand-mère, oui, de l'admiration.

– Je connais l'histoire, mais elle bute toujours sur la raison de la fuite de mon père.

– Tu sais que grand-père était amoureux de Louise,

vers l'âge de dix-huit ans ? Mais on ne s'approchait pas des employés des Lauressergues, c'était ainsi, la vieille Erestine ne permettait rien, une main de fer cette femme.

– Ce passé nous ramène toujours aux Lauressergues, et j'ai failli m'en rapprocher aussi, est-ce un hasard ?

Noélie aurait bien voulu parler de la clef, mais elle hésitait, Anaïs ne savait pas garder les secrets. Elle tâta le terrain.

– Ton grand-père saurait-il quelque chose au sujet de l'héritage de Félicien et de toutes ces clefs distribuées ?

– Il m'a assuré que c'était une manœuvre pour les ennuyer tous. Ainsi, personne n'hériterait de ses terres. Vers la fin de ses jours, Félicien était devenu invivable, il n'était accepté par les siens que pour les biens qu'ils attendaient.

Noélie esquissa une grimace.

– Demain, tout ça aura quitté mon esprit. Ce qui ne veut pas dire que l'année prochaine… dit-elle en riant.

Les confidences avaient gommé le temps et l'espace. Déjà le bruit de la rivière leur parvenait.

– Viens, allons nous baigner, profitons de ce soleil !

Anan se jeta avec elles dans les eaux frémissantes. Les filles riaient, jouaient à l'éclabousser, et le chien aboyait de plaisir. Liberté… fraîcheur de l'eau et de l'amitié… Noélie savourait une dernière fois…

Lorsqu'elles reprirent enfin le chemin du retour, le sentier était encore brûlant de terre poussiéreuse. Une brise tiède séchait leurs cheveux et se mêlait à leurs rires.

– Je rentrerai avec ma bicyclette, dit Anaïs, ça lui a fait du bien de rouler, il y avait longtemps qu'elle rouillait dans la remise. Ce soir, je retrouve mon cher et tendre, nous allons faire des folies !

– Tu as bien de la chance.

– Mais toi, tu vas retrouver Étienne, je te souhaite tout le bonheur possible. Profites-en, Noélie.

Les adieux des deux amies furent mouillés de larmes. Puis Anaïs disparut, pédalant de toutes ses forces pour oublier ses pleurs.

– Connais-tu le grand-père d'Anaïs, grand-mère ?

– Oui, c'était un camarade d'école, et un gentil garçon, ma foi.

– Savais-tu qu'il était amoureux de toi, lorsque vous étiez jeunes ?

– Je crois bien me souvenir que oui.

– C'est lui-même qui l'a confié à Anaïs qui me l'a rapporté.

– Il ne faut pas toucher à ces souvenirs, petite. Ce sont les plus tendres...

Y avait-il eu une histoire d'amour entre eux ? Possible, pensa Noélie. Puis, peut-être pour la provoquer :

– Avec grand-père, vous vous êtes aimés à la folie ?

– Ce ne sont pas des mots de notre temps. À la folie, dis-tu ? Mais qu'est-ce que ça veut dire ? Bénigne était un beau garçon, vraiment, mais... Va donc vite cueillir une salade au jardin. Je t'ai préparé un carton avec des œufs frais et quelques surprises que tu emmèneras à Nice, ça te rappellera Val Vergne. Allez, dépêche-toi, ton amoureux ne sera pas en retard, lui.

Louise contempla sa chère enfant qui courait vers le potager. « Mon Dieu, qu'elle est belle, cette petite, j'ai tout de même bien de la chance ! »

Après le dîner, Étienne arriva comme il l'avait promis. Vêtu d'un jean et d'une chemise claire, il frappa plus fort encore le cœur de Noélie. Elle lui sourit, se tourna vers Louise.

– Mes bagages sont prêts, ils ne sont pas importants, grand-mère, même avec ce que tu as ajouté… mais nous ne rentrerons pas tard.

– J'ai laissé ma voiture plus loin, je ne sais pas où t'emmener, dit Étienne.

– Partons à pied, je connais les chemins.

Louise les regarda s'éloigner, main dans la main.

– Tu sembles triste, Noélie.

– J'évite de penser, et pourtant…

– Embrasse-moi !

Le temps, le décor reculèrent… Puis ils longèrent les champs, les prés, et tout doucement se retrouvèrent près de la rivière.

– Cet après-midi, j'étais ici avec Anaïs, c'est notre coin préféré.

– J'aime aussi cet endroit, où je t'avais aperçue un jour, même si parfois il y a trop de monde à mon goût. Allons plus loin, près du vieux moulin, la nuit sera claire et je connais bien ces sentiers.

Ils en vinrent, inévitablement, à projeter leur avenir. Étienne commencerait début août chez son premier employeur, les pépinières Gramone, à Rodez, recommandé par son ancienne école, l'ESA d'Angers.

– Mon désir le plus cher serait de créer ma propre entreprise, ma pépinière. Ma formation me le permettra mais, le plus difficile sera de trouver le lieu et de convaincre les banques. Dans un premier temps, je pourrai devenir gérant d'une entreprise, mais par la suite, j'aurai mon affaire !

Un ingénieur de l'ESA (École Supérieure d'Agriculture) peut exercer de multiples activités, fort de sa maîtrise technologique et d'une excellente culture scientifique. Il peut concevoir, produire et commercialiser ses produits qui se rapportent à la nature, à la terre.

– Tu réussiras, Étienne, j'en suis convaincue.

– Je suis inquiet, parce que je suis fou de toi, Noélie. Et savoir que nous allons être séparés me rend malheureux. Je ne sais pas si tu peux me croire, c'est tellement brutal !

– Tu m'as déjà demandé de t'attendre, Étienne, et je crois avoir répondu. Je savais déjà que… Je te livre ce précepte bouddhiste : « Pour atteindre la paix intérieure, terminons toujours ce que nous avons commencé ! »

– Tu es bien sûre de ta réponse ? J'ai été si impatient de te demander…

– Je crois que je t'aime, alors pourquoi faudrait-il toujours garder en soi ses sentiments et passer à côté de ce que nous souhaitons ?

Étienne la serra dans ses bras, l'enveloppa de caresses. Puis tous deux glissèrent dans l'herbe encore tiède et ne comptèrent plus les baisers.

– Viens me voir à Nice… Je vais mourir en te sachant si loin.

– Je te le promets, ma chérie. Je viendrai… Et si nous nous aimons véritablement, nous serons obligés de nous rapprocher, comme ce soir. Dis-moi que je ne rêve pas, Noélie, dis-moi que nous nous attendrons.

Les baisers de la jeune fille répondirent pour elle.

Comme tout leur paraissait simple, en cet instant, au cœur de la nuit, près du gazouillis de la rivière.

– Allons jusqu'au moulin, ça porte bonheur, même s'il ne fonctionne plus depuis longtemps, proposa Étienne.

– On dit que des hommes ont péri dans le bief…

– Que veux-tu qu'il nous arrive, à nous, puisque nous nous aimons ? Mais tu as raison, revenons vers Val Vergne, je ne voudrais pas t'inquiéter.

La nuit les effaçait du paysage, seules deux ombres rebroussaient chemin, tendrement enlacées, s'immobilisant souvent…

Ils se firent bien des promesses avant que Louise n'entende la porte s'ouvrir et que les escaliers confirment le retour de Noélie.

Plus de voiture à son emplacement habituel, plus de jeunesse dans la maison de Louise. Anan cherchait désespérément son amie. La pendule, toujours précise, continuait son manège.

Vers les huit heures du soir, le téléphone fit sursauter Louise.

– Je suis bien arrivée, tout va bien grand-mère !

– Merci, ma chère petite, je vais pouvoir dormir tranquille.

– Tu vois que le téléphone est bien utile !

Et d'échanger encore quelques impressions sur ce séjour heureux, et ce voyage de retour.

Noélie raccrocha et, de fil en aiguille, repensa à la proposition du Dr Viallestre. Infirmière libérale ! L'idée commençait à l'intéresser, à titiller sa pensée. Un excellent métier dans une région plus qu'attirante… pour de multiples raisons.

Louise se laissa tomber dans son fauteuil. Voilà que revenaient les jours, les mois vides, sans chaleur, sans les baisers de sa petite-fille.

Dans la tête de Louise Beaulière, une idée venait de naître.

10

Au Manchoual, des blés moissonnés ne subsistaient que les chaumes où trouvaient pitance des centaines d'oiseaux, heureux de cette aubaine et qui s'égosillaient de l'aube au crépuscule. Les champs tondus en brosse n'étaient pas très étendus. On ne désirait pas devenir céréaliers chez les Mantoursy. Leur seul fils, Étienne, ne se destinait pas à la poursuite de l'exploitation en tant que fermier. Aussi, les parents n'avaient-ils pas insisté et travailleraient sur leur exploitation jusqu'à ce que la retraite sonne dans ce qu'ils savaient le mieux faire, exploiter les terres de ce fermage. Étienne avait choisi un autre chemin depuis longtemps, près de la terre, certes, mais loin de leur métier.

Ils avaient bien envisagé un autre avenir, acheter par exemple une petite ferme qu'ils auraient transmise à leur fils, peut-être même le Manchoual, si Louise Beaulière avait accepté leur offre. Mais l'attitude d'Étienne ne les avait pas encouragés dans cette voie et avec le temps, ils s'étaient enracinés au Manchoual.

Leur seul espoir tout de même, car il y a toujours un

espoir, était de le voir s'installer à distance raisonnable de chez eux.

Quelques jours après le départ de Noélie, Étienne ne put s'empêcher de parler à ses parents de sa rencontre. Il alla même jusqu'à parler d'avenir avec Noélie, sans emballement, mais avec cette sérénité, cette clarté qui jaillissait de ses yeux.

Denise Mantoursy, sa mère, n'ajouta pas la moindre remarque, si ce n'est qu'elle souhaitait avant tout le bonheur de son fils. Le père, lui, demanda :

– Tu sais pourquoi son père, que tout le monde connaissait bien, n'est jamais revenu au pays ? Voilà une chose qui me tracasse.

– Il s'est marié en Corse où il travaille avec ses beaux-parents, je ne sais rien d'autre, à part que Noélie aime ses parents et qu'elle ne désespère pas de les voir un jour à Val Vergne.

– C'était juste pour savoir, mon fils. Les Beaulière sont une famille respectable, et Louise, notre propriétaire, a toujours été une personne courageuse. Elle a élevé son fils toute seule, avec les revenus de son travail de couture.

Denise Mantoursy approuvait.

– Quant à la petite Noélie, on ne la connaît guère. Elle est infirmière, c'est bien ça ?

– Oui, elle exerce à l'hôpital de Nice.

Paulin hochait la tête.

– Tout ça ne sera pas très commode pour vous deux…

Les Mantoursy n'avaient jamais contrarié l'orientation de la vie de leur fils, malgré certains pincements au cœur. Aujourd'hui, il en serait de même. Le flou sur Jean Beaulière les avait quelque peu intrigués, mais sa fille n'avait souffert d'aucun commérage, bien au contraire. Quant à sa mère, personne ne l'avait jamais vue.

– Bah, dit Paulin. Tu ne seras pas longtemps resté avec nous. Je te sens impatient de te rendre à Rodez vers ton nouveau travail.

– À quoi bon perdre du temps ? Les fenaisons et les moissons sont terminées, le plus important est réalisé. J'aurais préféré commencer en septembre mais, vu le personnel manquant… et c'est une bonne occasion pour moi. De plus, Noélie a retrouvé ses occupations à Nice, son travail l'attendait elle aussi.

– Vous ne chômez pas, tous les deux…

– Les racines auvergnates ne mentent pas ! dit-il en s'esclaffant.

Le lundi 4 août, il serait à Rodez. Une chambre lui avait été retenue, le temps pour lui de trouver mieux et à son goût.

À Val Vergne, le téléphone avait fonctionné pour la plus grande joie des deux femmes. Louise s'était ennuyée, surtout les premiers jours. Il lui arrivait encore de prononcer des paroles qu'elle destinait à Noélie. Le chien la regardait alors bizarrement. « Oui, Anan, elle me manque, et à toi aussi, j'en suis sûre ! » Puis les habitudes avaient repris et meublaient les journées. Le facteur s'attardait davantage, et Louise lisait plus longuement son quotidien.

Mais elle n'était pas en paix. Elle savait qu'elle n'était pas allée jusqu'au fond des choses, jusqu'à la vérité, et ce manque la tracassait du matin au soir. Aussi cherchait-elle un prétexte pour faire revenir sa petite-fille durant quelques jours, bien avant Noël. Qu'inventer d'assez convaincant, d'assez palpitant aussi pour attirer Noélie ? Certes, elle savait ce qu'elle allait lui révéler, mais ce qui lui manquait, c'était la tournure, la manière de présenter la chose !

À force de tourner et de retourner le problème, elle en vint à craindre que si une seconde attaque la terrassait, la vérité ne serait jamais connue, car, elle seule, pensait-elle, la détenait.

Quelle ne fut pas sa surprise de voir arriver Étienne Mantoursy, le premier vendredi d'août. Il venait la saluer avant son départ, mais Louise devina à son comportement qu'il voulait se confier.

– Vous me connaissez bien, madame Beaulière, même si je ne suis pas souvent au Manchoual.

– Bien entendu que je te connais, on peut dire depuis que tu étais tout petit, et tu es un beau jeune homme aujourd'hui qui fait chavirer le cœur des filles, c'est de ton âge. (Elle rit de la gêne qu'elle provoquait.) Entre un instant, je vais te préparer un café. Il n'y a rien de spécial au Manchoual ? s'inquiéta-t-elle.

– Non, rassurez-vous, merci pour le café, je veux bien, madame Beaulière.

Il entra. Elle le pria de prendre une chaise avant de préparer sa cafetière.

– Avez-vous de bonnes nouvelles de Noélie ?

– Oui, elle m'a téléphoné plusieurs fois. N'en serais-tu pas amoureux, Étienne ? Oh ! À mon âge, tu sais, on peut tout me dire…

Elle souriait en le regardant, la tête penchée.

Étienne cherchait ses mots, Louise s'en aperçut et le laissa gentiment patauger. Il se décida :

– Vous avez raison, mais je ne voudrais pas que vous vous mépreniez sur mes intentions. J'aime Noélie le plus sérieusement du monde, et surtout ne vous moquez pas de moi. Ce n'est pas facile de vous parler ainsi. Bref, si elle voulait m'attendre, ce serait magnifique.

– C'est à elle qu'il faut demander ça, mon jeune ami.

– Je le lui ai demandé, et maintenant nous voilà séparés… et pour combien de temps ? Dieu seul le sait. Je tiens à elle, madame Beaulière, et il est important pour moi que vous le sachiez. Je vais travailler de toutes mes forces, car si aujourd'hui je n'ai rien à lui offrir, ma tête par contre est pleine de projets.

– Tu me plais bien, Étienne Mantoursy, et ta correction t'honore. Allez, bois donc ton café, il va refroidir.

Les yeux de Louise brillaient d'une tendresse contenue. « Voilà un garçon bien amoureux de ma petite Noélie. Au moins, lui, il sait ce qu'il veut ! Que le ciel leur envoie tout le bonheur du monde, et surtout que rien ne vienne se mettre en travers de leur route ! » songea-t-elle.

Lorsqu'il s'en retourna chez lui, Louise le pria de saluer ses parents.

– Vois-tu, Anan, il est digne de ma petite, voilà un garçon qui me plaît ! Mais leur chemin sera long… Auront-ils la patience de s'attendre ? Aujourd'hui, tout veut aller si vite…

Le dimanche qui suivit, avant d'aller à la messe – ce qui ne lui arrivait pas tous les dimanches – elle se rendit au cimetière, un bouquet de fleurs à la main. Déjà la chaleur matinale avait envahi les lieux. Certains marbres scintillaient, d'autres pierres demeuraient infiniment tristes et sombres. Seul, un petit vent pouvait entendre les paroles qu'elle adressait à ses disparus.

Un patient monologue. Après quoi, sereine, elle s'en retourna.

Les cloches de l'église sonnaient le rappel des ouailles, effrayant les quelques oiseaux nichés dans le clocher.

Au sortir de la messe, les uns et les autres se saluaient, échangeaient quelques mots ; Louise se mêla à la petite file. Elle fit ensuite quelques emplettes chez Anaïs à qui elle donna des nouvelles de Noélie, et n'oublia pas le boulanger.

De retour chez elle, elle s'assit près de la table, et souffla un moment. « J'ai besoin de toi, Noélie, il faut que tu reviennes quelques jours à Val Vergne, juste deux ou trois jours, ou quatre, c'est important, ne laisse pas finir l'été sans revenir, mais à la condition que tu me préviennes au moins une dizaine de jours à l'avance, j'ai besoin de ce délai pour..., enfin tu verras bien. Je compte sur toi. »

Ce fut simplement le soir, vers les vingt heures, qu'elle se décida à lui téléphoner.

– Je ne pourrai pas avant fin août ou début septembre, grand-mère. Les collègues sont en congés, il me sera bien difficile de me libérer avant. Es-tu sûre, grand-mère, qu'on ne puisse pas repousser à plus tard ?

– J'ai peur de mourir si tu tardes trop, Noélie, je t'attends !

Noélie, prise de panique, céda enfin. Puis elle fut prise d'un doute : Louise jouait-elle la comédie ? Pourquoi tout à coup cette peur de mourir ? Stratégie ou danger réel ?

Louise Beaulière l'avait souvent intriguée, mais elle n'était pas du genre à l'attirer pour se faire plaindre. Non, il y avait anguille sous roche, mais laquelle ? Un mystère de plus ? Celui de la clef, ajouté au reste, suffisait amplement. Pourtant...

Les jours défilèrent. La première semaine de septembre serait la bonne pour revenir à Val Vergne. Noélie avait pu négocier son absence, mais ça n'avait pas été facile. Elle en avait profité pour informer son père : « Elle a la crainte de mourir, lui dit-elle. Ne crois-tu pas que tu devrais te décider enfin à lui rendre une visite ? Vous êtes incroyables tous les deux, et ce n'est pas raisonnable de ta part, tu m'entends ? Vous vous êtes parlé au téléphone et c'était bien... non ? » Malgré son envie de faire exploser la situation, elle avait réussi à se maîtriser. Pour un maigre résultat : une vague promesse, et encore, fallait-il qu'il la tînt : un voyage au printemps ! Peut-être ! Noélie n'y croyait pas.

Le vieux dictionnaire Larousse illustré et le cahier de récitations – véritables trésors – trônaient chacun sur une des tables gigognes. Sur la plus petite, dans un minuscule vase sans eau, la rose du Manchoual, telle une petite vieille, la tête penchée vers le napperon de dentelle, veillait aussi.

À Val Vergne, la fête du Pain avait eu lieu et, dans les villages environnants, chacun d'eux avait assuré les festivités estivales. La forte saison avait vécu, septembre s'annonçait.

Noélie avait fixé les dates de son séjour du 4 au

7 septembre. Les Corses en furent informés. Lorsque le téléphone sonna chez Louise, celle-ci eut un sourire, ce ne pouvait être que Noélie. Mais elle reconnut la voix de son fils, et dut rapprocher la chaise de l'appareil. Il y avait de quoi lui couper les jambes.

Après quelques amabilités d'usage, mais fort simples, il lui dit :

– Noélie est inquiète, elle se demande ce que tu veux bien lui dire de si important pour l'obliger à remonter.

– Nous avons beaucoup parlé cet été. Ma petite-fille n'est plus une enfant, j'espère que tu t'en es aperçu...

Silence au bout du fil. Un silence qui venait de Corse.

– Ma petite-fille a vingt-cinq ans et j'ai envie de lui parler de ton père...

Dans cette île si belle, et sous un soleil si particulier qu'on le dirait différent, un homme venait de raccrocher au nez de sa mère. Elle l'imaginait fort perturbé, mais sa décision ne changerait pas !

On avait aperçu les gendarmes dans la propriété des Lauressergues ! Leur venue annonçait un événement grave. Au dire des mauvaises langues, Paul et son frère Armand ne s'entendaient plus et en étaient venus aux mains plusieurs fois. Ce jour-là, les deux gaillards auraient pu s'entre-tuer si les forces de l'ordre n'avaient mis fin à leur empoignade.

Tout se sut. Le partage de la propriété entre les deux frères posait problème, sans compter l'exploitation et l'entretien des terres du Castel dont Erestine se disait toujours la propriétaire, en attendant ce qui ne venait pas et ne viendrait jamais ! Puis l'incident retomba comme s'éteignent les feux, à moins que, dans la cendre, une braise rebelle…

Le lundi 1er septembre s'afficha tout naturellement aux yeux de Louise, face au calendrier. « Ce mois de septembre, nous en reparlerons… Je suis décidée, j'ai pris les dispositions nécessaires. Oh ! Ça ne changera pas le monde, non, le soleil se lèvera toujours à son heure, mais ma conscience sera en paix, Noélie est une jeune femme en qui j'ai toute confiance. Me reprochera-t-elle de m'être tue si longtemps ? Quant à mon fils, je ne peux rien en penser ; je vais seulement lui montrer mon courage, le courage de sa mère ! »

Le 4, en fin d'après-midi, Noélie arriva à Val Vergne, à la grande joie de sa grand-mère.

– Te voilà, ma chère petite, comme je suis heureuse de te savoir ici…

– Il y a quelques semaines j'étais près de toi, as-tu oublié, grand-mère ? dit-elle en la serrant dans ses bras.

Anan ne se tenait plus, il en oubliait ses rhumatismes.

– Entre donc te poser un moment, tu en as besoin, je le vois à ta figure. C'est vrai que tu habites si loin… Avant de te donner l'eau fraîche du puits, tu vas boire ça…

Et Louise sortit de son placard le cruchon que Noélie connaissait bien et lui versa un grand verre de l'eau mystérieuse, en lui disant avec le sourire :

– C'est aussi excellent pour les grandes fatigues, dans un instant tu seras ragaillardie !

Noélie souriait aussi, bien sûr, mais au bout d'un instant, elle ressentit une impression de bien-être l'envahir tout entière.

– Merci, grand-mère. Je ne comprends rien à ce mystère, mais c'est un cadeau, il me fait beaucoup de bien.

Mais Noélie observait sa grand-mère, traquant sur son physique un souci particulier, une angoisse nouvelle… Pressée de connaître le pourquoi de cet appel, elle la questionnait du regard. Louise feignait de ne rien comprendre. Noélie craqua la première :

– As-tu des soucis de santé, grand-mère ? Tu m'as inquiétée, et mon père aussi.

Louise partit d'un fou rire douloureux, puis :

– Ah ! Il s'inquiète ? Vois-tu, ce doit être la première fois…

Elle fit durer le silence. Puis :

– Il ne s'inquiète pas pour ma santé, petite, mais plutôt de ce que tu vas apprendre.

Noélie lui saisit la main :

– Est-ce si grave ? Peut-être aurions-nous pu en parler en juillet ?

– En juillet, ce n'était pas le moment.

Puis elle détourna à nouveau la conversation.

– As-tu des nouvelles d'Étienne ? Il m'a rendu visite avant son départ, mais je te l'ai dit au téléphone je crois, ça m'a fait très plaisir et nous avons parlé tous les deux.

– Il va très bien, son travail lui convient tout à fait. Rassure-toi, nous sommes toujours ensemble et je souhaite que ça continue.

– Tes yeux parlent pour ton cœur. J'ai préparé ta chambre, tu peux y déposer tes affaires.

Louise Beaulière n'avait pas l'intention d'en dire plus pour le moment.

– J'aimerais aller voir les lapins, ils ont dû grossir depuis juillet, et je lèverai les œufs par la même occasion.

– Comme tu voudras. Les lapereaux sont beaux maintenant, tu seras surprise.

Les quelques affaires furent bien vite montées dans sa chambre où elle fut heureuse de se retrouver. Une toilette rapide pour se rafraîchir et déjà elle reprenait possession de la maison et du jardin.

Au cours du dîner, Louise se décida enfin :

– Monte au grenier et ramène-moi la clef, la fameuse clef au fond de la malle, faut que je commence à t'expliquer le déroulement des événements à venir.

La jeune fille leva doucement le regard vers Louise puis, sans un mot, s'empressa de grimper à l'étage, pénétra dans le grenier et, presque à tâtons, glissa sa main au fond du coffre. L'objet se signalait facilement par sa forme, toujours enveloppé dans un carré de toile. « Que veut-elle me dire de plus au sujet de cette clef ? »

Elle redescendit vivement :

– Voilà, grand-mère, c'est bien ce que tu voulais, la grosse clef de dessous les chiffons ?

– Oui, Noélie ; tu as là, devant tes yeux, une partie, le fragment d'une histoire qui aurait pu changer toute ma vie et, pourtant, je n'ai jamais voulu savoir, jusqu'à aujourd'hui.

– Pourquoi as-tu dit jusqu'à aujourd'hui ?

– Parce que demain, cette clef livrera sa vérité.

Depuis ce mois de juillet, depuis que tu connais l'existence de cette chose, ça me trotte dans la tête.

– Est-ce pour cette raison que tu as souhaité ma venue ? grand-mère.

– Oui, ma petite-fille, pour ça et aussi pour autre chose. Demain nous saurons si cette clef ouvre la porte du Castel !

Noélie, sachant que la clef n'ouvrirait pas la fameuse porte du Castel, retint toute réaction qui aurait pu la trahir. Elle devait à son tour jouer un rôle, celui de l'innocente.

Louise Beaulière annonça :

– Demain, vendredi 5 septembre, nous avons rendez-vous avec Maître Delortal, le notaire, et la vieille Erestine au Castel.

Noélie en eut la gorge serrée. Elle aurait voulu tout lui dire mais elle aurait perdu aussitôt la confiance de son aïeule et cela pour rien au monde elle ne le voulait. Elle regarda Louise, stupéfaite, Louise, sa chère grand-mère, qui continuait :

– Ta venue, cet été, a provoqué quelque chose d'inhabituel. Et puis, avec Jean, nous avons parlé... Il y avait si longtemps, une éternité, et c'est grâce à toi, ma chère Noélie. Alors il est bien que tu sois là demain, je ne me sentirai pas seule devant les Lauressergues, tu me tiendras le bras, n'est-ce pas ? Ce ne sera pas facile, j'espère que mon cœur tiendra.

– Ont-ils été prévenus ?

– Maître Delortal a fait le nécessaire, une fois de plus, m'a-t-il dit. Il n'a laissé paraître aucun sentiment, les notaires savent tenir leur rang en de telles situations. Son clerc le remplace souvent mais, demain, ce sera le patron de l'étude, Maître Delortal qui nous attendra devant le Castel, à 16 heures.

Tout ébahie, Noélie ne savait que dire. Elle essayait en vain de sourire à cette femme débordante de mystères mais n'osait pas poser d'autres questions. Voyant son embarras :

– Il n'y aura qu'Erestine à ce rendez-vous, et c'est bien ainsi, à moins que Germain ne la conduise, dit Louise. Il y a si longtemps que je ne l'ai vue.

– Si la clef n'ouvre pas la porte, que ferons-nous ?

– Le notaire constatera et nous repartirons à Val Vergne, tu la conserveras en souvenir de ce qui n'aura été qu'un mensonge de plus, et moi une idiote.

« Comment peut-elle rire en de telles circonstances ? pensait Noélie. Après tant d'années, je n'aurais jamais pu prévoir ce qu'elle a préparé. Je ne pourrai plus croiser le regard de Paul, ni des autres Lauressergues, non, jamais. »

– Voilà, ma chère Noélie, ce qui nous attend dans un premier temps. Cette étape franchie, nous parlerons des autres choses, tout aussi importantes, mais après la visite au Castel seulement.

Soudain, la sonnerie du téléphone retentit. Louise fit signe à Noélie de répondre. La jeune fille s'empressa d'obéir, puis sa voix et son visage s'illuminèrent. Lorsqu'elle raccrocha, ses yeux brillaient.

– Étienne te donne le bonjour, grand-mère, il voulait savoir si mon voyage s'était bien passé.

Louise hocha la tête.

– Prends bien soin de la clef jusqu'à demain, je te la confie. Il est l'heure d'aller dormir, après tous ces kilomètres. Le tilleul que tu as préparé nous aidera à attendre demain.

Les yeux grands ouverts sur le plafond, la jeune fille réfléchissait. Elle seule savait. Ce voyage au Castel n'apporterait rien, et dimanche elle retournerait dans son Midi. La clef posée sur la petite table la fascinait. À force de l'observer, elle s'endormit enfin.

Au mur, les *Jeunes filles au piano* de Renoir demeuraient à leur travail, et Noélie les perdit de vue.

11

Vendredi 5 septembre. Bien que le coq se fût évertué, Noélie ne l'avait pas entendu. Elle ne se réveilla que vers huit heures. Lorsqu'elle descendit, les yeux encore lourds de sommeil, Louise la regardait et, sur la table, posé à sa place habituelle, le bol bleu l'attendait.

– J'ai failli ne pas me réveiller, dit-elle en déposant un baiser sur la joue de Louise. Ça doit être la fatigue du voyage. Bonjour grand-mère !

– Tu es belle, même pleine de sommeil, les cheveux embrouillés et les yeux qui ne regardent rien.

Noélie se mit à rire. Puis elle retrouva une mine sérieuse :

– Grand-mère, j'ai dû rêver à cette histoire de clef; tu ne devrais pas te rendre à ce rendez-vous, tu seras trop malheureuse ensuite.

– Qu'en sais-tu ? On dirait que tu sais d'avance ce qui va se passer. J'ai envie de savoir et je ne vais pas renoncer, de plus je compte sur toi ; seule, je n'aurais pas entrepris cette démarche.

Noélie se tut, la mort dans l'âme. Le petit déjeuner

n'eut pas la saveur de ceux des matins de juillet, jusqu'à la confiture qui s'en mêlait...

– Je vais me préparer et courir vers Anaïs, lui donner un petit bonjour, tu veux bien, grand-mère ?

– Comme je savais que tu irais lui rendre visite, pourrais-tu m'apporter ce que j'ai noté sur ce bout de papier ? ça m'évitera quelques pas, dit Louise. En attendant, je te préparerai ce que tu aimes, il faut que je profite de ta venue pour te choyer un peu. Lapin à la crème !

– Merci, grand-mère !

À Val Vergne, ce jour-là, le soleil habillait la nature des parures défraîchies de l'été ! On aurait dit que, selon ses habitudes, septembre freinait la venue d'octobre et ses premières fraîcheurs. Les labours avaient commencé çà et là et marquaient les territoires de leurs taches brunes et nettes. Au Manchoual, les champs changeaient aussi de couleur.

Quelle ne fut pas la surprise d'Anaïs en apercevant son amie, et que de questions fusèrent vers Noélie.

– Il faut absolument que l'on se voie ce soir ! disait-elle.

La Niçoise parvint enfin à lui dire que sa grand-mère avait grand besoin de sa présence.

– Je dois repartir bientôt, comprends-moi, Anaïs. Je te raconterai plus tard pourquoi j'ai dû venir en cette fin de semaine, mais pas aujourd'hui. N'oublie pas, je t'attends à Nice !

– Où en es-tu avec Étienne ? ne put s'empêcher de demander Anaïs, toujours aussi curieuse.

– Tout va bien, tout va bien et même très bien !

Anaïs dut se résoudre à admettre les circonstances

exceptionnelles de cette venue en Auvergne à la demande de Louise Beaulière. Quant à Noélie, elle regrettait de ne pouvoir enfourcher la bicyclette et d'emprunter les chemins qu'elle connaissait maintenant, sans doute pour conjurer la crainte qui la torturait au fur et à mesure que les heures passaient.

Le déjeuner se déroula dans une atmosphère particulière, qui ne favorisait pas les grandes conversations. Bien entendu, le lapin à la crème ne démentait pas les talents de la cuisinière, tant il laissait échapper les parfums de thym et de serpolet. Un délice ! Anan se tenait près de Noélie, attendant un morceau, ne serait-ce qu'une petite lichette – en cachette de Louise.

– On ne peut s'empêcher de penser, n'est-ce pas, Noélie ?

– Oui, grand-mère. Il faut avouer que ce n'est pas une démarche normale qui nous attend, te rends-tu compte de ce que tu entreprends ?

– Ne te tracasse pas, demain nous n'y penserons plus, et toi, tu retourneras à tes occupations, à tes malades. Quant à moi, je serai libérée.

– Comment vas-tu t'habiller, grand-mère ? demanda Noélie de manière si naturelle que Louise en fut étonnée.

– Je n'y avais pas songé, tu as raison, ma chère petite. Je vais m'habiller comme pour aller à la messe, il faut rester digne malgré tout devant le verdict.

– Grand-mère, j'ai l'estomac qui se noue…

– Tu n'es pas la seule ! Crois-moi.

Ainsi Louise Beaulière n'affichait pas – malgré son apparence – une sérénité absolue. Mais il n'était plus temps de se défiler du rendez-vous qu'elle avait voulu et orchestré.

À Grande, la voiture du notaire attendait, non loin du Castel, avec deux silhouettes à bord, celle de Maître Delortal, et celle de son chauffeur. Louise et Noélie arrivèrent à pied. Le ralentissement soudain de leurs pas trahit leur émotion. Noélie tenait le bras de sa grand-mère, qui tentait de lui sourire.

Le fauteuil roulant approcha à son tour et, dès qu'il fut à proximité, Erestine regarda l'homme qui l'aidait et qui n'était autre que son gendre handicapé, Germain Dautremont. Les cheveux blancs, le visage ridé, elle toisait les deux femmes qui se présentaient à elle. Puis elle décocha ses flèches vers Louise.

– C'est donc vous, Louise Beaulière, qui prétendez à l'héritage ! J'aurais dû m'en douter. Vous en avez mis du temps à venir me spolier. Vous serez comme les autres qui ont essayé, vous serez déboutée, car je vous attaquerai en justice !

Noélie découvrait enfin le visage d'Erestine, cette très vieille femme au regard acéré, qui passait à l'attaque, ses mains décharnées rivées aux bras du fauteuil.

Noélie serra davantage le bras de sa grand-mère, tandis que le notaire achevait les quelques mètres qui le séparaient encore du Castel. Il avait entendu les derniers mots d'Erestine.

– Bonjour, mesdames.

Puis il sortit de sa sacoche un document.

– Ayant été désigné exécuteur testamentaire de M. Félicien Colomba, dont ici le testament, déjà consulté plusieurs fois mais dont les prétendants à l'héritage n'ont pas rempli les conditions particulières de validité, pour l'exécution de celui-ci, je me présente muni d'une requête de Mme Beaulière et de sa petite-fille Noélie Beaulière, ci-devant vous Madame Lauressergues, afin de vérifier la condition absolue relatée et expressément indiquée par le testateur.

Le regard glacé d'Erestine Lauressergues allait de l'un à l'autre, puis s'immobilisa sur Louise. Puis, de sa voix aigre :

– Pas plus que les autres ! Vous n'obtiendrez rien... rien, siffla-t-elle en serrant de toutes ses forces les roues de son fauteuil.

– Mme Beaulière demande à vérifier le fonctionnement d'une clef, lui dit calmement Maître Delortal.

Noélie, sachant de toutes façons que cela ne marcherait pas, tentait de rassurer sa grand-mère, essayant ainsi d'adoucir par avance la mauvaise surprise qui allait advenir sous peu. Elle regardait le visage dur, autoritaire, d'Erestine et eut une pensée furtive pour Paul.

Voyant que Louise hésitait, le notaire la pria de s'exécuter sans crainte.

Alors, Louise sortit de sa poche la grosse clef de fer, la tendit à Noélie et dit au notaire :

– Cette clef lui appartient, Maître.

Noélie, stupéfaite, n'eut pas la force de refuser tant le moment était chargé d'émotion. Après une hésitation et un échange de regards intenses avec Louise, elle tendit la clef vers cette serrure inviolée depuis des décennies.

– Comment se fait-il que ce soit vous qui possédiez cette clef ? hurla Erestine.

Son fauteuil s'étant rapproché, le notaire en fit autant. Le centre du monde se situait ici, au Castel, et plus précisément dans le mécanisme de cette serrure. La clef s'y logea, les yeux d'Erestine s'agrandirent, la main de Noélie trembla. Elle refit les mêmes gestes qu'un certain soir de juillet, puis retira la clef. Rien n'avait bougé du moindre millimètre.

Un éclat de rire vrilla le silence pesant. Le rire de victoire d'une vieille femme qui ne se maîtrisait plus.

– Essaie encore une fois, demanda Louise.

Puis, se retournant vers le notaire :

– Elle en a bien le droit, Maître ?

Celui-ci acquiesça.

D'un geste discret, Louise fit un léger mouvement de la main, lui intimant de tourner la clef dans les deux sens. Noélie recommença. Erestine retenait son mauvais rire et sa respiration, n'ayant rien vu du geste. Soudain, un déclic se produisit, puis un deuxième. Noélie regarda sa grand-mère, elle ne bougeait plus.

Le notaire se rapprocha encore.

– Que se passe-t-il ? osa l'homme.

De l'autre main, Noélie saisit la poignée et poussa la lourde porte qui, après quelques refus dus au grand âge, tourna sur ses gonds. Elle grinçait comme Erestine, mais obéissait à Noélie.

Subitement, Erestine perdit tout contrôle. Elle se mit à hurler, à insulter tant le notaire que les deux femmes, menaçant de porter plainte contre tous.

Prévenu par ses cris, son gendre qui s'était écarté vint vers elle, essayant tant bien que mal de la raisonner, de ne point faire scandale, tout pouvait peut-être s'arranger plus tard.

Maître Delortal conclut devant tous que la clause particulière donnait raison à la requête de Mme Beaulière. Le constat définitif serait exceptionnellement préparé le lendemain, et copie leur serait notifiée.

Noélie, complètement dépassée par la surprise, ne bougeait pas, fixe comme une statue, la main posée sur sa bouche.

Alors que nul ne s'y attendait, Louise Beaulière demanda la parole. Bien que sa voix tremblât légèrement, tous entendirent :

– J'aurais pu être l'héritière, ce n'est pas moi, mais Noélie Beaulière, ma petite-fille ici présente. C'est à elle que Félicien pensait en me donnant cette clef, un jour…

Erestine, que l'on tentait d'éloigner et qui avait tout entendu, hurla :

– Vous avez essayé de me prendre Paul pour avoir une partie de nos terres mais ça n'a pas marché ! Cette affaire de clef n'est pas terminée. Le Castel est à moi, rien qu'à moi…

À cet instant, Noélie sembla échapper à sa grand-mère. Elle s'affaissa sur le sol, évanouie. Maître Delortal et Louise lui parlèrent, lui tapotèrent le visage.

– C'est trop d'émotions pour elle, dit Louise.

– Voilà une situation que l'on ne peut feindre, elle ne s'y attendait pas, mais on dirait qu'elle revient à elle…

Noélie reprenait peu à peu des couleurs et, tout doucement, le malaise s'estompa.

– Que m'est-il arrivé ?

– Ce n'est rien, une émotion un peu forte.

Louise, maintenant, entourait de ses bras sa petite-fille qui, par instants, tremblait encore. Maître Delortal demanda aux quatre personnes présentes de parapher un document préparé en son étude, complété sur place et mentionnant le bon fonctionnement de la clef. Seule Erestine s'y refusa, son gendre accepta sous l'insistance du notaire. Avant de prendre congé, celui-ci demanda à Noélie :

– Je dois vous recevoir en mon étude, le moment n'est peut-être pas opportun vu votre travail, mais si vous pouviez, début de semaine… En attendant, ne perdez pas la clef ! ajouta-t-il en souriant enfin.

– Je vous le confirmerai par téléphone, demain soir au plus tard.

– C'est entendu, alors à bientôt, chère mademoiselle Beaulière. Puis-je vous ramener toutes les deux en voiture ?

– Merci, mais le grand air nous fera du bien, j'en suis sûre. (Puis, à Louise :) Grand-mère, dis-moi que je ne rêve pas ? Ai-je bien entendu ce que tu as dit au notaire ?

Louise prit son temps pour lui répondre. Elle souriait, tendrement, comme si elle savourait l'impensable, l'inaccessible enfin à sa portée.

– Ma chère petite, aujourd'hui est un grand jour ! Nous pouvions tout perdre, je veux dire ne rien gagner si ce n'est le ridicule auprès des gens du pays ou bien avoir un peu de chance et cette chance nous l'avons eue. Au départ, je n'étais sûre de rien, il faut me croire, Noélie. Maintenant, je suis sûre que c'est toi la chance de ma vie.

– Que veux-tu que je fasse du Castel et des terres ? Cette histoire est insensée…

– Moins que tu ne le penses, Noélie, moins que tu ne le penses. Nous en reparlerons plus tard. Pour l'instant il faut que tu reprennes des forces, sinon tu ne pourras pas repartir à Nice en voiture.

Puis, toutes deux s'arrêtèrent et se retournèrent vers la silhouette éloignée du Castel. Que se passait-il dans ces deux têtes ? Elles gardaient le silence. Anan les rejoignait.

– Où étais-tu passé, le chien ? Il est vrai que nous n'avions pas besoin de toi.

Val Vergne se rapprochait. Bras dessus, bras dessous, deux Beaulière marchaient doucement. Noélie eut cette pensée : « Je ne pourrai jamais lui dire que j'avais essayé cette fameuse clef… »

De retour dans leur maison, elles s'assirent toutes deux, comme exténuées par une grande tâche.

Elles se regardaient, se souriaient, et sur leur visage passaient mille questions. Le trouble les gardait muettes. C'est Noélie qui articula enfin :

– Grand-mère, pourquoi m'as-tu demandé de tourner la clef dans les deux sens ?

– Je ne sais pas, parfois les malins font installer les serrures à l'envers, peut-être pour décourager les voleurs.

– Je n'y aurais jamais pensé… Sans toi, je n'aurais jamais ouvert la porte…

Louise se leva.

– Je vais me changer, j'ai l'air endimanchée, dit-elle.

La jeune fille demeura raide sur sa chaise, la main

sur les yeux, comme pour ne pas sortir de son rêve. « Mon pauvre Étienne, si tu savais ce qui vient de m'arriver, ce que je viens de vivre… J'aurais bien du mal à te le raconter. Je n'y crois pas encore. »

Le marteau de la pendule frappa six fois. Alors Noélie regarda ce cadran et se souvint de l'histoire, de son histoire d'un jour !

Louise reparut dans sa tenue de tous les jours.

– Rassure-moi, grand-mère, je serais donc l'héritière de ce fameux Félicien Colomba ?

– Eh oui, petite !

– Tu m'as laissé ta place, n'est-ce pas ? Ce Félicien n'a jamais parlé de moi, il ne le pouvait pas, dis-moi la vérité ? Plus j'y pense et moins je comprends.

– Laisse-moi encore un peu de temps, ce n'est pas facile, c'était il y a si longtemps.

Mais les yeux de Noélie ne quittaient plus le visage de Louise, la bouche de Louise, les gestes de Louise. Elle savait que d'un instant à l'autre elle saurait et que…

La phrase explosa à son oreille :

– Félicien Colomba, le fils d'Erestine est ton grand-père !

– Quoi ? Grand-mère… Que dis-tu ?

Les nerfs de Noélie lâchèrent tout d'un coup. Elle sentit ses jambes faiblir… Ses yeux ne savaient plus où se poser, surtout pas sur Louise Beaulière. Anan s'était glissé dans un coin et se faisait oublier.

Mais la voix de Louise était sereine :

– Ma chère Noélie, je comprends ta surprise, et j'attends tes questions, tes reproches et même ton jugement. Je suis prête à tout entendre, mais avant que tu dises le moindre mot, sache, ma chère enfant, que j'attendais cet instant, ce moment de vérité depuis toujours. Quoi qu'il arrive désormais, même si j'en meurs, je suis libérée, oui, libérée, enfin !

Louise joignit ses mains, et ferma les yeux derrière ses lunettes à petits verres. Noélie vit alors les larmes ruisseler sur ce visage qu'elle aimait tant. Elle se leva vivement, s'agenouilla aux pieds de Louise et posa sa tête sur ses genoux. Louise caressa ses cheveux, en hochant doucement la tête :

– Parfois le destin nous joue de vilains tours. Félicien et moi nous nous aimions. C'était avant ton grand-père Bénigne.

– Mais alors, grand-mère, Bénigne Beaulière, ton mari ?

– Bénigne m'a épousée sur la demande d'Erestine. Je travaillais chez elle et c'est la seule personne qui savait que j'étais enceinte ; elle n'a plus voulu de moi, comme tu peux l'imaginer. Bénigne travaillait à la ferme, il a été un mari et un homme extraordinaire pour moi.

– Il n'a jamais rien su ?

– À vrai dire, je l'ignore. En m'épousant, il a fait de moi une femme honorable. Et puis Félicien est parti dans l'armée, pour une longue période, comme il était d'usage dans sa famille. Après mon veuvage, j'ai espéré qu'il prendrait ses responsabilités d'homme, mais en vain.

– Il savait pourtant que tu étais enceinte de lui lorsqu'il est parti pour l'armée ?

Louise haussa les épaules pour toute réponse.

– Mon père est donc cet enfant ? Mon vrai grand-père est Félicien, le fils de cette terrible Erestine. C'est bien ça, grand-mère ?

Louise Beaulière poussa un long soupir.

– Tu as bien compris, ma chère petite. Et à partir d'aujourd'hui, c'est une autre vie qui commence pour toi. Tout rentre dans l'ordre. Quant à moi, c'en est une qui s'achève. Je traînais ce secret comme un boulet car il faut tenir, en craignant chaque jour que n'éclate la vérité, avec le risque de perdre le peu qui me restait.

– Oh ! Grand-mère, tu ne m'as pas perdue, bien au contraire ! Mais je pense à mon père, à sa fuite à vingt ans. Il avait peut-être découvert le secret de sa naissance ?

– Il avait appris qu'il n'était pas le fils de Bénigne Beaulière, rien de plus, et il n'a pas supporté…

Un lourd silence régnait maintenant dans la pièce. Noélie, toujours à genoux devant sa grand-mère, levait de temps à autre ses yeux vers les siens.

– Nous devons manger un peu, petite, dit enfin Louise. Les restes de midi pourraient se réchauffer, qu'en penses-tu ?

– Oui, nous nous faisons trop de mal à ruminer ainsi, nous ne pouvons rien changer, désormais.

Mais une seule pensée trottait dans sa tête, qu'elle ne pourrait faire taire : son père était un Colomba, propriétaire du Castel. Il fallait bien le croire et l'admettre, la parole de Louise, même tardive, ne pouvait être remise en cause. Soudain, Étienne lui revint à l'esprit. Il faudrait bien, un jour ou l'autre, qu'il l'apprenne lui aussi, à moins que…

– Le lapin réchauffé sera meilleur qu'à midi, Noélie, nous ajouterons un bon vin que tu trouveras à la cave, va choisir une bouteille. Après tout, il n'y a que des bonnes nouvelles.

– Le notaire souhaite me rencontrer en début de semaine, grand-mère, crois-tu que ce soit indispensable ?

– Bien sûr. Il faut que tu acceptes ce rendez-vous. N'oublie pas que tu es à présent l'héritière du Castel. Te rends-tu compte de ce qui t'arrive ? Les Lauressergues tenteront à coup sûr de faire annuler le testament…

– C'est vrai que la nouvelle m'a fait tout oublier. Il faut aussi que je gère le reste.

– Le reste, comme tu dis, représente environ trente-cinq hectares de terre et le Castel avec !

– Je ne me rends pas compte, grand-mère, je ne sais même pas ce que représente visuellement un hectare. Paul m'avait montré ses terres mais je n'ai pas retenu grand-chose. Et avec lui, que va-t-il se passer ? Je suis dans de beaux draps !

– Les hommes sont parfois lâches, lui comme d'autres. Rends-toi chez Maître Delortal lundi, il saura te conseiller, les notaires sont là pour ça. Et cette situation n'est pas ordinaire. Mais tu en es la bénéficiaire, et c'est très bien ainsi. Grâce à toi, je ne regrette pas ma vie, elle a un aboutissement heureux, et tant pis si pour y parvenir nous devons affronter de nouveaux obstacles.

La journée les avait épuisées. Noélie, la première, rejoignit sa chambre. Elle se laissa tomber sur le lit, les bras en croix, le visage contre les dessins du dessus-de-lit. Le sommeil la surprit dans cette position. Près de la lampe allumée, oubliée…

Vers minuit, cependant, elle rouvrit les yeux. Sa joue

portait le relief de la broderie. La bouche pâteuse, elle descendit se désaltérer à la cuisine, en retenant ses pas sur les marches de bois. Soudain, elle pensa à l'eau de nuit… « Ça ne peut pas me faire de mal ! » Elle repéra le cruchon dans le placard, et but à même le grès quelques gorgées… Puis, satisfaite et amusée, elle remonta dans sa chambre. Bien réveillée cette fois, elle se glissa dans les draps et éteignit la lampe. Mais elle ne put s'endormir… Louise Beaulière peuplait à elle seule son cinéma intérieur. Elle imaginait sa vie coulée dans le secret, elle ressentait sa solitude, son carcan de regrets, d'attente aussi : « Elle n'a jamais cessé de l'aimer, son Félicien… » Son courage était pourtant venu à bout de tout, elle l'avait élevé seule, son Jean, celui qui un jour l'avait abandonnée… Pour un reproche ? Une peur du qu'en dira-t-on ?

Louise, sans doute lasse de vivre dans ce mensonge, avait décidé de dire la vérité. Mais n'y avait-il pas d'autres secrets ? D'autres révélations plus cruelles ? Le sommeil la gagnait peu à peu, libérant ce visage qui tentait de venir vers elle, Étienne… et ce fut lui qui gagna la bataille.

Si le samedi 6 septembre se présentait pour tous comme un jour normal, il n'en était pas de même chez les Beaulière. Sur la table, entre les deux bols, le bleu et le blanc, l'objet de l'événement : la clef.

– Une simple clef peut changer toute une vie, grand-mère. Comment vais-je annoncer la nouvelle à mon père ?

Louise paraissait calme.

– Tout se fera naturellement, ne te presse pas, tu as toute la vie pour gérer ce qui t'arrive. Mais tu vas découvrir des ennemis que tu ne soupçonnais pas, la jalousie va délier les langues, la médisance fera le reste…

– Je souhaite que tu n'en supportes pas les conséquences, grand-mère, ce serait trop horrible !

– Je me suis préparée à bien des événements, je n'étais même pas sûre que la clef fonctionnerait. Félicien a été un drôle de bonhomme, mais c'est bien le seul que j'ai aimé de la sorte, même si les temps heureux ont été courts.

– Vous vous êtes aimés à la folie, grand-mère ?

– Je n'ai jamais employé ce terme, et je ne sais pas trop ce que ça veut dire, c'est une formule de littérature, non ? Nous nous sommes aimés, voilà tout, et c'était mon premier amour. Aujourd'hui, c'est la première fois que j'ose en parler, et c'est à toi, ma petite-fille. Garde donc cette histoire pour toi seule. Un secret entre toi et moi, qu'en penses-tu ? dit Louise en s'approchant si près que Noélie perçut son souffle dans ses cheveux.

Noélie comprenait la puissance de cette vérité et la recevait en communion, dépositaire unique.

– Je pense aussi à Anaïs, grand-mère.

– C'est une petite bien bavarde, gentille mais bavarde. Et à Val Vergne, ça va faire grand bruit. À Mon avis, certaines personnes savent déjà.

Le petit déjeuner terminé, Noélie se prit la tête dans les mains, les coudes sur la table. Un lourd silence s'installa au bout duquel elle dit gravement :

– Grand-mère, pourquoi as-tu dit que la clef m'appartenait ? Il aurait mieux valu que tu hérites du Castel pour le transmettre à ton fils, ne crois-tu pas ?

– Le testament ne mentionnait aucun nom pour l'héritier ou l'héritière, et le notaire n'a fait aucune objection en ce sens. D'autre part, j'ai dû me battre pour mon fils, plus que tu ne l'imagines, et la peur d'affronter la vérité l'a éloigné de moi, sa mère. Comment expliques-tu ça ? Malgré tout, un jour, il héritera du Manchoual...

Noélie se tut, découvrant la profondeur du lourd contentieux. Décidément, rien ne paraissait simple dans cette famille.

– Je dois téléphoner à mon chef de service, pour obtenir deux jours de plus, lundi et mardi, ce ne sera pas facile.

– Fais ce que tu dois faire ma chère Noélie, tu as le téléphone à ta disposition.

L'entretien ne lui donna pas satisfaction. Un jour seulement lui fut consenti, le lundi. Elle appela Maître Delortal et lui expliqua la situation, qu'il comprit parfaitement. Il la recevrait exceptionnellement le dimanche, en fin de matinée.

– Tout est arrangé avec le notaire, je partirai donc lundi matin pour Nice. D'ailleurs, comme nous avons les idées perturbées, je t'invite à déjeuner au restaurant de Vayols, il y a une très bonne table.

– Ma petite-fille joue la riche maintenant, dit Louise en riant. Je suis d'accord, ça nous changera les idées. Mais, par mesure de sécurité, je vais cacher la clef, elle a de la valeur. Pouvons-nous emmener Anan ?

– Oui, bien entendu !

Louise avait accepté cette sortie pour éviter de parler encore de leur histoire, et à Noélie de bavarder avec Anaïs.

Au restaurant, tout se déroula pour le mieux et les Beaulière allongèrent même le chemin du retour en voiture, Louise expliquant à Noélie ce qu'elle savait à propos de ceux dont elles longeaient la maison ou la ferme.

Lorsque la voiture approcha de la maison de Louise, celle-ci remarqua un détail inhabituel : la fenêtre près de la porte d'entrée était ouverte. Un pressentiment la saisit.

– Noélie, as-tu ouvert la fenêtre avant notre départ ?

Elle fit non de la tête, soudainement inquiète.

Toutes deux se précipitèrent vers la maison et aperçurent le carreau brisé.

– Faut pas demander, dit Louise, nous avons eu de la visite.

La porte demeurait intacte, fermée à double tour. Soudain Noélie poussa un cri :

– La clef du Castel, grand-mère, où l'avais-tu rangée ? Je suis sûre que c'est ce qu'ils cherchaient !

– Ne crie pas ainsi, Noélie, elle est chez le notaire, dans son coffre-fort, j'ai pris mes précautions, dit Louise, un doigt sur la bouche, invitant Noélie au silence.

Elle avait compris. À l'intérieur, tous les tiroirs avaient été visités, certains renversés, les draps et le linge dans les armoires avaient été soulevés, les piles déplacées.

– Il semble que rien ne manque, même les billets de banque dans l'enveloppe entrouverte !

Puis Noélie courut dans sa chambre. Les tiroirs avaient été tirés et demeuraient béants. Rien ne manquait non plus dans son sac de voyage.

– Ils n'ont pas trouvé ce qu'ils cherchaient.

– Mais qui a pu savoir aussi vite ? Et à quoi leur aurait-elle servi ?

– Une clef peut se copier, et deux ou trois clefs identiques annuleraient le testament.

– Que peut-on faire ? Faut-il prévenir la gendarmerie ?

Louise fit un signe négatif de la tête.

– Rien ne manque, c'est inutile. Et puis tu vois les gendarmes dans ma maison, à fouiller partout, parce qu'ils ne se gêneraient pas ! De plus, je crois savoir qui est le commanditaire de l'affaire, quelqu'un qui ne peut pas se déplacer et qui a envoyé le plus leste, le plus agile, tu vois de qui je veux parler ?

Louise avait terminé sa phrase le plus tranquillement du monde.

Noélie, subjuguée par son calme, s'approcha d'elle et lui demanda à l'oreille :

– As-tu vérifié si la clef était toujours à sa place ?

– Ne crains rien, elle est dans la cage à lapins, ce sont les meilleurs gardiens, qui veux-tu qui pense au clapier ?

Noélie ne put s'empêcher d'éclater de rire.

– Tu es vraiment extraordinaire, grand-mère.

– Je dirais... pratique ! Mais maintenant nous avons du pain sur la planche !

Et de ranger les tiroirs, les armoires et le désordre de la maison.

Mais avant que la nuit ne tombât, toutes deux se

dirigèrent vers le jardin, ramassèrent quelques herbes pour les « chers lapins ». Louise montra la cage où, sous la litière malodorante, dormait le « sésame ». On aurait alors pu admirer deux muettes en train de converser.

– Dis-moi, grand-mère…

12

Maître Delortal attendait Noélie en ce dimanche 7 septembre 1980, à l'heure convenue, dans cette étude vieillotte où dormaient, derrière des portes grillagées, des milliers d'actes, testaments, donations, reconnaissances multiples, contrats particuliers, plus quelques bombes à retardement au sens du droit. Le notaire, malgré ses quatre-vingts ans passés, avait cet œil pétillant, ce regard pénétrant des hommes détenant toutes sortes de confidences sur l'âme humaine.

– Asseyez-vous, mademoiselle Beaulière, ne soyez pas impressionnée par toutes ces vieilles choses qui vous entourent, je ne parle pas de ma personne, bien entendu, ajouta-t-il avec un fin sourire.

Noélie n'avait toujours pas prononcé un mot, hors les salutations d'usage. Maître Delortal ouvrit un dossier et manipula certains documents.

– Voici le testament de Félicien Colomba qui vous fait légataire universelle, ayant rempli les conditions requises et exigées par lui.

Le testament fut lu dans son entier, puis :

– Je suis ravi de votre chance, car vous êtes désormais

à la tête d'un capital, le Castel et les terres, trente-cinq hectares ! De quoi faire bien des envieux au pays, mademoiselle. Il est précisé que les récoltes en cours demeurent la propriété des Lauressergues, jusqu'à maturité et enlèvement. Vous me comprenez, mademoiselle Beaulière ?

Noélie acquiesça.

– Avez-vous l'intention de travailler la propriété ? Je me dois de vous poser la question car les paysans recherchent toujours des terres, et certains ne manqueront pas de vous contacter sur ce sujet. Sans doute, les Lauressergues seraient-ils intéressés !

– Je ne sais pas encore, je n'ai pas décidé de ce que je vais entreprendre. Comprenez-moi, il y a encore quelques jours, j'étais loin de penser…

– Je vous comprends tout à fait. Je suis chargé par le testateur de faire régler les impôts qui étaient jusqu'à ce jour à la charge des Lauressergues, et les frais de succession également. Tout est parfaitement stipulé dans le testament qui demeure à votre disposition, bien entendu, pour consultation.

Les phrases arrivaient aux oreilles de Noélie qui se demandait encore si elle rêvait.

– Pourrions-nous convenir d'une date effective pour la prise de possession du domaine, que je proposerai aux Lauressergues, ou voulez-vous réfléchir et m'en informer plus tard ?

– Ce serait préférable, Maître. Je ne suis pas à quelques mois près.

– Je vous informe qu'un inventaire du mobilier est disponible et vous pourrez exiger la totalité comme le souhaitait M. Colomba, les factures des travaux et notamment de révision de la toiture sont en ma possession.

Noélie demeurait silencieuse, tout en écoutant attentivement.

– Mon devoir était de vous informer, comme l'avait souhaité le testateur, mais je dois vous avouer que je ne m'attendais pas à une héritière si jeune, permettez-moi de vous féliciter.

Comme pour ajouter de la solennité à ce qu'elle allait annoncer, Noélie se leva et, bien calmement lui dit :

– Félicien avait donné une clef à ma grand-mère, ils se sont aimés…

– Je n'en savais rien, dit le notaire tout surpris. Le testament ne donne aucune indication, et je n'ai pas à en connaître davantage.

– Il y a deux jours, c'était vendredi soir, ma grand-mère s'est confiée. Ce qui est étrange, Maître, c'est qu'elle ne savait pas qu'elle possédait le sésame depuis si longtemps…

– Asseyez-vous, je vous en prie, ces choses-là ne sont pas faciles à dire, en effet. Il va de soi que je garderai le secret.

Le notaire avait rencontré bien des situations tout au long de sa vie, mais on pouvait deviner que celle-ci le surprenait. « Ce Félicien Colomba, tout de même… » songeait-il en se grattant la tête. Puis :

– Je vous propose mes services en cas de litiges, et vous pourriez compter sur moi au cas où vous voudriez vendre, ce qui serait compréhensible, car vous n'êtes pas une agricultrice mais une infirmière, n'est-ce pas ?

– Je vous remercie de votre sollicitude, je ne manquerai pas de vous tenir informé de mes décisions. Je souhaite simplement que tout se déroule le mieux possible avec la famille Lauressergues, ce qui ne me semble pas gagné d'avance.

– La loi est de votre côté à présent, rassurez-vous. Je vous ferai parvenir les éléments au fur et à mesure pour signature. Sans doute serez-vous priée de revenir en mon étude pour les actes définitifs.

– Je comprends tout à fait, Maître, dois-je vous déposer la clef du Castel ?

– Si vous le faites, je vous en remettrai un reçu en bonne et due forme, et la placerai sous scellés devant vous. Vous pouvez me faire confiance, mademoiselle Beaulière.

– La voilà, dit Noélie en sortant de sa poche la fameuse clef, au grand étonnement du notaire.

Noélie se sentit soudainement soulagée pour elle-même, mais aussi pour sa grand-mère. Elle ne dit mot de la tentative de cambriolage. Puis le nécessaire fut fait quant à la clef.

Lorsqu'elle sortit de l'étude notariale, sa tête résonnait de mots, de conseils, d'intentions du notaire. Elle rejoignit la maison de Louise avec une seule envie, boire un grand verre d'eau fraîche, celle du puits bien sûr.

Puis elle prit sa grand-mère dans ses bras, et la serra bien fort.

– Ma pauvre « Louise », dit-elle pour la première fois. C'est beaucoup en même temps. Le notaire veut déjà savoir ce que je veux faire de ces terres, il dit qu'il y aura des acquéreurs, et que je ne suis pas agricultrice.

– Ne t'en fais donc pas, tu as vécu jusqu'à aujourd'hui sans terres ni Castel, tu trouveras bien une solution convenable.

– Je lui ai donné la clef, qu'il a mise sous scellés. Voilà le reçu, regarde grand-mère.

– Tu as bien fait, te voilà tranquille... Pourtant, tu a l'air ennuyée.

– Avec toute cette affaire, j'ai à peine pensé à Étienne, j'ai honte, grand-mère.

– Allons, viens ! J'ai préparé un petit frichti pour deux, c'est la grand-mère Beaulière qui régale aujourd'hui. Quant à Étienne, il n'a pas cessé de penser à toi, j'en suis certaine, et c'est l'essentiel !

– Il est si loin, alors que je reviens au pays...

– Vous vous reverrez bientôt, j'en suis certaine.

– Grand-mère, avant de partir, dans l'après-midi, je voudrais me rendre sur la tombe de Félicien Colomba.

Louise, heureuse de cette initiative, n'hésita pas :

– Nous lui rendrons visite ensemble ; désormais, ce n'est plus un étranger pour toi. Chaque fois que j'entre dans ce cimetière, je lui adresse quelques mots en pensée. Depuis si longtemps, tant de jours et tant d'années...

– Grand-mère, c'est curieux, j'ai envie d'aller là-bas, alors qu'il n'a pas été correct avec toi, mais c'est plus fort que moi.

– Ces choses-là ne se discutent pas. Tu aurais dix ans, tu ne pourrais pas comprendre mais tu es une femme, et heureusement, car dans cette situation, j'ai besoin de toi, Noélie.

Elle s'approcha de sa petite-fille et la serra dans ses bras.

– À Grande, il n'y a qu'Erestine qui sache, et à

l'heure actuelle je mettrais ma main à couper qu'elle n'a rien dit aux siens.

Noélie gardait le silence, un peu grise sous cette avalanche de nouvelles. Un court instant elle regretta de n'être plus la Noélie de juillet, elle ne se sentait plus la même, comme mal à l'aise dans des vêtements taillés pour une autre.

Puis Louise s'assit dans son fauteuil et Noélie rapprocha une chaise. Toutes deux près de la fenêtre, Anan à leurs pieds, assoupi.

À Grande, il en allait tout autrement. Suite au scandale vécu au Castel, car c'en était un, Erestine se battait contre la vérité qu'elle refusait d'avouer, et qui aurait justifier le geste de Félicien. Certes, elle n'avait jamais su que Louise possédât une clef, et de plus la « bonne », mais aujourd'hui elle savait pourquoi. Erestine avait écarté son fils du Castel et exigé le mariage de Louise avec Bénigne, puis elle les avait renvoyés tous les deux comme des malpropres. Le temps avait dessiné le destin des uns et des autres, la guerre avait parachevé le tout et lui avait rendu son fils malade, incapable de vivre comme elle l'aurait souhaité.

– Aujourd'hui nous perdons tout, hurlait-elle, à cause de cette… Le Castel était à moi, je l'avais légué à mon fils, ce n'était pas pour qu'il revienne à n'importe qui ! Nous voilà ruinés… Ruinés !

Sa fille Marie et son gendre Germain Dautremont retenaient tant bien que mal leur ressentiment, peu différent d'ailleurs. Ils auraient voulu eux aussi hurler contre Félicien mais c'était le demi-frère et Erestine était sa mère. Quant à Armand et Paul, qui n'arrivaient pas à s'entendre pour exploiter le bien familial, ils ne comprenaient pas qu'une telle situation fût possible, un legs si important à une inconnue et dans de si étranges conditions. Tous connaissaient pourtant cette affaire d'héritage mais ils l'avaient gommée, qui aurait cru en effet qu'après de si longues années...

Noélie cueillit au jardin un bouquet de fleurs de septembre, dahlias, immortelles et quelques dernières reines-marguerites.

– Nous prendrons la voiture, dit-elle, je ne veux rencontrer personne.

Louise opina de la tête.

Dans ce beau cimetière de campagne, aux allées engazonnées et aux tombes fleuries, deux femmes cheminaient doucement. On aurait pu penser à ces habituées qui, chaque semaine, voire deux fois la semaine, équipées de leur arrosoir, se rendent sur les carrés où reposent les leurs et apportent des fleurs nouvelles.

– C'est ici, dit Louise en montrant un superbe caveau en granit, digne des Lauressergues-Colomba.

Noélie demeura silencieuse, sans lâcher le bras de sa grand-mère. Quelques minutes s'écoulèrent. À la surprise de Louise, Noélie gardait en main son bouquet. Puis toutes deux rejoignirent, dans un carré plus modeste, la petite tombe où avait été enterré Bénigne Beaulière. Noélie glissa le bouquet dans un vase qui semblait attendre, en disant :

– Il a fait pour toi beaucoup plus que Félicien...

Louise maîtrisait son émotion du mieux qu'elle

pouvait. Que se passait-il dans la tête de Noélie ? Que se passait-il dans son cœur ?

Les deux femmes s'en retournèrent. Et ne parlèrent pas de cette visite.

À Val Vergne, Noélie monta dans sa chambre pour préparer son bagage. Elle ouvrit la fenêtre et laissa son regard parcourir le paysage. Soudain, il s'arrêta, devinant une silhouette trouble mais bien reconnaissable malgré la distance : le Castel. Un léger sourire d'étonnement se dessinait sur son visage, un sourire calme, apaisé, enfin !

Elle allait refermer la fenêtre lorsqu'elle entendit une voix bien connue :

– Noélie ? Noélie ?

Anaïs insistait pour qu'elle descendît un moment.

Lorsqu'elles furent face à face, Noélie comprit que son amie n'avait pas l'enthousiasme habituel.

– Tu ne m'avais pas dit que tu partais dimanche matin au plus tard ?

– Oui, en effet, mais j'ai dû rester un jour de plus.

– J'ai appris de bien étranges choses sur toi, petite cachottière ! Tu t'es bien moquée de moi...

Le visage d'Anaïs exprimait maintenant de l'hostilité, tant elle se contrôlait mal.

– Mais non, Anaïs, tu es mon amie, je n'ai pas eu le temps de venir te voir, c'est tout. J'avais besoin de ma grand-mère à mes côtés et réciproquement.

– Alors, dis-moi, c'est vrai, c'est toi l'héritière du Castel ? Réponds-moi bien en face !

– C'est vrai, Anaïs. Et alors ?

– Et tu veux me faire croire que tu ne savais rien de

cette histoire ? Maintenant je sais pourquoi tu sortais avec Paul !

– Anaïs... Ça n'a rien à voir. Je t'affirme que je ne savais rien, et ma grand-mère pas plus que moi. Lorsque tu seras calmée et redevenue raisonnable, je te raconterai toute l'histoire, mais pourquoi m'agresses-tu ainsi ?

– Nous ne sommes plus des amies désormais, nous ne sommes plus du même monde, toi et moi. Mon cher Jacquou avait bien raison, tu n'es qu'une prétentieuse et une menteuse ! Nous n'avons plus rien à nous dire !

Sur cette terrible phrase qui laissa Noélie anéantie, Anaïs s'en retourna en accélérant le pas.

Clouée sur place, Noélie demeura perdue. La conversation s'était déroulée près de la porte ouverte. Louise apparut sur le seuil et Noélie comprit qu'elle avait tout entendu.

– Ce n'est hélas ! mon enfant, que le commencement, dit-elle. La jalousie. Je croyais Anaïs tout de même plus intelligente et moins méchante. Drôle de fille...

– Que pouvais-je lui dire d'autre ? Si elle avait pu me frapper, elle l'aurait fait, je t'assure.

– Rentrons, essayons de ne plus y penser. Demain le soleil se lèvera comme tous les autres jours, dit Louise en l'entourant de son bras.

Mais au lieu de se rendre dans leurs chambres respectives, Louise prit son fauteuil et Noélie rapprocha sa chaise.

– J'aurai du mal à m'en aller, demain, grand-mère.

Louise, par son silence, laissa planer un espoir. Seul son tact l'empêcha de le formuler.

– Grand-mère, es-tu sûre que personne d'autre

qu'Erestine ne connaissait votre liaison ? Je veux dire entre Félicien et toi ?

Le visage de Louise devint tout à coup grave, la nervosité de ses mains trahissait l'inquiétude. Puis elle fit oui d'un mouvement de tête. Noélie s'accrocha désespérément à ce oui, à ce qu'elle allait avouer encore...

– Ce que je vais te dire maintenant est tragique, Noélie.

En un geste rassurant, Noélie posa ses mains sur celles de sa grand-mère. Un pardon par avance.

– Ça s'est passé le 31 décembre 1950. Ton père avait reçu sa feuille de route pour le service militaire, quelques jours plus tôt. Avec des copains, ils ont fêté la Saint-Sylvestre, le Nouvel An, et arrosé son départ prévu le 3 janvier. Ils ont tous bu plus que de raison et le café du village n'a pas désempli jusqu'au petit matin. Jusque-là, rien d'anormal, il faut bien leur accorder ça. Quelques célibataires les avaient rejoints, dont un ancien employé des Lauressergues, Frédéric, qui avait travaillé avec moi à la ferme. Il faut dire que depuis son retour de la guerre, cet homme me courtisait et ne désirait qu'une chose, coucher avec moi. J'admirais en lui une seule chose : son comportement de soldat et de résistant avec de Gaulle, et il tentait de me séduire avec ça. Quant à devenir sa maîtresse, il n'en était nullement question.

Louise marqua une pause. Revivre ces souvenirs l'épuisait. Elle reprit :

– Ce fameux soir, une idée sordide lui passa par la tête. Ne pouvant avoir la mère, il a tenté un chantage auprès du fils. J'ignore comment il s'y est pris, mais ce que m'annonça ton père ce 1er janvier 1951 disait ceci, à quelques mots près : « Je ne suis pas le fils de Bénigne Beaulière, j'ai honte, maman. Je vais partir demain et ne sais pas si je reviendrai un jour ! C'est horrible ce que tu as fait, maman ! Jamais je ne te pardonnerai ! Il paraît que tout le village est au courant, sauf moi… »

Noélie serra davantage les mains de sa grand-mère, qui lui demanda un verre d'eau.

– Le plus dur, vois-tu, le plus pénible fut de lui faire dire le nom de la personne qui l'avait informé. Il finit par l'avouer. Je lui ai demandé de m'apprendre le nom de ce père. Frédéric lui a dit qu'il le lui confierait dans une lettre, mais avant il voulait m'en informer ! Jean a dormi deux jours, puis il est parti le 3 au matin, en me disant à peine au revoir. Quinze jours plus tard, dans une lettre, il m'annonçait qu'il ne reviendrait jamais à Val Vergne. À la mi-janvier, en début d'après-midi, Frédéric est passé me voir. Je me souviens du soleil de ce jour-là ; il faisait froid mais il n'y avait pas de neige. Frédéric a profité de ma solitude pour recommencer son manège. « Si tu ne m'accordes pas ce que je veux, je dirai à ton fils qui est son père, j'ai déjà commencé à lui en parler… » Je lui ai offert plusieurs verres d'un alcool fort. Il m'a dit que je ne pouvais plus lui refuser, et que Jean lui avait donné son adresse, il venait de la recevoir. Il fallait rapidement trouver une idée et faire diversion. Je lui ai demandé de me rejoindre vers le bief du vieux moulin, parce que je n'étais pas à l'aise dans ma maison, j'attendais une cliente… Il m'a crue, et soûl comme il était, mais sûr de lui, il est parti vers le ruisseau. Je l'ai rejoint et nous avons marché côte à côte le long de l'eau. Il m'entourait la taille et m'embrassait furtivement, jusqu'au moment où il a décidé, comme un gamin, de grimper sur le mur qui surplombe la réserve d'eau, profonde à cet endroit, et de tenir l'équilibre.

Un silence.

– Il l'a perdu, l'équilibre… à moins que mon bras l'y ait aidé… L'estomac chargé d'alcool et l'eau glacée se sont chargés bien vite de lui. Voilà, Noélie, ce que j'ai fait pour que ton père ne sache pas la vérité de la bouche d'un maître-chanteur. Mais si le chantage n'a pas fonctionné, je n'ai jamais revu mon fils.

– Mais, grand-mère…

Les questions ne venaient pas, ne pouvaient pas franchir le seuil des lèvres de Noélie.

– J'ai fait ma guerre toute seule, vois-tu, pour conserver mon seul fils, sans fusil mais avec la force et la rage d'une mère.

Noélie posa sa tête sur les genoux de sa grand-mère, comme elle l'avait déjà fait, et Louise lui caressa calmement les cheveux.

– Il n'y a que toi qui sauras cette chose-là, un secret de plus. Et je n'en suis pas fière.

Au bout d'un long moment, Louise dit qu'il était bien l'heure de se coucher, à cause du voyage du lendemain matin. Elle proposa un verre d'eau de nuit à Noélie, qui ne fit aucune observation, sonnée par ce qu'elle venait d'apprendre.

– Ma tête va éclater, avoua-t-elle.

– Lorsque tu auras mon âge, tu auras toi aussi ce genre de souvenirs à raconter à tes petits-enfants. Tu n'es pas au bout de tes peines et des surprises qui t'attendent. Va dormir, ma chère petite.

Noélie, comme une somnambule, disparut dans l'escalier. Anan la regardait bizarrement.

Lorsqu'elle se glissa dans les draps, quelques instants plus tard, ses mains s'agrippèrent au tissu comme à une bouée de sauvetage. Il lui fallait saisir quelque chose, il fallait à ses mains un point d'ancrage. Sa pensée subissait le roulis et le tangage d'un bateau en pleine tempête. « Dis-moi, grand-mère, dis-moi des choses douces et tendres afin que mon cœur s'y retrouve… Et toi, Anaïs, que t'arrive-t-il ? »

Ses mains tirèrent le drap sous son menton, et son corps resta en boule, crispé. « Oui, grand-mère, tu as donc commis l'impensable pour protéger ton fils, mon père ! Et lui s'est enfui pour ne jamais revenir… Comment pourrai-je l'aborder désormais, dis-moi, grand-mère ? Dis-moi. » Au bout de ces terribles questions vint la réponse du sommeil. Elle y retrouva Étienne, et vogua avec lui sur une mer apaisée.

Le jour était à peine levé que Noélie traînait déjà dans la maison, cherchant ses repères.

– Je veux aller voir les lapins avant de m'en aller, et donner du grain aux poules, et tirer l'eau du puits… et…

Louise savait, elle devinait son trouble, aussi la laissa-t-elle à ces tâches simples des aurores. Noélie gagna du temps, jusqu'au moment où il lui fallut enfin partir.

– Dis-moi, grand-mère… Mais rien d'autre ne sortit de sa gorge.

– Ma chère petite, n'oublie pas que tu resteras la même, quoi qu'il advienne, et c'est bien ainsi.

Anan reçut la dernière caresse, lui aussi. Et la silhouette menue de Louise s'avança au milieu de la rue pour regarder s'éloigner la voiture et sa conductrice. Sa tête pencha un peu pour mieux la suivre du regard, sinon la deviner. Puis il n'y eut plus rien, à part le chien qui reniflait une trace, le tic-tac de la pendule sans cœur, et les soupirs d'une vieille dame renvoyée à sa solitude.

Sur la tablette de la machine à coudre, un pantalon d'homme attendait, posé là, qu'on lui refît les poches. Louise y jeta un coup d'œil distrait : « Lui, il peut attendre, mais moi, j'ai le cœur qui s'est usé un peu plus ces jours-ci, et personne ne pourra le raccommoder. »

Ce que Louise ignorait, c'était qu'à quelques kilomètres à peine, une voiture immatriculée dans les Alpes-Maritimes venait de s'arrêter. Sa conductrice en sortait, et s'asseyait sur le talus de la route. De là, elle pouvait contempler encore Val Vergne, ses maisons mêlées au premier rougeoiement des feuillages, ses granges, ses hangars. Quant au Castel, ses yeux ne le cherchaient pas. Puis elle marcha un moment, un dernier moment dans ce pays qui commençait sérieusement à lui coller au cœur. Elle regarda sa montre et dit tout haut :

– Je ne suis pas rendue de sitôt à Nice… !

La voiture reprit sa route, lentement, puis de plus en plus vite. Il le fallait !

13

Louise cherchait à s'occuper. Pour ne pas penser. À bien y regarder elle n'avait plus de secrets à confier à quiconque. Elle goûtait enfin à la tranquillité d'âme, et aurait dû s'en trouver heureuse. Pourtant, presque désemparée et n'ayant que son chien à qui se confier, elle laissa échapper :

– Je me demande si ma petite-fille mesure ce qui lui arrive... Toutes ces terres où j'ai trimé, le Castel si beau, tout ça est à elle, pour elle désormais ! Et elle ne s'est intéressée qu'à son vrai grand-père, Félicien, plus qu'à ses terres... Cette jeunesse ne se rend pas compte ou bien je suis trop vieille pour comprendre.

Anan avait bien d'autres soucis et, après avoir fait semblant de l'écouter, il s'en alla traîner le museau dans les parages. La pendule sonnait onze heures lorsque Louise aperçut l'ombre devant sa porte. On frappait.

– Entrez, dit-elle.

Personne ne bougeait, ce qui l'obligea à répéter : Entrez, je suis là...

Elle dut s'avancer, un tantinet agacée.

– Bonjour, madame Beaulière.

– C'est donc toi, Paul. Que se passe-t-il ?

Paul, au lieu d'avancer, recula d'un pas, les yeux baissés.

– Tu as peur de moi, Paul ? Ne crains rien, ici, on ne fait de mal à personne. Aurais-tu quelque chose à me dire, par hasard ? Tu ne viens pas me demander des nouvelles de Noélie tout de même ?

Il semblait mal à l'aise. Il se décida enfin :

– Ma grand-mère Erestine voudrait vous parler, madame Beaulière.

Louise l'observa un moment, essayant tant bien que mal de maîtriser l'inquiétude qui la gagnait.

– Je n'ai rien à lui dire, pas plus que depuis un demi-siècle.

Paul se devait d'insister.

– Si elle avait pu se déplacer, elle serait venue elle-même, mais vous savez... son état... elle a bientôt 90 ans. Pourriez-vous venir jusqu'au Castel, demain après-midi ? Elle vous y attendra, seule. Si ce n'est pas demain, choisissez un autre jour, elle vous y attendra tous les après-midi vers les deux heures.

Paul Dautremont n'attendit pas la réponse. Il fit demi-tour et disparut. Louise demeura plantée là, à penser ce que pouvait bien lui vouloir Erestine. « Je me méfie de cette femme comme de la peste, et je m'en méfierai jusqu'à la mort. Elle n'accepte pas ce qui arrive, elle n'avait pas imaginé une chose si humiliante, si destructrice pour elle et les siens ! La chance change de camp. Je ne suis pas sûre de me rendre au Castel, je ne veux plus lui obéir. »

Louise se rendit à son potager, un panier au bras.

– Elle m'a coupé l'appétit, ronchonnait-elle.

Après un maigre déjeuner, elle se rendit à Val Vergne, chez les commerçants habituels. Le boucher, si sympathique d'habitude, lui adressa à peine la parole. Au bureau de poste, deux femmes l'ignorèrent totalement. Qu'avait-on raconté ? Dans la rue elle croisa le curé qui la salua et s'arrêta près d'elle. « En voilà au moins un qui ne me fuit pas », pensa-t-elle.

– Chère Madame Beaulière, j'ai appris ce qui vous arrive, à vous et à votre petite-fille. Tout d'abord, je vous en félicite, mais bon nombre de mes paroissiens n'aiment pas bien ces situations, ils me l'ont confié et vous n'êtes pas au bout de vos peines, aussi...

– Que voulez-vous insinuer, monsieur le curé ? Qu'avons-nous fait pour mériter ce mépris des gens ? s'exclama-t-elle.

– Vous devenez propriétaires d'un si beau domaine, sans raison apparente, et tous se demandent pourquoi ! Et de plus c'est votre petite-fille qui hérite... Il y a des pauvres dans la paroisse, comprenez-moi, alors, devenir riches tout d'un coup...

– Est-ce bien les pauvres qui vous ont parlé ? Est-ce bien ceux qui m'ont vue trimer toute ma vie qui racontent ces sottises ? Ou bien ceux qui en ont plus que les autres ? Répondez-moi franchement !

– Je voulais seulement vous mettre en garde, madame Beaulière. La jalousie s'installe si vite, et dans toutes les têtes. Je prierai pour vous et votre petite-fille, rassurez-vous. Au revoir, madame Beaulière.

Il avait agi avec précautions, comme s'il craignait quelque danger et qu'il soupçonnât quelque piège.

Louise semblait l'avoir compris. Elle rentra chez elle

sans poser un regard ni partager un bonjour avec qui que ce fût. Elle songeait : « Les Lauressergues seraient-ils capables de... »

Après le souper, elle lisait machinalement son quotidien lorsque le téléphone sonna. Noélie la prévenait de son arrivée à Nice.

– Je suis bien arrivée physiquement, mais je suis à Val Vergne dans ma tête. Je ne parviens pas à m'habituer aux événements, grand-mère.

– Tu réussiras, ma chère petite, avec du temps. Rien ne presse, la terre attend depuis toujours qu'on s'occupe d'elle, un peu plus, un peu moins...

– Je t'embrasse, grand-mère. Je pense à toi à chaque instant.

– Pense donc à Étienne, c'est plus important !

Louise ne parla pas de la demande d'Erestine. Demain ou après-demain, elle verrait. S'y rendrait-elle ? Ne s'y rendrait-elle pas ? Elle laissa encore courir les aiguilles de la pendule pendant deux bonnes heures, puis ferma la porte à double tour et rejoignit sa chambre.

Il n'était pas de bonne heure, en ce matin du 9 septembre, lorsqu'elle ouvrit sa porte. Quelle ne fut pas sa surprise de voir que les marches du perron avaient été souillées de fumier et de purin. « Qu'ai-je fait au bon Dieu ? Fort heureusement, Noélie ne voit pas ces horreurs, elle en demeurerait choquée, et peut-être ne remettrait-elle jamais les pieds dans le pays... »

Elle nettoya ce qui devait l'être, et essaya de ne plus y penser, en vaquant à ses occupations le plus naturellement du monde, du moins en apparence. Dans sa tête, la décision était prise : « Cet après-midi, j'irai au Castel ! Rien ne m'en empêchera ! et tant pis s'il m'arrive malheur, tout est signé chez le notaire ! »

La sonnerie du téléphone la surprit encore une fois. Peut-être Noélie ? Mais une voix de femme ne lui laissa pas le temps de placer un mot :

– Vous avez donc couché avec tous les Lauressergues, du père jusqu'au fils, vous n'êtes qu'une traînée…

Elle eut le réflexe de raccrocher. Deux minutes plus tard, on l'appelait encore.

– Allô, maman ?

Jean, à l'autre bout du fil, entendit un long soupir de soulagement ; il ne put comprendre et prit cela pour une expression de bonne humeur.

Louise écouta son fils. Dans ces périodes de perturbations, il n'y avait rien de meilleur à entendre que cette voix. Mais Jean se laissa aller aux questions bien naturelles, quant à la visite pressante de Noélie.

– Ta fille saura mieux que moi te raconter. Noélie est une femme, une adulte responsable et dont je suis très fière ! Tu aurais dû t'en rendre compte depuis longtemps…

Jean le savait, bien sûr, mais Louise voulait lui faire comprendre autre chose. La curiosité de son fils se perdit en phrases maladroites. Puis elle osa lui dire :

– Si tu tardes trop, ce sera à mon enterrement que tu viendras, et tu seras alors bien inutile. Qu'en pense la mère de Noélie ?

Ils se quittèrent sur des tendresses plus que minces. Louise essuya ses pauvres yeux. La pendule indiquait midi. L'estomac serré, elle ne goûta guère à son repas.

Le téléphone sonna encore, elle ne décrocha pas le combiné.

Le chemin rendait sa chaleur et Louise marchait, droite, le regard fixé sur ce Castel qui appartiendrait sous peu à sa petite-fille. Ironie du sort sans doute…

À Grande, l'atmosphère de septembre régnait : le caquètement d'une basse-cour en vadrouille, le meuglement d'un bovin au pré, un aboiement de chien au loin… Puis le Castel fut tout proche, impressionnant. Erestine attendait, son fauteuil roulant en travers de l'entrée secondaire. Dès qu'elle vit Louise approcher, elle se dirigea vers l'intérieur, l'invitant à la suivre.

– Bonjour, Louise, veuillez pousser la porte derrière nous, s'il vous plaît.

Elles franchirent toutes deux l'entrée qui précédait la grande pièce aux magnifiques tentures. Louise se dit que l'ensemble avait été bien conservé. Ensuite, Erestine fit signe à Louise de s'asseoir dans un des fauteuils.

– Il y a bien longtemps que l'on ne s'est rencontrées, si l'on veut bien oublier ce fameux vendredi, n'est-ce pas ?

La fraîcheur de la pièce n'avait d'égale que celle de leur rencontre. Louise se taisait.

– Je suis une très vieille femme, Louise, usée par la vie et le travail…

Louise eut un léger sourire, et ne put retenir sa repartie :

– Passer sa vie à commander, ça n'use pas, madame Laurессergues, vous ne devriez pas vous plaindre, pas à moi.

Erestine fit mine de n'avoir rien entendu.

– Vous savez comme moi que cet héritage est

insensé, c'est pour ça que je vous ai priée de me rencontrer ici, et je vous remercie d'être venue.

« Elle tente de m'amadouer, songeait Louise amusée. » Mais elle ne s'en laissait pas conter.

– Vous avez détruit la vie de trois personnes, celle de Félicien, la mienne et celle de mon fils...

– J'ai sans doute eu tort, mais en ce temps-là je n'ai pu faire autrement, dit Erestine en faisant pivoter son fauteuil afin de ne pas croiser le regard de Louise.

– Que me voulez-vous aujourd'hui ?

– Vous devez refuser cet héritage ; après tout ce temps, ce n'est pas possible qu'il vous revienne, même si vous avez donné la clef à votre petite-fille, mon fils m'avait tout raconté, vous lui avez volé la clef ! J'en ai la preuve.

– Montrez donc cette preuve au notaire, si elle existe. Vous aurez bien du mal à le convaincre. Il y avait des témoins au dépôt du testament.

Erestine se retourna vivement vers Louise, le visage plein de haine.

– De mon vivant, vous n'aurez jamais le bien de mon fils ! Même si vous avez tout fait pour l'avoir ! Jamais, vous entendez ?

– Lorsque j'avais dix-huit ans, ce n'était pas votre bien que je voulais, mais Félicien, seulement Félicien, parce qu'il m'aimait. Lui et moi nous avions des projets et ce n'était pas le Castel qui nous intéressait, figurez-vous.

– Vous mentez, Louise ! Vous vouliez mes biens et vous avez provoqué mon jeune fils avec vos pièges de femme auxquels il a succombé. Mais je veillais.

Renoncez à cet héritage, renoncez, je vous dédommagerai avec de l'argent.

Louise ne bronchait pas, immobile. Prise d'une rage soudaine et voyant qu'elle perdait le bénéfice de cette entrevue, Erestine sortit de dessous son paletot un tisonnier qu'elle brandit vers Louise de toutes ses forces en se ruant sur elle jusqu'à l'acculer.

– Renoncez ! Renoncez ! Votre Noélie a tenté la même chose avec Paul, vous avez le diable en vous, vous êtes le diable !

Louise, prisonnière de son fauteuil, ne pouvait se dégager. Elle fit obstinément non de la tête et dit simplement :

– Le Castel est désormais à Noélie, ma petite-fille.

Elle eut juste le temps de se protéger la tête avant que s'abatte le terrible coup de tisonnier. Elle entendit sa main se briser, elle se débattit pour se dégager et s'enfuit vers la porte, ayant juste eu le temps d'apercevoir une silhouette tapie dans l'angle du mur.

Louise s'enfuyait du Castel, le cœur affolé, la main droite soutenant la gauche. Anan qui traînait par là vint la rejoindre.

Au Castel, une folie destructrice s'était emparée d'Erestine. Devant ce combat perdu, elle mit soudain le feu aux lourdes tentures des fenêtres, l'une après l'autre. Elle hurlait mais personne ne pouvait entendre ses injures. Les flammes avalèrent les rideaux et se propagèrent aux boiseries des murs.

Haletante, admirant son œuvre de démente, Erestine se dirigea vers la porte. Qui lui résista, bloquée de l'extérieur. Elle tenta de fuir par la grande porte, verrouillée également. Les flammes grondaient autour d'elle, la fumée la suffoquait.

Prisonnière de sa fureur, écumante de peur et de haine, elle hurlait le nom de Louise...

Louise, chez elle, soignait sa main du mieux qu'elle le pouvait. « Faudrait que je consulte un médecin, tout ça n'est guère beau, et ce n'est pas mon eau de nuit qui va me guérir. » Mais Louise n'alla pas chez le médecin.

Quelques instants plus tard, deux véhicules des pompiers passèrent devant sa maison, sirènes hurlantes, et se dirigèrent vers Grande. Louise sortit sur le pas de sa porte. Une épaisse fumée montait du Castel. « Mon Dieu, se dit-elle, que se passe-t-il ? » Puis deux voitures de gendarmerie prirent le même chemin. D'autres voitures suivirent.

« Le Castel est en feu », entendit-elle dans la rue. Dans sa tête naissaient d'étranges craintes. Une ambulance fonçait vers Grande. Le maire, Louis Rames, passa devant sa porte, le cou tendu pour mieux voir sans doute ce qu'il se passait au loin. Quelques minutes plus tard l'ambulance repassait à vive allure. Puis un fourgon de gendarmerie se gara devant chez Louise. Pendant ce temps, les hommes du feu maîtrisaient l'incendie.

Pour la première fois de sa vie, Louise se trouvait arrêtée et emmenée à la gendarmerie. Mais vu l'état de sa main, elle avait d'abord été conduite à l'infirmerie, sous bonne garde comme il se doit, et avait reçu des soins. Puis ce fut l'interrogatoire. Elle était la dernière à avoir vu Erestine. Quant à l'incendie, elle ne comprenait pas qu'on pût la soupçonner. Un témoin l'avait vue verrouiller la porte de l'extérieur et s'enfuir du Castel qui s'était embrasé quelques instants plus tard. Erestine avait eu la vie sauve, grâce à Paul qui l'avait secourue à temps. Elle avait été transportée à l'hôpital dans un état désespéré.

Tout accusait Louise qui ne savait comment se justifier.

– Pourquoi aurais-je mis le feu au Castel qui appartient désormais à ma petite-fille, dites-moi ?

Et elle dut raconter l'histoire de cet héritage surprenant.

Le lendemain, Erestine mourut sans pouvoir dire un seul mot. La nouvelle conforta une partie des gens de Val Vergne sur la culpabilité de Louise. Quant au mobile, ils ne s'en préoccupaient guère, le sensationnel étant toujours plus intéressant à propager que la recherche de la vérité. Tout au moins dans un premier temps.

On pouvait entendre : « La Louise n'a plus toute sa raison » ou « peut-être voulait-elle aussi l'argent de la vieille Erestine ? ».

À Grande, le Castel avait perdu une partie de sa toiture et, à l'intérieur, les meubles, les fauteuils, les tapis avaient piètre allure, en partie brûlés ou noircis par les fumées. Les pompiers avaient réussi à stopper l'incendie avant que celui-ci ne détruise entièrement le bâtiment. Une plainte fut déposée.

Le notaire fit établir les constats, prévint les assureurs, les gendarmes enquêtèrent, les gens parlèrent, mais la vérité demeura sous les cendres. Erestine n'était plus là.

Trois jours après l'enterrement, le 13 septembre,

alors que Louise était toujours sous les verrous, un homme se présenta à la gendarmerie. C'était un Dautremont…

Louise se lamentait. Sa main allait mieux mais elle envisageait un avenir bien cruel. Et sa chère Noélie ? Comment réagirait-elle devant cette catastrophe ? Alors que la tristesse l'envahissait totalement, un personnage demanda à la voir, un personnage qui pouvait la rencontrer, accompagné d'un gendarme. Quelle ne fut pas sa surprise en reconnaissant Maître Delortal. Enfin quelqu'un qui se préoccupait d'elle.

– Votre voisin s'occupe de votre maison et de vos lapins. Noélie m'a appelé ce matin, elle vous embrasse et sera ici le plus vite possible. Vous n'êtes pas là pour longtemps, je vous le promets.

Dans les yeux de Louise ces mots allumèrent l'espoir. Comment Noélie avait-elle appris ?

Dans le bureau du commandant de gendarmerie, un jeune homme était assis, il avait demandé à le rencontrer d'urgence, il avait une révélation de la plus haute importance à faire sur-le-champ. C'était Paul Dautremont.

– Ce n'est pas Louise Beaulière qui a fermé la porte du Castel lorsque ma grand-mère était à l'intérieur, contrairement à ce que j'ai déclaré aux gendarmes sur les lieux.

– Connaissez-vous la personne qui a commis cet acte criminel ? L'auriez-vous identifiée ? Vos déclarations seront lourdes de conséquences, vous vous rétractez donc ?

– Oui, commandant.

Un gendarme s'installa derrière une machine à écrire. N'y tenant plus, Paul s'écria :

– C'est moi qui ai bloqué les portes, c'est moi ! dit-il en baissant la tête.

L'officier marqua un temps d'arrêt.

– Contrairement à vos précédentes déclarations, et à la plainte déposée par la famille, vous affirmez que…

Soudain Paul se leva d'un bond et cria :

– La vieille me dominait, me commandait, elle me répétait que je n'aimerais jamais une fille et pourtant j'aimais Noélie Beaulière ! Lorsque j'ai entendu la fin de la conversation au Castel, je n'en pouvais plus… Je suis heureux qu'elle soit morte ! Oui, c'est moi qui ai verrouillé les portes de l'extérieur !

– Calmez-vous, asseyez-vous. Nous allons prendre votre déclaration, et vous la signerez.

Paul vidait son sac, sa misère d'homme manipulé, ses vexations multiples. Puis il fut emmené dans une autre pièce, une cellule à barreaux en attendant un transfert.

Les événements s'accélérèrent. On allait de surprise en surprise. On annonça à Louise Beaulière sa libération prochaine. La plainte déposée contre elle avait été retirée.

– Vous êtes libre, madame !

Qu'y avait-il de plus beau à entendre ?

À sa sortie, un couple l'attendait près d'une voiture. Sans trop comprendre, elle se laissa emmener, très émue lorsque Denise Mantoursy l'embrassa. Ils ne savaient que dire, la situation échappait à leur entendement. Qui peut se préparer à vivre un tel moment ?

– Comment va votre main ? demanda Paulin en ajoutant : Si c'est pas malheureux !

– Ce sera moins grave que je pensais, il n'y a pas de fracture, seulement quelques articulations abîmées, mais avec du temps, tout rentrera dans l'ordre.

– Vous prendrez vos repas à la maison, avec nous, vous ne pouvez pas faire autrement et puis ça nous fera plaisir.

– Je vous remercie, mais j'ai envie de rentrer chez moi, Anan doit m'attendre. Et puis j'ai besoin de retrouver ma maison, mon petit chez-moi, après tous ces jours…

– Nous vous comprenons, Louise, mais pendant quelque temps, nous viendrons vous chercher chaque jour et je m'occuperai de votre linge. Entre femmes on peut se comprendre et s'entraider, non ?

– Comment vous remercier… Pour Anan aussi.

Louise regardait défiler le paysage, dans le balancement de la vieille voiture confortable. Arrivée au Manchoual, elle sentit monter en elle un grand trouble. Elle se souvenait de ses parents, les Hautefraysse, du temps où ils exploitaient la propriété. « S'ils me voyaient… », songeait-elle.

– Le notaire et Noélie nous ont prévenus, vous vivez là quelque chose de tellement inimaginable… Mais nous serons toujours là, nous vous devons assez…

Puis Anan, pensionnaire au Manchoual, vint danser une folle ronde autour de ses jambes.

– Lui aussi vous attendait avec impatience, dit en souriant Paulin Mantoursy.

– Demain, j'aurai besoin d'aller chez le médecin, pour ma main, il faut absolument que j'en prenne soin.

Noélie l'appela dans l'après-midi, pleine de chagrin, car ces malheurs, disait-elle, survenaient par sa faute.

– Dans quelques jours je viendrai à Val Vergne, pour un week-end, je ne peux guère plus.

– Ici, les Mantoursy prennent bien soin de moi et, dans deux ou trois jours, je rentrerai à la maison, la pendule doit être silencieuse... et elle en prendrait vite l'habitude !

À peine avait-elle raccroché que la voiture du maire s'arrêta devant la porte des Mantoursy.

– Ma pauvre madame Beaulière, comme je suis heureux de vous savoir parmi nous, dit-il en l'embrassant. Je ne pouvais pas croire à votre culpabilité ! L'essentiel, c'est que vous soyez là, et vous n'auriez jamais dû...

– Merci, monsieur le Maire, j'ose espérer que vos administrés pensent comme vous à présent...

– Ici, voyez-vous, c'est comme partout ailleurs, certains ne savent pas se contenir et rapportent les événements à leur manière, croyant que cette pratique les rend plus intéressants. Et puis il y a les autres, ceux qui ne disent rien mais qui m'ont demandé de vos nouvelles chaque jour. Le monde est loin d'être parfait, mais nous n'avons que celui-là pour y vivre, termina-t-il en souriant.

Louise demeurait dubitative. Il ajouta :

– Notre commune restera marquée par cette affaire, mais nous devons continuer, les Lauressergues aussi.

Elle eut à ces mots un hochement de tête. L'avenir pour elle aussi restait à vivre, pour elle et sa petite-fille propriétaire du Castel ! « Mon Dieu, se dit-elle, je suis comme Noélie, je ne m'y fais pas ! »

Les Mantoursy ramenaient tous les soirs Louise chez elle et la reprenaient vers les dix heures le lendemain, afin qu'elle ne fasse aucune cuisine. Elle avait remonté les poids de sa pendule et l'avait mise à l'heure.

Au Manchoual, pendant les repas, ils parlaient de Noélie et d'Étienne. Louise estimait ce jeune homme et l'avouait ouvertement, mais personne ne vint à discuter du Castel. Il semblait une barrière que seuls les jeunes avaient le droit de lever. Ainsi, bien qu'omniprésent, demeurait-il sujet tabou. Louise ramenait le journal que le facteur lui laissait et le lisait de bout en bout, n'ayant pas autre chose à faire, en cette fin septembre, qu'attendre la guérison de sa main.

Puis elle revint chez elle, après ces quelques jours au Manchoual.

Chez les commerçants, l'accueil semblait à nouveau celui d'autrefois, on la plaignait même du mauvais sort qu'on lui avait infligé…

On frappa à sa porte. Germain Dautremont, mal à l'aise, demanda à lui parler. Louise le reçut froidement, le visage fermé. Que lui voulait-on encore ?

– Le Castel sera remis en l'état, lui annonça-t-il, je m'y suis engagé chez Maître Delortal.

Un lourd silence tomba entre eux. Dautremont regardait le plancher, comme un gamin pris à voler une orange. Il savait, lui à qui l'on n'avait rien demandé, qu'il se préparait à perdre le bénéfice des terres. De son travail. Il subissait avec ses fils, et de plein fouet, le contrecoup des décisions testamentaires de Félicien, mais n'avait ni l'autorité ni l'énergie d'Erestine pour s'y opposer. Il dit alors la deuxième phrase de sa visite :

– Au cas où votre petite-fille prendrait la décision de vendre ou de louer une partie des terres, nous serions intéressés.

Louise leva les yeux vers lui :

– Noélie fera selon son bon plaisir !

Germain Dautremont salua, et s'en retourna en silence.

Louise souriait encore de sa réponse : « Je ne sais pas comment ça m'est venu ! »

Alors qu'elle s'occupait à quelques rangements, ceux qui ne se terminent jamais dans une maison, elle perçut le bruit d'une voiture qui stoppait devant chez elle. Encore fragile, et redoutant quelque surprise de plus, elle se dirigea vers son perron. Elle comprit immédiatement qu'on ne lui voulait aucun mal, bien au contraire.

– Madame Beaulière, mon frère a dû se démettre un genou, pourriez-vous faire quelque chose pour lui, s'il vous plaît ?

Elle fit oui de la tête avec un léger sourire. On lui refaisait confiance ! Tout n'était donc pas perdu…

14

Pour Noélie, désormais propriétaire terrienne, un nouvel horizon se dessinait. Un tel héritage, s'il lui posait quelques problèmes, autorisait aussi des espoirs, sans pour autant bien les cerner. Son avenir à Nice n'était hypothéqué d'aucun rêve particulier.

Le hasard, qui, dit-on, fait parfois bien les choses, voulut que l'on confiât à Étienne la recherche d'oliviers pour l'aménagement et le décor d'une propriété à Rodez. L'Espagne fournissait bon nombre de ces arbres mais le client exigeait ceux au Sud de la France, ce qui n'était pas une mince affaire car, disait-il : « Je veux de très vieux oliviers et non des jeunes. » Il avait ajouté : « Je paierai ce qu'il faudra ! »

Le téléphone fonctionnait si bien entre Rodez et Nice qu'un matin, Étienne débarqua chez Noélie… Noélie connaissait – par relations – une entreprise familiale dont les réalisations paysagées – créations de parcelles d'agrément, aménagements de villas à Saint-Tropez et à Monaco, de jardins des Marinas, embellissement à Sophia Antipolis, etc. – attiraient l'admiration.

L'utile fut joint à l'agréable. Deux journées, deux nuits sur la Côte d'Azur, deux amoureux réunis.

Étienne se rendit aux Pépinières du Loubet, à Cagnes-sur-Mer, route de Vence. La responsable de l'entreprise le reçut et lui souligna les difficultés de trouver de tels arbres.

– Mais, dit-elle, chez moi, rien n'est impossible ! Je vous emmène cet après-midi, si vous êtes disponible.

Étienne découvrit ainsi de magnifiques oliviers, dans des lieux impossibles, et dénichés on ne sait comment par cette femme d'une énergie remarquable.

– Ces arbres se trouvent sur le tracé de futures infrastructures routières importantes, ils doivent donc disparaître. C'est bien ce vous cherchez ?

– J'en suis persuadé, madame, même si leur transport sera coûteux je peux vous assurer que c'est bien là les arbres que nous recherchons.

Étienne appela son patron qui lui fit confiance, et le félicita même d'avoir trouvé une telle affaire. La renommée des Pépinières du Loubet n'était pas surfaite, et Noélie partagea le succès de son bien-aimé, le soir même, face à cette Méditerranée magnifique. Puis, peu à peu, ils délaissèrent les oliviers pour l'affaire du Castel.

– Ton histoire est un conte de fée, ces choses-là n'arrivent que dans les romans ou au cinéma. Dis-moi encore que c'est vrai ! Comment ta grand-mère a-t-elle pu posséder cette fameuse clef ?

– Elle a été placée toute jeune dans cette ferme, je n'en sais guère plus. Ma grand-mère a ses secrets et je m'en voudrais d'aller lui demander.

– Bien sûr, Noélie, n'en parlons plus.

En réalité, Noélie ne pouvait s'empêcher de parler de Louise, de ce qu'elle avait fait pour elle, de sa solitude et de son isolement dans la vieillesse qui se profilait et qui, sournoisement, l'attendait.

– Mon père ne se comporte pas bien avec elle et ma mère n'est jamais venue lui rendre la moindre visite. C'est grotesque, impensable, et je crains que rien ne change leur comportement. Je commence à m'ennuyer de ma grand-mère de manière inquiétante, finit-elle par dire, et rien ne m'attire en Corse. Je ne me suis jamais sentie corse, ça ne s'explique pas, même si cette île est splendide, il faut bien le dire.

– Je ne m'installerai pas ici, intervint Étienne. Cette terre niçoise n'est pas ma terre et, de plus, même l'arrière-pays est inabordable ! Tout est acquis et promis à l'immobilier. Mais mon problème, ce n'est pas le travail, Noélie, c'est toi, tu sais combien je t'aime !

Elle le savait, oui, depuis le premier jour de leur rencontre.

– Si l'on commençait à bâtir un projet commun, Étienne ? Si l'on commençait les fondations de notre vie ?

– Je suis sûr que tu as une idée, mais moi, je n'ai pas grand-chose et tu le sais, il nous faudra beaucoup de patience !

Noélie demeura silencieuse, tout en caressant les mains de son ami. Il y avait dans son regard une prière qu'Étienne ne voyait pas. Elle lui expliqua alors la proposition du médecin de Val Vergne, la création d'un cabinet d'infirmière libérale.

– Tu partirais à Val Vergne ?

– J'en suis certaine, cette proposition me tient à

cœur, désormais. Jamais je n'aurai une chance pareille, et ma grand-mère ne serait plus seule…

Cette idée, qui n'était que cela lors de la proposition du médecin, avait pris corps et racine dans les événements récents.

– Et puis, il faut trouver des solutions pour ces terres du Castel, je ne sais pas quoi en faire, à part les vendre ou les louer.

– J'oubliais que tu étais la nouvelle propriétaire, c'est vraiment incroyable. Tu vas te trouver un riche pour me remplacer, tu n'auras pas de mal, dit Étienne en la regardant intensément.

– Madame la châtelaine.

Elle fit la sourde oreille.

– Je dois rendre visite à mes parents, il faut que l'on parle, mon père et moi, ça devient urgent. Je ne lui ai encore rien dit… Je m'attends à une réaction… plutôt vive de sa part, et j'ai besoin aussi de voir ma mère.

Étienne acquiesçait. Puis il demanda :

– Et moi, Noélie, as-tu besoin de moi, maintenant que tu es riche ?

Leurs mains s'étreignirent, leurs yeux brillaient de promesses, et Noélie tardait à annoncer la suite.

– J'ai besoin d'un homme qui m'aime et qui voudrait bâtir sur ces terres tombées du ciel son entreprise, une pépinière, par exemple. Je lui confierais mes biens et lui m'offrirait sa vie. Avec cet homme, nous nous installerions à Val Vergne, ce serait alors la plus belle des…

– Cet homme est en face de toi, il accepte les conditions, intervint vivement Étienne avec un large sourire. Alors ?

– J'aimerais que plus tard tu me demandes en mariage, j'aimerais que tu me dises… mais il est certainement trop tôt…

– Noélie… Veux-tu m'épouser ?

Elle le fixa droit dans les yeux.

Après un long moment de silence, elle eut peur de la précipitation de leurs engagements.

– J'espère que nous n'allons pas trop vite, dans nos propos, dans nos projets. Tout se précipite tellement, Étienne. Il n'y a pas longtemps encore…

– En ce qui me concerne, il y a trop longtemps que je te souhaite, que je t'observe à Val Vergne. Mais tu n'étais pas seule. Aujourd'hui je t'aime et je te le dis, que souhaites-tu de plus ?

– C'est… que c'est trop beau, je crains de rêver… Pardonne-moi, Étienne.

Il la prit tendrement dans ses bras. Le doute alors s'éloigna.

La mer brillait sans qu'ils la voient plus. Tous deux disparurent du restaurant et dans la nuit seuls leurs sentiments éclairaient leur cœur, lumière invisible qui les guidait vers l'accomplissement.

Puis vint le temps de rejoindre Rodez pour l'un, et la Corse pour l'autre.

Noélie téléphona longuement à Louise après le départ d'Étienne. Louise Beaulière apprit comment Étienne avait réagi à l'annonce de l'héritage. Quant à la vraie raison, elle s'était bien gardée de lui en dire le moindre mot. Louise savait désormais que le secret de Félicien Colomba serait bien gardé.

– J'ai reçu quelques éléments de Maître Delortal, ajouta Noélie. Tout semble en ordre, ainsi que la réparation du Castel. Et toi, grand-mère, ta main a-t-elle retrouvé sa mobilité ?

– C'est en bonne voie de guérison, maintenant. J'ai retrouvé le calme de ma maison, mes habitudes, il n'y a que ma tête qui garde des traces. Erestine est au cimetière, Paul en prison en attendant son jugement. Ce ne sera jamais comme avant ; et de ton côté, comment a réagi ton père ? Il ne m'a pas appelée…

– Je dois aller le voir, il ne sait rien encore, je me demande comment il va se comporter.

– J'ai confiance en toi, Noélie, je suis sûre que tu sauras lui dire, et avec les mots qu'il faut. Qui sait, peut-être sera-t-il heureux ?

– Ma mère aussi me manque mais elle ignore tout de notre France, elle n'est jamais sortie de Corse. Je ferai tout pour qu'ils viennent tous les deux à Val Vergne, d'autant plus qu'Étienne et moi avons de grands projets.

– Peux-tu m'en dire davantage, petite cachottière ?

– Seulement que tu en seras heureuse, grand-mère. Dès que j'aurai vu mes parents, ce qui ne saurait tarder, nous viendrons, Étienne et moi, t'annoncer la grande nouvelle.

– Ne me fais pas trop languir, tu sais qu'avec mon cœur…

Il y avait du vrai, mais elle savait aussi l'utiliser et Noélie s'en était aperçue.

Lorsque Louise eut reposé le combiné, une joie éclaira son visage sur lequel elle promena machinalement sa main. « Une grande nouvelle, pensait-elle, peut-être ont-ils décidé de se marier, je ne vois pas autre chose qui pourrait me rendre plus heureuse que ça. Savoir ma petite Noélie avec ce jeune homme bien me ravit, mais ne mettons pas la charrue avant les bœufs. Tant de choses peuvent arriver d'ici là. » Puis elle se mit à masser sa main gauche, cette main victime du tisonnier d'Erestine, mais qui semblait oublier aujourd'hui le mauvais traitement d'un jour de folie.

Septembre se termina sans qu'aucun événement fâcheux ne survienne à Val Vergne.

À la mi-octobre, Noélie annonça sa visite. Bien que retardée par son détour en Corse, elle revenait enfin vers sa grand-mère si impatiente de la revoir, et en attente toujours de la grande nouvelle annoncée.

Lorsque les deux femmes se retrouvèrent, elles comprirent que le lien qui les unissait s'était renforcé de vérité, et leur tendresse de confiance et de respect.

– Tu as quand même pu te libérer, ma chère Noélie. Je suis si contente de te voir ici.

– Moi aussi, grand-mère, et j'ai tant de choses à faire et à te raconter que le temps passera bien vite, trop vite, je le crains.

– Installe-toi comme d'habitude, tu es chez toi ici…

Quelques affaires à monter à l'étage, le temps de tâter le lit, de le retrouver, ainsi que l'odeur de la pièce, sa lumière, son parquet, et au mur, inlassables, les jeunes filles au piano…

De retour en bas :

– J'ai besoin de boire l'eau du puits, je vais en tirer, grand-mère.

Louise la regarda se pencher à la margelle, accrocher le seau, contrôler sa descente en freinant sur le cylindre de bois et, après avoir entendu sa chute, le remonter à l'aide de la manivelle. Elle souriait. Que sa petite aimât les gestes simples de la campagne la ravissait.

Noélie revint, portant le seau débordant qui trempait son pantalon.

– Rien de plus rafraîchissant après un long voyage, même en octobre… à part ton eau de nuit, dit-elle avec un clin d'œil. Sais-tu s'il y a un puits proche du Castel ?

– Oui, avec une belle margelle protégée d'une jolie toiture. Ça te plaira, j'en suis certaine.

Au lieu de rentrer, Noélie voulut marcher vers le jardin endormi, puis vers les cages à lapins.

– Ça te manque donc tant que ça, Noélie ?

– Oui, au point de penser et d'envisager de venir au pays. Bientôt tu ne seras plus seule, je désire m'installer comme infirmière libérale !

– Mon Dieu ! Est-ce possible ? dit Louise en cherchant un bout de mur pour se soutenir.

– Étienne et moi avons de grands projets, grand-mère, et nous les réaliserons ici.

Louise Beaulière en frémit des pieds à la tête. Elle regarda Noélie, sans un mot, comme si elle craignait qu'une autre phrase vienne contredire ce qu'elle avait entendu.

– Est-ce que papa t'aurait appelée ces derniers temps ?

La question avait rompu le silence. Surprise du changement de sujet, Louise se secoua.

– Non, il ne m'a pas appelée. Comment ça s'est passé en Corse ?

– Je ne sais pas trop, grand-mère. Ma mère a été contente de me voir, elle trouve que je n'y vais pas assez souvent, et c'est vrai. Elle me demande toujours : « Alors, comment ça se passe sur le continent ? » Un jour, je l'emmènerai de force !

– Sont-ils heureux au moins tous les deux dans ce pays ?

Noélie éclata de rire ;

– Ce pays, comme tu dis, c'est la France, tu aurais tendance à l'oublier. Napoléon était français, né en Corse !

– Tu sais, je ne m'en soucie guère, mais c'est tellement loin, pourquoi a-t-il choisi ce pays ?

– Rentrons, grand-mère. Nous serons mieux dans ta maison pour parler.

Anan se pressait contre les jambes de la jeune fille.

Louise avait tout expliqué à Noélie au téléphone, mais rien ne valait une explication de vive voix.

– Paul n'est pas un mauvais garçon, dit Noélie, mais il a grandi sous l'influence d'Erestine, elle l'a sans doute humilié, rabaissé, et jamais aidé. Il voulait se réaliser sur ses terres, se libérer sans doute, je me souviens, il voulait pour lui les vignes, une attitude normale pour un homme.

– La date du jugement n'est pas encore connue. La justice n'est pas pressée, reprit Louise. Mais parle-moi de ton père…

– À la maison, papa a tout fait pour me prendre à part, m'éloigner le plus possible de ma mère lorsque je voulais parler de Val Vergne. C'est dans les oliviers et les rangs de vignes que nous avons parlé. Je lui ai raconté ce qui m'était arrivé, l'histoire de la clef du Castel, l'héritage tombé du ciel.

Louise attendait la suite, rivée aux mots de Noélie qui expliquait :

– « C'est une chose incroyable, répétait-il. C'est l'histoire de l'oncle d'Amérique ! Je voudrais bien savoir pourquoi c'est toi qui as hérité, pourquoi toi spécialement ?

– C'est grand-mère qui aurait dû bénéficier de ce legs, mais elle m'a transmis cette fameuse clef qui dormait depuis si longtemps dans la vieille malle du grenier. » Je lui ai raconté l'hisoire de la porte et de la clef.

– Et alors ? demanda Louise.

– Il est entré dans une colère folle, il jurait dans son patois, ça lui revient parfois.

– Il criait : « On ne donne pas ses biens sans raison, ta grand-mère ne t'a rien dit ? Elle doit bien savoir, elle doit bien avoir une petite idée, non ? Pourquoi avait-elle cette clef ? »

– Je lui ai dit que tu m'avais raconté avoir travaillé chez eux, et c'est chez eux que tu avais rencontré Bénigne Beaulière, mon grand-père, son père qui avait eu tant de malheurs.

Louise retenait son souffle.

– Comme il ne voulait rien entendre de cette histoire, je lui ai demandé une bonne fois pour toutes pourquoi, alors qu'il était parti au service militaire, il n'était jamais revenu au pays, ne serait-ce qu'une fois, pour te voir à Val Vergne. Il est resté silencieux un long moment, puis il a essayé de me parler : « Juste avant mon départ à l'armée, j'ai appris une chose terrible et qui m'a blessé si durement que j'ai toujours mal. On m'a informé que Bénigne Beaulière n'était pas mon père, et que ma mère n'avait pas été une sainte, loin s'en faut, lorsqu'elle travaillait à Grande. "Tout le monde le sait, m'a dit cet homme qui semblait bien la connaître pour avoir travaillé aussi à Grande et en même temps." Puis il a ajouté : "Parmi tous les possibles que tu vas imaginer, moi seul peux te dire la vérité si tu y tiens. Écris-moi quand tu auras rejoint ton régiment, je te livrerai le nom de ton vrai père !" Alors ce soir-là j'ai continué à boire, j'avais envie de mourir. J'ai quitté Val Vergne deux jours plus tard, je crois, en sachant que je ne reviendrais jamais. – Cet homme t'a donc renseigné ? – Je lui ai écrit, il s'appelait Frédéric. Il n'a jamais pu me répondre, il s'est noyé au vieux moulin. – Voilà pourquoi tu n'es jamais revenu au pays ? – J'ai eu tellement honte, je n'ai pas supporté. À la fin de l'armée, un ami m'a invité à passer quelques jours chez lui, dans sa propriété proche d'Ajaccio. J'ai rencontré ta mère et je ne suis jamais reparti. Je ne pouvais plus supporter ma mère, voilà tout… »

Louise écoutait, ses lèvres tremblaient, ses yeux s'embuaient.

– Je lui ai demandé s'il pensait de temps en temps à toi. « Ça ne regarde que moi. Je ne sais pas pardonner, tu le sais, nous le savons tous. Tu vas avoir de belles terres avec le Castel, tu as de la chance, j'espère qu'Étienne sera un bon mari pour toi, mais sache que je ne viendrai jamais te voir là-bas, j'ai oublié ce pays, ces gens, cette honte. Je ne me sens pas de ceux-là. Mais toi tu resteras ma fille unique, et notre maison te sera toujours ouverte. Ta mère ignore ces choses de famille, elle est d'ici, comme moi maintenant, et elle t'aime, Noélie. Il vaudrait mieux ne jamais parler de ce passé. » Et nous sommes rentrés, empêtrés dans notre embarras et nos regrets. J'ai dû avouer à ma mère que je n'étais pas au mieux pour éviter de trop bavarder. Voilà, grand-mère, j'aurais aimé te raconter des choses plus souriantes et plus gaies.

Louise avait espéré un dénouement différent. Il ne lui avait pas laissé cette impression lors de leur dernière conversation. Le récit de Noélie l'avait-il cabré davantage ? Elle devait donc se résigner à ne plus jamais revoir son fils.

– Tu as bien fait de ne pas tout lui dire, le reste ne regarde que nous deux...

– Je pense sans arrêt à ce jour où le hasard m'a guidée vers cette clef, au fond de la malle, grand-mère.

– Le hasard, c'est la main de Dieu quand il ne veut pas se faire connaître. Nous disons ça, ici.

– Dis-moi, grand-mère...

– Chut ! Ne dis rien, Noélie, ne dis plus rien.

Pendant le souper, elles ne parlèrent plus guère, se contentant d'échanger des sourires pleins de tendresse. Louise avait le cœur meurtri en songeant à son fils, mais il y avait là l'implacable résolution d'un homme, d'un fils définitivement perdu !

Une lumière cependant éclairait son âme : la venue prochaine de Noélie au pays, un baume à la déchirure. Aussi ne tarda-t-elle pas à poser des questions :

– Tu ne m'as pas dit grand-chose sur tes projets d'infirmière au pays... Je suis impatiente.

– Je t'avais informée de la proposition du

Dr Viallestre… mais ça n'avait guère d'importance alors. Souviens-toi, il était venu jusque dans le jardin.

Louise hocha la tête.

– Le docteur voulait créer un cabinet médical et m'a demandé si je ne voulais pas participer en tant qu'infirmière libérale.

– Alors aujourd'hui te sens-tu prête à accepter ? dit Louise avec un grand sourire.

– Je dois le rencontrer demain, et je peux t'annoncer que je vais accepter sa proposition, sous réserve que j'y trouve mon compte.

– Ce serait formidable, Noélie, et qu'en pensent tes parents ?

– Je les informerai en temps utile. Ils savent que moi aussi, j'ai mon caractère !

– Voilà une des meilleures nouvelles de toute ma vie ! Viens que je t'embrasse, ma très chère petite. Deux soignantes dans la famille ! s'exclama-t-elle.

Et les deux femmes laissèrent aller leur joie dans ce rire incontrôlé qui parfois provoque les larmes. Puis, se ressaisissant, Louise demanda :

– Et Étienne dans tout ça, que devient-il ? il me semble que tu m'as parlé de…

– Pour réaliser son projet, Étienne a besoin de terres, il veut créer sa pépinière et moi j'en ai à ne plus savoir qu'en faire ! Les terres du Castel, grand-mère, qu'en aurais-je fait à part les louer ou les céder ?

– Mon Dieu ! Tout ça me dépasse totalement. Mais alors, un jour, vous serez ici tous les deux ? Est-ce possible ?

– Oui, grand-mère, et grâce à toi, à la clef magique ! Et puis je serai tranquille de te savoir près de nous, je pourrai m'occuper de toi comme je voudrai. Tu le mérites mille fois, tu n'auras plus besoin de prendre des retouches, n'as-tu pas assez travaillé ?

– Je suis si heureuse, je crains que mon cœur ne tienne pas le coup. Dis-moi que tu me laisseras mes clients… tu sais lesquels.

– Veux-tu que je te serve un verre d'eau de nuit, grand-mère ? Tiens, j'ai appris une récitation sur le cahier de mon père, voudrais-tu que je…

– Oui, laquelle as-tu choisie ?

– *Le Loup et l'agneau*, et je vais te la dire sur-le-champ.

– Tu n'es pas une petite comme les autres, ça c'est sûr… Vas-y donc, et sans te tromper.

La jeune fille s'exécuta. Et Louise applaudit mi-riant, mi-pleurant.

– Je n'aurais jamais pensé que tu puisses apprendre cette fable juste pour me faire plaisir.

– C'est pour t'amuser, grand-mère…

Le lendemain, Noélie rencontre le Dr Viallestre, rendez-vous pris par téléphone.

– Vous avez devant vous un homme heureux, lui dit-il en préambule. J'ai si confiance en vous, mademoiselle Beaulière, que je suis persuadé de votre réussite. Quelle chance pour notre commune ! J'ai parlé au maire de votre attitude, il sera ravi de vous recevoir également.

– Merci, docteur.

– C'est moi qui tiens à vous remercier, il ne faudrait pas inverser les rôles.

Puis il entretint Noélie des démarches à envisager

pour son entreprise. Il l'aiderait, bien entendu. Puis, juste avant qu'ils ne se quittent :

– J'ai appris comme tout le monde ici pour le Castel, je suis heureux que vous n'ayez pas changé d'avis de vous installer ici, à Val Vergne.

Noélie lui sourit tandis qu'il lui donnait une vigoureuse poignée de main en lui disant à bientôt.

Elle flânait dans le bourg, dans ce village qui allait devenir le sien. Son regard observait davantage les maisons, les passages, la place de l'Église où l'imposante construction romane veillait depuis si longtemps. Les jardins avaient modifié leur parure depuis juillet. Soudain, une voie connue l'interpella :

– Noélie ! Noélie !

Ce ne pouvait être qu'Anaïs… Elle se retourna et l'aperçut à une dizaine de mètres, qui lui souriait presque comme avant. Elle s'avança vers Noélie avec ce regard qui appelle la réconciliation et auquel on ne résiste pas. Elles tombèrent dans les bras l'une de l'autre :

– Pardon, Noélie, pardonne-moi, j'ai été odieuse avec toi.

Elles se serrèrent davantage. Le message était passé.

– J'ai oublié, Anaïs. Je sais que tu n'es pas une si mauvaise fille, dit-elle en lui essuyant la larme qui descendait le long de sa joue. Je te pardonne… Et j'espère que je n'aurai pas à le regretter…

La promesse scellée, elles parlèrent de leur vie, de leurs amours, et du projet de Noélie. Anaïs laissa alors éclater sa joie.

– Jure-moi que c'est bien vrai, tu vas t'installer à Val Vergne ? Chez nous ? Et ton Étienne, il est d'accord ?

Noélie lui donna alors quelques précisions, pour éviter qu'elle n'en propageât de fausses. Elle se souvenait des recommandations de sa grand-mère. Toutes deux marchèrent un moment dans le village.

– Je suis si contente, répétait sans cesse Anaïs, tandis que Noélie lui répondait par un sourire.

Dans l'après-midi, Noélie se rendit chez Maître Delortal. Celui-ci avait préparé les documents pour signature. La date officielle de remise des biens restait encore à définir. Puis Noélie demanda les plans du domaine, et manifesta son intention de visiter le Castel entièrement. Le premier clerc se chargea du rendez-vous pour le lendemain, auprès des Lauressergues.

La visite eut lieu comme convenu. Germain Dautremont attendait devant le Castel où des ouvriers travaillaient à sa remise en état.

– Nous en aurons encore pour trois semaines au moins, mademoiselle Beaulière, dit-il en s'approchant du clerc et de Noélie qui semblait l'impressionner.

– L'essentiel est que tout soit remis en l'état, répondit Noélie d'un ton ferme. Vous voudrez bien informer Maître Delortal dès que ce sera terminé, afin de réceptionner l'immeuble.

– Ce sera fait, nous ne voulons pas de complications.

Noélie visita alors le Castel de fond en comble, c'est-à-dire du rez-de-chaussée à l'étage. Elle observait, mémorisait, ne laissait rien au hasard. L'intérieur du bâtiment révélait une belle surface avec son étage. Il semblait ne pas lui appartenir encore, et elle doutait même qu'il lui appartînt un jour. Et pourtant, tout était en ordre.

Lorsqu'ils se retrouvèrent à l'extérieur, et que Noélie promena son regard sur la grande bâtisse blanche, Germain Dautremont lui demanda :

– En ce qui concerne les terres, que comptez-vous faire ? Vous nous les laisseriez ? Et jusqu'à quand ?

– Aucune décision n'est arrêtée à ce jour, sans doute pourrez-vous les conserver jusqu'à l'automne prochain, vous devriez pouvoir récolter une année de plus, le temps de vous retourner.

– Ça nous conviendrait... Avouez tout de même l'énormité de la situation, de mémoire de paysans...

– Je ne suis pas votre ennemie, sachez-le, même si vous pensez le contraire. Au début de l'été, je ne savais rien de cette affaire... Alors essayons de vivre en bons termes, le plus correctement possible. Maître Delortal gère mes affaires, il vous confirmera mes intentions.

Dautremont acquiesçait avec résignation. Noélie ne put s'empêcher de lui demander discrètement :

– Comment va Paul ?

Il eut une grimace explicite :

– Il attend, comme nous tous.

Puis, sans rien ajouter, Noélie se fit indiquer les limites des terrains. S'adressant au clerc :

– Je souhaiterais que le bornage soit refait, précisément avec du matériel moderne et visible, ce ne sera pas inutile.

– Vous pouvez revenir ici comme il vous plaira, mademoiselle Beaulière, vous êtes désormais chez vous, lui dit Germain Dautremont, qui semblait sincère, avant de s'en retourner dans sa maison.

La visite terminée, Noélie rejoignit Val Vergne.

– L'intérieur du Castel me paraît immense, grand-mère, l'étage comporte quelques belles pièces. On se demande…

– Tu as raison, on se demande pourquoi ce bâtiment a été construit ici, mais je ne peux pas te répondre, personne ne le sait !

– Qu'importe, je trouverai bien une destination à ce monument. Germain Dautremont s'inquiète pour les terres, bien sûr, il m'a questionnée à ce sujet.

– Pour eux, c'est une catastrophe, ils vont devoir réduire beaucoup d'activités, à moins que tu ne leur loues les terres cultivables ?

– Nous déciderons plus tard, Étienne en aura besoin, et il sera prioritaire ma chère grand-mère, dit-elle avec un sourire. Germain Dautremont a été très correct avec moi.

– La tête folle de cette famille était Erestine, paix à son âme.

Dans la cuisine, un fumet avenant trahissait ce qui mijotait dans la cocotte de fonte noire, et Noélie ne put s'empêcher de soulever le couvercle :

– Mais comment fais-tu pour que ta cuisine aguiche ainsi les papilles ?

– C'est au jardin que ça se prépare, je t'apprendrai à cultiver les plantes aromatiques que j'utilise. Oh ! Ce n'est pas compliqué, ma mère m'a tout appris, elle avait un jardinet extraordinaire et dont elle était fière, tu peux me croire !

– Moi aussi j'aurai le mien, mais pour commencer, tu me laisseras une petite place dans le tien ?

– Je crois bien que tu peux tout me demander, Noélie, profites-en tant qu'il est encore temps…

Après le déjeuner, elles inspectèrent au jardin les légumes d'automne, les dernières fleurs de saison, dahlias et immortelles, et voyaient déjà les chrysanthèmes commencer à ouvrir leurs boutons. Mais le carré des plantes aromatiques retenait surtout l'attention de Noélie. Plongées dans leur conversation, elles ne virent Louis Rames, le maire de la commune, que lorsque celui-ci fit grincer le portail du potager. Louise marqua un moment d'inquiétude, que l'homme perçut.

– Bonjour mesdames, ne vous inquiétez pas, je suis simplement venu vous saluer, et je vous trouve avec joie dans votre potager.

– Bonjour, monsieur le Maire.

– Lorsque les gens sont au potager, c'est un signe de bonne santé, plaisanta-t-il. J'ai rencontré le Dr Viallestre, en fin de matinée, et il m'a informé de vos projets. Croyez bien que j'en suis ravi, mademoiselle Beaulière, et je puis vous assurer que le conseil municipal et moi-même ferons tout notre possible pour aider à votre installation.

– Merci, monsieur le Maire, les nouvelles vont vite…

– Cliniques et hôpitaux sont trop loin, et une infirmière à Val Vergne est un don du ciel !

– Comme vous y allez, monsieur le Maire, dit Louise.

– Il n'y a aucune infirmière dans tout le canton, madame Beaulière, votre petite-fille ne restera pas sans travail, croyez-moi. Ça évitera à bien des malades d'aller jusqu'à Aurillac pour des soins ! C'est merveilleux pour nous tous !

– Merci beaucoup. J'aurai simplement besoin d'un petit appartement pour commencer, si vous pouviez…

– Comptez sur moi, mademoiselle Beaulière, mais entre nous, vous n'avez pas songé à vous installer au Castel qui désormais vous appartient ?

– Une petite infirmière comme moi n'a pas besoin d'un château.

– Je disais ça pour plaisanter, ne m'en veuillez pas…

Après quoi, Louis Rames salua les deux femmes et s'en retourna à ses occupations. Elles continuèrent leur promenade jusqu'aux lapins. Incontournable. Anan les suivait pas à pas et semblait lui aussi partager leur bonne humeur. Chacune à son tour, accrochant du regard un détail, déclenchait une conversation. Ce sont là les merveilles des promenades lentes des gens âgés des campagnes. Leurs yeux se posent sur mille choses dont eux seuls connaissent l'histoire.

Noélie pensait aussi à son futur engagement – c'en était un –, de devenir infirmière libérale. Les qualités essentielles pour exercer cette profession étaient en premier lieu la disponibilité, le sens du contact humain et la patience. Ce qui n'excluait pas les aptitudes techniques, compétence, rigueur, organisation, autonomie, etc. « Je crois que je suis faite pour aller chez les gens, les écouter, et exercer ce métier. Il faudra beaucoup de patience à Étienne, j'en suis certaine, mais j'aurai aussi besoin de lui… »

Cette image de la « libérale » ne la quittait plus. Au final, l'infirmière libérale semblait ne plus rien avoir en commun avec l'« hospitalière ». L'une est autonome et responsable, l'autre dépend de sa hiérarchie et n'engage pas sa responsabilité personnelle. L'une assure la continuité de « son » patient, l'autre passe le relais aux collègues. Oui, c'était bien cette direction qu'elle voulait prendre. Elle avait une amie infirmière libérale à Nice, mais ce n'était pas cet environnement-là qu'elle souhaitait. Là encore, rien de comparable avec l'environnement rural.

– Grand-mère, il faut que je trouve un petit appartement pour commencer.

– Tu viendras chez moi pour un temps. Dire que tu possèdes le Castel et que tu cherches à te loger, c'est un comble !

– Tu as raison, je n'arrive pas à m'y faire, et je crois que je n'y arriverai jamais…

– Dis-moi, grand-mère, que ferais-tu à ma place ?

– Si ça m'avait préoccupée, petite, je me serais intéressée à cette clef bien plus tôt ! Je ne sais que te répondre, si ce n'est qu'il y a tant de personnes qui n'ont pas de toit. Une chose me vient à l'esprit : depuis la mort de Félicien, à ma connaissance, pas un repas, pas une réunion de famille n'a eu lieu au Castel. Les Lauressergues l'ont entretenu, certes, mais jamais les lumières n'ont éclairé les fenêtres au crépuscule, ou dans la nuit comme autrefois.

– J'ai peut-être une idée… une toute petite idée…

– Et je suis certaine que tu ne veux pas m'en parler, pas vrai ?

Noélie répondit d'un clin d'œil complice. Une lueur venait de naître dans sa pensée, une lueur qui n'était pas près de s'éteindre !

15

La visite de la mi-octobre à Val Vergne était déjà loin, quelques mois s'étaient écoulés. Louise avait reçu Noélie et Étienne pour Noël, ils avaient tant parlé de leurs projets. Les Mantoursy aussi avaient reçu officiellement Noélie. Tout semblait désormais en bonne voie.

Jean Beaulière n'avait plus contacté sa mère malgré l'insistance de Noélie, désespérant maintenant de voir un jour ses parents à Val Vergne.

L'hiver s'était installé sur la campagne, et chacun se tenait au chaud près de l'âtre. Louise surveillait la cheminée, elle avait obstinément refusé une cuisinière comme celle de ses voisins du même âge. « Ça me donne compagnie, et je tiens mieux l'hiver… » Ainsi, chaque matin, elle rallumait son feu quand celui-ci s'était endormi sur la dernière bûche, pourtant choisie noueuse, et en profitait pour pendre la marmite à la crémaillère, préparer son bouillon et tenir au chaud sa cafetière près des cendres. De temps à autre, elle s'adressait au feu ou à Anan, qui appréciait lui aussi le voisinage des bienfaisantes flammes.

Après avoir poussé ses volets de bois et jeté un œil sur ceux des voisins – un système de surveillance mutuelle simple et économique –, elle referma vite la fenêtre. La neige en ce matin blanchissait la campagne et donnait à la lumière cette pâleur particulière. Dans le village de Val Vergne, les maisons demeuraient silencieuses, attendant un rayon de soleil pour vivre.

En cette matinée calme, à l'abri du moindre bruit, le facteur frappa soudain à la porte.

– On peut dire que je vous apporte des nouvelles fraîches, dit-il en lui tendant son quotidien. Tenez-vous bien au chaud, madame Beaulière !

– Merci, facteur, heureusement que je n'ai que ça à faire en ce moment !

– Il paraît que le jugement du Paul Dautremont ne saurait tarder.

– Ah ! il fallait bien que ça arrive un jour…

– Allez, à demain !

Louise avait presque oublié que Paul était toujours sous les verrous, qu'y pouvait-elle ?

La visite du facteur apportait les nouvelles que n'imprimait pas le journal. Ces petites conversations rompaient la solitude hivernale, et la lecture de l'après-midi lui ouvrait le monde, comme elle aimait dire. La radio fonctionnait, mais elle ne l'écoutait guère… On parlait des futures élections présidentielles, de candidats, de partis…

Pour elle, le meilleur avenir était sans aucune doute la venue de Noélie à Val Vergne. Jamais, au grand jamais, elle n'avait imaginé une telle joie. La radio et le journal pouvaient bien parler politique…

Louise allait ainsi rompre avec cette solitude qui lui

collait à la vie depuis si longtemps. Un fils qui s'était refusé mais une petite-fille qui lui venait sur le tard ! Un avenir pour ce jeune couple qui lui donnerait certainement des arrière-petits-enfants... Que peut-on espérer de plus lorsque l'on est grand-mère ?

– Vois-tu, Anan, au bout du compte, je serai enfin heureuse. J'aurai attendu, pour ça oui, j'aurai attendu, mais pas pour rien !

Pâques tombait le 26 avril, et les jeunes gens avaient promis de venir tous les deux à Val Vergne. Il n'y avait pas de meilleur lieu pour mûrir et affiner leurs projets. Le Castel remis en état attendait quelques décisions de sa propriétaire. Pour la première fois, Noélie et Louise iraient à la messe ensemble. Ce qui pouvait paraître sans importance pour d'autres, prenait ici une dimension symbolique importante. Les fiançailles seraient de la fête, oh ! une petite fête toute simple, avec les parents d'Étienne et peut-être Anaïs, ce qui parviendrait peut-être à combler le vide corse.

La mince couche de neige avait fondu lorsque les voisins de Louise virent ses volets clos. Jamais encore, et surtout à pareille heure, la chose ne s'était produite. Inquiets, ils vinrent frapper à la porte, recommencèrent, appelèrent. Pas de réponse. Ils téléphonèrent au maire qui arriva bien vite.

– Elle ne répond pas, dirent-ils. Nous avons bien la clef qu'elle nous avait confiée, au cas où... Tenez, la voici, on vous attendait pour ouvrir.

Tout paraissait en ordre, si ce n'était que Anan veillait à la porte entrouverte de la chambre. Le maire la poussa doucement. Il fit signe aux autres de le suivre. Louise Beaulière était étendue sur son lit, une main crispée sur son cœur. Son corps était déjà froid.

Le Dr Viallestre confirma le décès. Le cœur de la malheureuse avait définitivement cessé de battre depuis plus de dix heures.

– Quelle triste nouvelle pour sa petite-fille !

– Nous devons la faire transporter à la morgue d'Aurillac, reprit le médecin. Il y a déjà longtemps, elle m'avait confié avoir souscrit un contrat obsèques, et m'avait laissé les coordonnées de cette compagnie d'assurances.

– Quant à Noélie, je vais m'en occuper, j'ai ses numéros de téléphone privé et bureau, dit le maire.

– Cette pauvre femme n'aura donc pas eu beaucoup de bonheur dans sa vie, et pourtant il y avait maintenant tant d'espoir avec cette petite qui allait s'installer ici, mon Dieu, quel malheur !

L'ambulance ne passa pas inaperçue et la nouvelle fit rapidement le tour du bourg. Les Mantoursy prirent Anan, et le grand silence s'installa dans la maison. La voisine avait arrêté la pendule, selon la tradition.

Anaïs téléphona aussi à Noélie, la priant de venir chez elle.

Les cloches de l'église sonnaient le glas, en ce samedi matin, lorsque le corbillard des pompes funèbres arriva sur la place. Suivaient la voiture de Noélie conduite par Étienne, et celle d'Anaïs, sa seule amie du village. Noélie accompagnait le cercueil de Louise, sans le quitter une seconde du regard. L'église se remplit tout entière d'un flot de gens qui avançaient. Leur passage créait ce bruit particulier de ceux qui marchent, ceux qui vivent encore, et qui prennent place le long des rangées de chaises.

Le curé Isidore Compestel fit de son mieux pour que la cérémonie fût digne, et elle le fut. Puis débuta le long cheminement vers le cimetière, avec toujours ce bruit de pas, ceux qui marchent, écrasant de leurs souliers le gravier du chemin menant à ceux qui dorment. Anan, échappé du Manchoual, suivait mystérieusement le corbillard, et chacun s'en étonnait, mais ne disait rien. Le chien était à sa place.

Le curé remercia, au nom de Noélie, tous ceux qui étaient venus rendre un dernier hommage à Louise, et il les informa qu'il n'y aurait pas de condoléances, mais qu'un livre ouvert était à disposition, à l'entrée du cimetière.

Étienne n'avait pas lâché le bras de Noélie. Il lui semblait avoir aperçu Germain Dautremont, mais elle n'en était pas certaine.

Elle se retrouva seule, quelques instants, devant ce cercueil où chacun avait jeté une pincée de terre. Elle pleurait, secouée de lourds sanglots. Quelques mots s'échappèrent de ses lèvres : « Dis-moi, grand-mère, dis-moi… » vite étouffés par de nouveaux pleurs.

Elle avait attendu en vain quelqu'un. Elle avait scruté tous les visages pour tenter enfin d'apercevoir le sien. Peut-être n'osait-il pas se montrer ? Sa douleur n'en était que plus cruelle.

Il ne restait plus que les Mantoursy, Anaïs et Noélie, près de la fosse, lorsque deux personnes apportèrent une énorme composition de roses rouges et blanches.

Elles s'excusèrent de leur retard et déposèrent les fleurs.

Noélie demanda :

– Qui envoie cette couronne ? S'il vous plaît ?

– Une commande par téléphone, de Corse.

Une inscription sur le dessus la renseigna. Trois mots : « À MA MÈRE. »

Noélie s'avança vers ces fleurs. Elle en retira une rose rouge qui vola vers le cercueil.

– C'est pour toi, grand-mère, c'est ton fils !

Elle avait tout tenté pour que son père vienne aujourd'hui, elle l'avait supplié, menacé même, ainsi que sa mère. Un signe était pourtant venu, une gerbe de roses, bien tard, bien trop tard.

Arrivée jeudi soir dans la nuit, Noélie avait dormi chez Anaïs qui l'avait attendue. Elle était restée près de Louise tout le vendredi, si ce n'était un aller et retour à Val Vergne pour choisir ses derniers vêtements. Puis la nuit l'avait ramenée chez son amie. Mais ce samedi soir, Mme Mantoursy lui avait préparé une chambre au Manchoual, et Noélie avait accepté. Après une telle journée, rien ne pouvait remplacer la chaude présence de son Étienne.

– Étienne, j'aimerais que tu viennes avec moi, demain, dans la maison de ma grand-mère. Il y a sûrement du rangement à faire, des choses à prendre, je suis un peu perdue.

Denise Mantoursy, qui avait entendu, l'entoura de son affection, du mieux qu'elle put.

– Nous sommes là, Noélie, Paulin et moi. Nous sommes votre famille désormais.

– Je n'aurais jamais cru que ce soit si dur. Elle était si

heureuse que je m'installe ici, près d'elle, avec Étienne. Hélas ! Elle ne le verra pas.

– Je n'en suis pas sûr…, dit Étienne pour la réconforter. Nous serons solides comme elle l'a été, elle restera notre exemple.

– J'aurai tant besoin de toi, Étienne, car je sais ce que je veux réaliser au Castel…

Tous les regards se posèrent sur elle.

– Ma grand-mère est morte seule, et bien d'autres souffrent de cette solitude. Je suis arrivée trop tard pour m'occuper d'elle. Alors, j'ai longuement réfléchi, et je voudrais que le Castel devienne une maison de convalescence ou de retraite. Toi, Étienne, tu auras toutes les terres qu'il te faudra pour ton entreprise, tu choisiras celles qui te conviendront. Quant à moi, je me consacrerai aux personnes âgées, et j'exercerai mon métier auprès d'elles…

– Noélie, ne crois-tu pas que…

– Tout ça ne se fera pas dans l'immédiat, mais je l'ai décidé il y a quelques jours. Nous déposerons un projet, nous demanderons des aides auprès de la commune, du département, de la région, et de l'Europe s'il le faut, mais je te jure, Étienne, que nous y arriverons ! Il faut pallier cette terrible solitude des vieux ! Qu'en penses-tu ?

– Il n'y a que toi pour avoir de pareilles idées, Noélie. Et c'est une grande idée, une splendide idée !

– Nous appellerons cette maison : LE JARDIN DE LOUISE, qu'en pensez-vous ?

Un silence surpris suivit ces propos inattendus. Personne n'osa répondre.

– Le Castel m'est tombé du ciel, je ne le méritais pas, ce sera sa destinée, ajouta-t-elle.

Après le souper, Étienne et sa mère accompagnèrent Noélie à sa chambre, puis Denise Mantoursy les laissa tous les deux.

– Je suis bien chez toi, Étienne. Heureusement que...

– Il est l'heure de te reposer, bonne nuit, mon amour. Je ne suis pas loin. Tout proche.

« *Même le ciel montrait ses plus beaux habits de lumière ce jour-là. Les cloches de Val Vergne sonnaient à toute volée, précédant de quelques minutes l'arrivée du cortège. On se pressait pour apercevoir la belle mariée au bras de son père, Jean Beaulière. Oui, il pouvait être fier ce père, sa fille était bien la plus magnifique ! Ses cheveux, retenus en un chignon raffiné, piqué de perles blanches et de minuscules fleurs de neige, lui donnaient une allure de reine. Sa longue robe immaculée lui soulignant la taille laissait fuir une majestueuse traîne qui semblait ne pas toucher terre. Noélie ou le visage du bonheur. Louise, vêtue d'une splendide robe de satin noir, la mangeait du regard. Quant à Étienne, il fermait la marche du cortège au bras de sa mère, Denise Mantoursy, habillée d'une robe longue. Son costume lui seyait à merveille et son regard cherchait à repérer plus loin, à travers la foule, la blanche silhouette de sa future épouse. Anaïs et son amoureux distribuaient eux aussi sourires et poignées de main. L'église débordait de bonheur et l'on pouvait même apercevoir Paul et son ami, tous deux invités. Noélie et Étienne, mariés devant Dieu et les hommes, on vint les féliciter tour à tour. Lorsque Louise se présenta, Noélie la serra dans ses bras et toutes deux se confièrent sans doute quelque secret.*

– Tu es magnifique, grand-mère, cette robe de satin te va si bien, disait Noélie en caressant le tissu soyeux. »

Noélie ouvrit brusquement les yeux, sa main ne caressait que le satin de la couverture… Elle enfouit sa tête dans l'oreiller pour bâillonner son cri.

Elle s'assit sur son lit, et passa la main sur son visage, comme le faisait Louise.

Elle se sentit seule au monde.

Tôt dans la matinée, Noélie et Étienne se rendirent à la maison de Louise Beaulière. La jeune fille alluma le feu, remonta les poids de la pendule, la mit à la bonne heure. Elle se souvenait de sa pensée d'un jour : les aiguilles associées au cadran sans qui tout devient déséquilibre.

– Étienne, prends donc deux verres dans le placard…

– Que veux-tu faire, ma chérie ? Tu as soif ?

Elle récupéra le cruchon d'eau de nuit et en versa dans les deux verres.

– C'était le breuvage de grand-mère, buvons tous les deux à notre avenir. Elle devait me transmettre le secret de sa préparation qui va avec, celle qui soulage et qui guérit. Hélas, elle l'a emporté pour l'éternité. Ça vaut peut-être mieux ainsi, qu'en aurais-je fait dans ma profession ?

– Peut-être que tu le retrouveras un jour…

Noélie sourit, pour toute réponse.

– Tous les biens de ma grand-mère reviennent à mon père, sans oublier le Manchoual ! Qu'en fera-t-il ?

Viendra-t-il un jour ? Je ne veux emporter que la reproduction du tableau de Renoir pendu dans la chambre du haut. J'aimerais bien hériter de sa machine à coudre, elle me l'avait promise.

Noélie s'assit un instant dans le fauteuil, près de la fenêtre.

– C'est là qu'elle attendait, en compagnie de la clarté du jour…

Étienne prit la chaise et s'installa face à elle. Le cantou commençait à peine à réchauffer la pièce, car l'hiver pesait de tout son poids.

– Il me semble qu'elle va apparaître, qu'elle va pousser la porte de sa chambre… Tout est parfois si brutal dans la vie. Nous allons nous battre, Étienne, pour trouver ici ce qu'elle a tant attendu. Tu vas créer ta pépinière, n'est-ce pas ?

– Oui, mon amour. J'ai déjà dressé des plans… J'ai des idées pour des semis, des plantations. Mon employeur m'aidera, il attend que je lui fournisse des plantes le plus tôt possible. Nous travaillerons en collaboration au début, c'est une grande chance pour nous.

– « Le jardin de Louise » tout près du tien, voilà mon avenir désormais : « la clef » de notre bonheur !

DU MÊME AUTEUR

Aux Éditions Albin Michel

LA NOISETIÈRE, 1998, prix Lucien-Gachon 2000.

LE MOULIN DES RÊVES, 2000, prix de Terroir Rosine-Perrier Hermillon 2001, prix du Terroir Cosne/Loire 2002.

L'ENFANCE INACHEVÉE, 2001.

LA VALLÉE D'ÉMERAUDE, 2003.

UN FILS POUR MES TERRES, 2004.

LES TROIS MARCHES, 2005.

LES CHEMINS DE LA COMMUNALE, 2007, prix Littéraire 2008 : www.salondulivre.net.

Aux Éditions De Borée

LE SOLEIL DE MONÉDIÈRE, 1994, prix du Roman d'Auvergne 1994.

LA DERNIÈRE ESTIVE, 1997.

Aux Éditions de l'Archipel

LA FILLE DES EAUX VIVES, 2007.

Composition IGS
Impression : Imprimerie Floch, février 2009
Éditions Albin Michel
22, rue Huyghens, 75014 Paris
www.albin-michel.fr

ISBN : 978-2-226-18855-7
N° d'édition : 25873 – N° d'impression : 73235
Dépôt légal : octobre 2008
Imprimé en France.